遊戲
現在開始

CLICK HERE TO START

丹尼斯·馬基爾 DENIS MARKELL　卓妙容 譯

我要將此書獻給：

第一〇〇步兵營和第四四二步兵戰鬥團的英勇戰士們。在他們的日裔美國人親屬在美國本土受到如此不合理對待的同時，他們依舊為了捍衛美國而奮勇作戰。

特別要向他們當中的尼可拉斯・隆輝・中林致敬。他不只是戰爭英雄，還是了不起的科學家兼學者。

我全心全意的愛著他的外甥女瑪莉莎・岩井，以及我們的兒子、他的曾外甥詹姆斯・隆輝・馬基爾。

推薦序

一起成為按下開始鍵的閱極玩家

文／閱讀推手．臺中市漢口國中主任張文銘

從《亞森．羅蘋》到《金田一少年之事件簿》、《名偵探柯南》、《國家寶藏》，這一系列的偵探小說、漫畫和電影，豐富了我將近三十年的生活，如果你也都熟知，這表示我們曾在同一段歲月旅途中因閱讀而同行，值得與您擊掌，因為即使我們彼此未曾謀面，但肯定可以為同一個話題津津樂道許久。

前幾年，身為教師的我，開始推薦孩子閱讀《獵書遊戲》系列作品，在主角尋書的過程中可以訓練孩子生活所需的素養能力，探討歷史議題與種族議題；而從主角間的互動，尋找線索關鍵中，進入解碼的世界，讓這本書不只是書，而是會將你拉進書中情境的魔法書。

這次，當親子天下邀請我推薦《遊戲現在開始》，光看簡介就令我摩拳擦掌、興奮無比的準備沉浸在情節跌宕起伏中。在推動閱讀的路上，我曾經冀望市面上有一本書可以結合遊戲與真實世界，如今這份期待終於在《遊戲現在開始》，十二歲主角泰德所遭遇的一連串冒險與解謎中實現了。更令人驚豔的是，一關又一關的考驗在作者丹尼斯．馬基爾的層層設計之下，我居然無法推論出結局或任何情節脈絡，只能一頁頁不停翻下去。

另外，在進入這本書之前，或許您可以先認識一個名詞——「馬爾他之鷹」，它是由美國作家達許．漢密特所創作的文學作品，也是琅琅上口的一個專有名詞，更是這本書中情節推展的關鍵之一。它承接了書裡的情節，在讀完書後將會對這一開始陌生的詞眼能有更深的了解與興趣，我也因此重新定位了文學作品也可以是解謎的元素這件事，當然前提是必須夠熟悉所謂的文本內容。

對於閱讀產生的跨界連鎖反應，連結的都是來自生活的每個片段，比如書中所探討的種族議題正是近年社會上的主流話題之一，書中主角泰德曾因為自己的長相與身分而懷疑自己的定位，他是猶太人還是日本人？或者是日裔美國人？無論是在二次大戰時的叔公或是如今的泰德，他們都面臨到相同的生存壓力與眼光，也一再考驗社會觀念的進化與主流價值，放下書後，我們是否能用真誠的眼光看待身邊的少數種族，真正踏實穩健的接納彼此呢？

雖說泰德運用著高超的解謎技巧，破解了一關又一關的挑戰（當然通關攻略這個名詞的出現更令人莞爾），但是夥伴的同行與合作在這本書中的著墨看似詼諧，卻是最真實的跨越種族藩籬的互動，感謝迦勒的無厘頭，感謝伊莎貝爾的理性，三人通力合作邁向謎底，至於他們半途遭遇的威脅能否化險為夷，就要由您親自到書中尋找答案了。

放下書後我不禁想，叔公會不會才是真正的高手？雖然在故事開頭就離開人世，但也許他正在另一個世界玩著同一款線上遊戲，侄孫泰德一行人則是叔公遊戲中的畫面，在故事完結的時候，彷彿可以看見他自豪得意的微笑呢！

如果，我每天課堂的畫面成為了密室逃脫的背景。

如果，我每天生活的畫面成為了線上遊戲的線索。

如果，我每天走動的路線成為了追尋答案的攻略。

那麼，我會是以一種什麼心情來面對呢？

邀你一起來參與，就是現在，《遊戲現在開始》。

第一章／誰知道一個鼻子裡插管的人可以這麼有趣？

眼前的畫面簡直就像科幻片場景，到處都是機器，管子內的液體忙著在架上各個袋子間進進出出。有好一會兒，我沒意識到那麼多橡膠管和細管子其實是連接到人體上的。

我不記得在我小時候他看起來是什麼樣子，而我們家裡唯一一張泰德叔公的照片又是他好久好久之前拍的。照片中一個理平頭的魁梧男子坐在六〇年代的客廳裡，左手夾著菸，右手拿著打火機。我在想，如果他沒抽這麼多菸，現在是不是就不會躺在這裡？他看著鏡頭露出自信的微笑，一看就知道不是個好惹的角色。除了他，我只在日本武士或中國功夫電影裡看過亞洲男人敢露出那種「我超厲害」的狂妄表情。

我得聲明，我並沒有看過很多那類的電影。

我的意思是，其他人以為我們亞洲小孩會這樣、會那樣已經夠糟了，我就不用再去加深他們的刻板印象了。

不過我得說，實在很難相信這個躺在床上的老人就是照片上的那位壯漢。最噁的是他鼻子裡插著一根管子，看起來好可怕，然後管子的另一端連接在一個不知是什麼功能的機器上。

我很不自在的站在窗戶旁，不確定自己該做什麼。我真希望媽媽有陪我進來，但是她說泰德叔公指名要單獨見我。我猜那是臨死之人的最後希望之類的。我清了清喉嚨，擠出耳語般的聲音，「嗯，嗨？」

「欸咳。」

他慢慢睜開布滿青色微血管的眼瞼，在看到我之後，稍微招了招手，示意我靠近一點。

我小心翼翼的走向床邊的椅子，注意不要碰到任何他身邊的管子和電線。真的很難——我不停想像自己絆到橡膠管之類的器材，引起加護病房一陣大騷動。

「咯……」泰德叔公和我四目相對，向我伸出手。

我下意識的瑟縮一下，腦子裡浮現出從前看過的電影畫面，有個人像泰德叔公那樣躺著，突然間怪物衝破他的胸膛，撲向站在床前的人的臉。並不是說我真的以為會發生這種事，但是，嘿，這畫面確實閃過我的腦袋。

泰德叔公的眼神變了。他不耐煩的指著床頭櫃。

上面放著一個板夾，夾了幾張紙，紙上有著細長而彎曲的凌亂字跡。

「你要我……拿紙給你？」我問。

泰德叔公的眼裡閃過火光。我還懂得看臉色，知道他生氣了。他想說的話非常清楚——對，你這個白痴。拿紙給我。

我把紙遞給叔公。他按了床邊的升降鈕慢慢升起床頭，一邊坐起來，一邊痛苦的呻吟。

他以極慢的速度在紙上寫字，然後將板夾遞回給我。

太痛了不能講話。你是阿曼達的兒子，泰德？

我開始在紙上寫下答案。

泰德叔公一把搶過我手上的板夾，嚇了我一大跳。這老傢伙出乎意料的強壯！

「嗶！嗶！嗶！」好極了，現在心跳偵測器叫得比之前快很多。真是糟糕。

他潦草的寫了些什麼，又將板夾遞還給我。

我沒聾，你這個小笨蛋。用講的。

我忍不住嘲笑自己。當然。我真呆啊！

「是的，嗯，先生……我是泰德。」他已經知道我是誰，卻還得自我介紹，這讓我有點彆扭，不過既然我不記得他，所以我覺得還是要自我介紹一下，而且我相當確定他應該會喜歡聽見我恭敬的叫他

「先生」。

老人又開始在紙上寫字。現在他的精神似乎好一些了。

你長大了。你還喜歡玩遊戲嗎？

「您指的是什麼遊戲呢，先生？」我問。

親吻遊戲。

搞什麼……

「喔，不，先生，」我回答，「我不喜歡親吻遊戲。老實說，我從來沒有玩過。如果我玩過，也許會喜歡。我的意思是，你得嘗試過才知道自己喜不喜歡，對吧？」我支支吾吾的說著。為了表現出輕鬆自在的樣子，我往後靠，然後才發現自己靠在點滴架上，上面掛著以細管子連接到叔公身體的液體袋（我無法分辨是要將液體輸送給他，還是將液體從他身體裡抽出來）。好噁。我想要交叉雙腿，但我的牛仔褲還套著進入加護病房時非穿不可、醜斃了的綠色寬褲，我不相信有人穿了這個還有辦法交叉雙腿。這根本就做不到，所以我的腿只能半懸在那兒。

泰德叔公繼續在紙上寫著。

我知道你喜歡玩電子遊戲，你這個小傻瓜。我只是想捉弄你。

我笑了，然後看到身體連接著各種機器的老人臉上也露出笑意。

你喜歡玩射擊遊戲嗎？

「媽媽禁止我玩那種遊戲。」我照實回答。

我不是在問你有沒有被禁止。我是問你喜歡嗎？

「嗯……對，我有時候會玩一下。」我微笑著點頭。這傢伙腦袋還很清楚。泰德叔公以一種我無法理解的表情看著我。

很有趣，是不是？

「還好。」我聳聳肩。

我希望那是你這輩子唯一會對著人開槍並殺死他們的時候。其他時候殺人可沒那麼有趣。

「你殺過人？」我想以輕鬆的口吻問，但聲音卻變得相當尖銳，一點男子氣概也沒有。不過饒了我吧！我可沒料到會聽到這個。

對，好幾個。

泰德叔公退休前是在做什麼的？我的腦袋忙著在想哪種職業需要殺人？或者更精確一點——殺「好幾個」人。他是軍人嗎？還是殺手？

我們聊點別的。你為什麼這麼喜歡玩電子遊戲？

我很高興能換個話題。「我認為射擊遊戲並不是電子遊戲的全部。真的，重點在於跟朋友一起玩，而不是玩什麼。其實我最喜歡的是一種叫『密室逃脫』的遊戲。」

告訴我那是什麼。

當然，有何不可？「有點像你被困在房間裡，必須解開一連串的謎題才能逃出去。」泰德叔公的眼睛掃視四周。

只有一條路可以逃出這個房間。

「呃，我不同意。」我熱切的說，站起來環顧周圍，「如果你看仔細點，就會發現各式各樣的出口。不是只有門，你看那個窗戶。你可以把床單綁在一起，從那裡爬下去，還有，或許也可以從空調的通風管出去——」

「叩！叩！叩！」叔公手上的鉛筆在板夾上敲得好響，打斷了我精采的分析。

事實上，我是指死亡，泰德。你專心一點。

我洩氣的坐下。「我猜我沒想到那個。」我很誠實的說，「因為你看起來還滿生龍活虎的。」泰德叔公用盡全力翻了個大白眼。

用不著對快死的人說好聽的話，泰德。你玩逃脫遊戲很厲害嗎？

「還沒有哪個遊戲是我解不出來的，我向來是最高分的紀錄保持人。也就是說，我總是比其他人更快找出答案。我想那表示我是最厲害的。」我說，然後才發現這麼說似乎很討人厭，「這聽起來像在自吹自擂。抱歉。」

你聽過迪齊．汀恩嗎？

嗯，這跟我們剛才說的沒什麼關係，不過老人家有時就是這樣。這名字聽起來有點耳熟，但我想不起來，於是我搖搖頭。

棒球史上最偉大的投手之一。你回家之後，可以查查他對自吹自擂的看法。

泰德叔公躺回枕頭上，顯然已經累了。

我看著窗外川流不息的車輛，車燈在天花板上形成光影。「沒錯。那大概是我最擅長的事了。」我輕聲說，幾乎是在自言自語。我聽到鉛筆在紙上移動的摩擦聲，泰德叔公又坐起來繼續寫字。

絕對不要妄自菲薄，泰德。你媽說你非常聰明。

我點頭笑了。「對，我知道，我只是『不用心』。她總是那麼說。莉拉才是聰明的那個。」

莉拉是我的姊姊，是我生命中痛苦的根源。她是優等生，還是前任學生會長，當選時的得票率創下拉普里西馬高中的歷史紀錄。她在畢業典禮發表了最完美的畢業生致詞，現在是哈佛大學的新生。說真的，要如何跟那種人競爭？不如省省力氣，根本連試都不用試。

你媽告訴我，你比你姊還聰明，只是你自己不知道。

喔，糟糕！我希望哈佛附近有耳鼻喉科診所，因為莉拉的耳朵一定癢死了。媽媽居然說我比她還聰明，哇喔！

我越來越喜歡泰德叔公了，但又覺得有點不好意思，因為從我進來之後，我們一直在談我的事。嗯，除了他殺過不少人的那部分之外。不過我很確定自己不想再提起那個話題。

「我猜你從我媽是個小女孩時就認識她了，」我開口，「她是個什麼樣的小孩？」

阿曼達是個小混

泰德叔公停下來，目光往上移向我的臉，再飄回紙上。

阿曼達是個小淝皮蛋，請原諒我這麼說。

我真不敢相信，本來還以為這次見面會很無聊呢！簡直太酷了！「真的？怎麼說？」我忍得好辛苦，才沒有在問問題的同時大笑出聲。

他寫了很久之後，才將板夾遞給我。

她九歲時，有一陣子不管你問她什麼，她都用「我知道答案，但你自己去想」來回答。

比如說你問她：「你喜歡什麼口味的冰淇淋？」

「我知道答案，但你自己去想。」

「你想看哪部電影？」

「我知道答案，但你自己去想。」

「我有肺癌嗎？」

「我知道答案，但你自己去想。」

最後一句讓我笑到說不出話來。泰德叔公虛弱的揮揮手。

最後一個是我捏造的，不過她真的是一直講、一直講。她覺得自己那樣很可愛，但還不到一天就變得一點都不可愛。實在是煩死人了。

泰德叔公停了一會兒。

不過她從小就很聰明，我很以她為傲。

媽媽從夏威夷搬到加州的費用，和她上護士學校的學費，都是泰德叔公付的。從我有記憶以來，她就一直在這間拉普里西馬綜合醫院工作。

泰德叔公將目光從紙上移開，他充滿智慧、半開的眼睛和我四目相對。他在紙上寫了一些字，然後遞給我。

請告訴我關於你玩的那個遊戲。你是怎麼解開那些謎題的？

等一下，真的有個活生生的成年人在問我關於我玩的遊戲的細節嗎？這可是前所未有的事啊！

於是我一直說、一直說，解釋遊戲規則，還有為什麼一開始會摸不著頭緒。不過只要專心想，腦袋裡就會有個開關「喀嚓！」一打開，所有線索便會找到自己的位置。當你終於將一切歸位，解出答案時，那種感覺棒極了。

泰德叔公似乎很感興趣，特別是當我告訴他一種特別精巧的設計時，他聽得很入神。「一堆水杯看似隨意的擺放在托盤上，可是如果你仔細看，會發現這些水杯實際上排成了兩排，分別代表時鐘的時針和分針，而那個時間就是解開遊戲的關鍵線索。這樣好了，如果他們允許，明天我帶著筆記型電腦回來展示給你看。」我說著，注意到他又將頭靠回枕頭上，而且眼睛閉了起來。

「泰德叔公！你沒事吧？」我倒吸一口氣，「我應該去叫媽媽來嗎？」

他虛弱的伸出手，緩慢的寫了幾個字。

我只是累了。不過我很高興再見到你，泰德。

「我……呃……我也很高興可以再跟你聊天，先生。」我說，感覺自己的呼吸又平穩下來。

我現在覺得好多了。你已經準備好了。

呃，那是什麼意思？

「那很好，先生。」

老人看著我，很明顯已經筋疲力竭了。

你一定要答應我一件事。

「我知道，先生。我答應我在學校會用功讀書，而且也不會告訴媽媽你認為她是個小混——」我以為他聽到後會微笑，但卻看到他使盡所有的力氣，氣急敗壞的振筆疾書。

不！聽我說！你一定要答應我。

他寫字的速度慢了下來，彷彿在強迫字句從筆尖擠出來。

「什麼事，先生？」泰德叔公躺了回去，將板夾丟給我。紙上的字全是大寫，顯然他的心情非常激動。

盒子只是起點，要繼續尋找答案。全力以赴（GO FOR BROKE）！答應我！

他費勁的抬起手來拉我的衣袖，我彎腰靠向他。他繼續拉著我，直到我的耳朵貼到他嘴邊。我勉強聽得出來他在說什麼。

「答應我！」老人嘶啞的說。他放開我的衣袖，表情變得很平靜，彷彿一塊巨石剛從他肩上移開。叔公睡著時，我聽見自己的聲音彷彿從非常遙遠的地方傳來，輕聲的對他說：「我答應你。」

第二章／一切都在遊戲裡

「嗯，對於一個並不想再見到叔公的人來說，你在裡頭待得還真久。」從醫院開車回家時，媽媽對我說。

我悄悄退出叔公的病房時，看到媽媽正和兩個加護病房的值班護士輕聲討論，一臉擔心的樣子。我正準備要回話，一輛車突然從隔壁車道擠過來。

「垃圾。」她喃喃咒罵。和我媽一起生活，就像被困在一部電視播出的輔導級電影，每次有人罵髒話時，配音就會用比較優雅的字眼強行蓋過。我曾經看過媽媽在關後車廂時壓到自己的手指，她尖叫，「我的老天爺！」我相信這大概是一九一三年之後第一次有人在咒罵時使用「我的老天爺」了吧？當我問她痛不痛時，她回答我：「痛澈心扉。」

還好我們家離醫院不遠，很快就到了。

爸爸皺著眉頭在門口等待。「老先生怎麼樣了？」媽媽走進屋裡時，他開口問。

「他們說他現在很舒服的在休息——如果你真的想知道的話。」媽媽說。

我可能得解釋一下，泰德叔公是我爸媽不大願意碰觸的一個話題。這些年來，叔公從沒來過我們家看我爸、我或我姊，但媽媽會去他家看他，帶東西給他吃，和他作伴。在我小時候，媽媽有時也會帶我一起去。即使他連我爸媽的婚禮都不肯參加，媽媽還是堅持以他的名字為我命名。爸爸當然知道泰德叔公不喜歡他，所以不是很贊成，不過我還是叫泰德，因此我猜爭執的結果是我媽贏了。

「嗯，那還不錯，是吧？」爸爸問。

媽媽看他一眼，搖搖頭。「亞堤，你和我一樣清楚，當加護病房的護士說那個人『很舒服的在休息』時，真正的意思其實是『只是時間問題罷了』。」

爸爸走過來，張開雙臂擁抱她。媽媽把頭靠在他肩上。我爸也許無法事事都做得很完美，但是我可以保證一點——他絕對是個一流的擁抱高手。

「對不起，親愛的，」媽媽對他說，「我連問都忘了問，你和那個誰吃飯吃得怎麼樣了？」

「他叫格林漢。還好，他是一個……讓人印象很深刻的傢伙。」

彷彿叔公住院對我們家的打擊還不夠大似的，爸爸同時也有了新上司。爸爸在大學英文系任教，系主任今年退休，每個人都以為爸爸會榮升，結果學校居然從紐約市聘來一個時髦的傢伙。

所以爸爸沒有如他預期的升官，家裡的低氣壓自然也繼續盤旋。

現在正值暑假，莉拉應該回家幫忙沖淡緊張氣氛，不過呢，莉拉就是莉拉，她理所當然的從激烈的競爭中脫穎而出，拿到一種叫「助學金」的東西，所以她得待在哈佛協助研究生做實驗。

當爸爸告訴我莉拉暑假要待在學校當研究助理時，我試著要他很快的把「她是聰明助理，她覺得自己聰明」唸五遍，可是他不覺得那有什麼好玩的。

話說回來，爸爸今晚和他的新上司見面了。

「他說很期待跟我一起合作。」爸爸說。

「聽起來還不錯。」媽媽說。

爸爸捏捏她。「阿曼達，你和我一樣清楚，當新上任的系主任說很期待跟你一起合作時，真正的意思其實是『只是時間問題罷了』。」

他們一起大笑，然後媽媽嘆了一口氣。「有人要找我的話，我會在洗衣間。」

爸爸和我交換一個欣慰的眼神。這是件好事。媽媽很喜歡摺衣服，那會讓她心情平靜下來。看到所有髒兮兮、亂七八糟的衣物變成又暖和又整齊又乾淨的一大疊，似乎會讓她感到非常開心。

我有時候在想，這是不是就像摺紙一樣，是某種神祕的日本傳統。

不過，媽媽是從夏威夷來的，理論上不能算是日本人。

所以應該不是。

幸運的話，在她摺了兩打襪子、幾件內衣後，也許心情就會比較好了。

「我想我們大家都有一點壓力。」爸爸說，他真不愧是「輕描淡寫之王」。

我知道接下來會發生什麼事。爸爸會對著洗衣間大喊，「你知道我會在哪兒——」

「在廚房餐桌的報紙下面。」媽媽會這樣回答他。

他甚至不用把話說完。

面對危機，我們習慣轉向不同的東西尋求慰藉。

就像小朋友都有自己最愛的絨毛玩具或小枕頭。而且可能有的小朋友已經長大了，但依然偷偷藏著自己的最愛，比如他們偶爾還是會將自己在兩歲時得到的那隻叫杰拉爾德的恐龍拿出來，輕輕摩挲臉龐。沒錯，也許他們現在還會這麼做。我不打算批評什麼。

大人也一樣，只是他們的慰藉品通常是書。有些人會讀《聖經》，或者如果你是猶太人，可能會讀《摩西五經》。

我爸的「聖書」與眾不同，他看的是「純粹的普羅旺斯」購物型錄。

我承認是有一點怪，畢竟他是個英文教授，不過我可以發誓，他花在閱讀「純粹的普羅旺斯」購物型錄的時間比任何一本藏書都多。

型錄上沒有故事，只有一頁又一頁以高超技巧拍攝的南法家居照片。爸爸說那叫「生活品味」。我認為他根本就想住在那本型錄裡，活在一個房子裝滿舊家具、在一塵不染的廚房吃早餐的世界。只不過套用我媽的話——「那些東西放在一九八五年建的南加州房子裡未免也太好笑了」。

舉例來說，全世界他最喜歡的東西是——

「親愛的，法式農莊餐桌特價中，一張只要三千美元！」

我認為這件事只有兩個問題：

第一，我們不是法國人。

第二，我們不住在農莊裡。

而且以那種價格，應該可以買一張一看就知道是全新的、很不錯的桌子。

「它的確是新的，」爸爸告訴我，「只不過他們故意把它弄得舊舊的。他們拿鐵鍊在上面拖，讓它看起來充滿滄桑的歷史感，這樣才有個性。那叫做『仿古』木。」

「照片中甚至不是真的住家，」媽媽的聲音從另一個房間傳來，顯然知道爸爸又在看他的「穀倉型錄」（媽媽為「純粹的普羅旺斯」取的綽號）。「那些都是假的。你知道那全是幻象。」

「可是你們看，」爸爸說，以少女看著偶像明星的表情嘆了一口氣，「照片裡沒有成堆的報紙、學生作業和到處都是的待付帳單。一切都是這麼的乾淨。」

在我看來，也許那是因為如果住在法國農莊裡，就收不到報紙和帳單了。

「這就是重點所在。」爸爸說。

我完全不曉得該怎麼回應。

他真的很愛那本購物型錄。

「你知道嗎？既然你想要那張桌子好幾年了，」我說，「為什麼不乾脆就把它買下來？」

「事情沒那麼簡單。」爸爸回答，「現在的我只能在買那張桌子和送你姊上哈佛之間選一個。」

他又嘆了一口氣，繼續沉浸在購物型錄的世界中。

「我要回房間了。」我覺得自己需要離法式農莊遠一點。

「好主意。我知道你等不及要回去讀完你最近很著迷的那本書。」爸爸取笑我。他明明知道我是要上樓打開電腦玩遊戲，但是他認為這麼說很好笑。

「《卡拉馬助夫兄弟們》是吧，泰德？」

這是我們之間時不時就會拿出來講的笑話。顯然《卡拉馬助夫兄弟們》是一本超難又超長的俄國小說，根本沒有任何小孩會讀，甚至正確唸出它的書名吧？當然，除了莉拉之外，她在十二歲時就讀過了。因此才特別好笑，哈哈哈。

「沒錯，爸爸，我才正要讀到最精采的部分呢！」

「那是哪個部分？」

我想回答「就是那個英雄的姊姊莉拉維琪被野生大熊吃掉的部分」，不過我隱約感覺到今晚不適合開這種玩笑。

我爬上二樓，低頭看著泰德叔公的板夾。

你媽告訴我，你比你姊還聰明，只是你自己不知道。

嗯，這倒是值得留下來好好保存。

我穿過樓梯間，順著走廊前進，瞥見鏡子裡的自己。真是有趣，我的五官長得像我媽的部分比像我爸的還要多。

當然，我有個大鼻子，不過話說回來，你又能期望什麼？我媽的鼻子基本上根本不存在啊！她稱之為「典型的亞洲塌鼻子」，而且老是抱怨眼鏡一天到晚滑下來。不過除了鼻子之外，我完全遺傳到媽媽的亞洲長相。莉拉就不同了，她的頭髮十分濃密，雙眼微微上揚，大家都以為她是純種白人，有時甚至還會被誤認為義大利人。跟我完全不一樣。

一看就知道我身上有亞洲血統。

有個故事媽媽說過好多次。有一回我們全家去中國城玩，當時我還小，躺在推車裡睡午覺。一位華人老太太經過，低頭看到我，然後轉頭看看我的猶太爸爸，伸手抓住我媽的手臂，傾身靠向她，以嘶啞的嗓音說：「亞洲基因超強的！」

我走進臥室，跨過地上一疊遊戲雜誌，走向我的筆記型電腦。

關成靜音的手機震動了起來。

我從口袋裡拿出手機，在床邊的椅子坐下。又是迦勒（Caleb）打來的。

我和迦勒．格蘭特從小學一年級開始就是好朋友。當朋友那麼久，基本上對彼此的事都瞭若指掌。舉例來說，我知道平常這個時間迦勒都在畫他的英雄漫畫，但是今天不同。他對我剛經歷的事一無所知，只想和我閒聊。

我還不想跟任何人講話。迦勒不會在意的，他向來很善解人意，可以明白我的心情。

「你還好嗎？」

「抱歉，我現在不想說話。我想先玩一下遊戲，然後我們再聊。」

我傳簡訊回去。

「哪個遊戲？」

迦勒很喜歡跟著我玩——至少在他舉手投降之前。我登入最喜歡的遊戲網站slapfivegames.com。只有一個新的密室逃脫遊戲，不過我內心相當激動，因為那是最好的設計團隊之一——日本「腦波者」的作品。

不知道為什麼，似乎所有最棒的密室逃脫遊戲都是日本人設計的。亞洲基因果然超強！這個遊戲看起來相當簡單，叫做「悲傷的房間」。

我把遊戲連結傳給迦勒，按下開始鍵。展開遊戲。

和其他同類型的遊戲相同，它的目標很明確，利用你在探索時所發現的工具逃出密室。畫面出現，我的游標在螢幕上左點右點，看到一張床、一張書桌、一座沙發和一扇門。沙發旁放了一盆植物。這類的遊戲都是這麼開始的，用滑鼠隨機在看到的東西上點擊。

床上方的牆面掛著三幅畫。左邊的是一幅很奇怪的設計，中間的是有許多花的風景畫，最右邊的則畫著一個骷髏頭。我把鏡頭拉近，看到有人在上面潦草的寫了「Beware」（小心）。

我轉向書桌，桌上有一杯水和一盞燈。那盞燈壞了，我知道這表示裡頭藏著祕密，或者是待會兒得想辦法修好它。這張桌子有三個抽屜，其中兩個上了鎖，第三個裡頭放了一本書。書頁幾乎都被撕走了，只留下兩頁。其中一頁有人畫了一個連接在滑輪上的圓，我知道這是之後必須做出來或進行操作的提示。有時候在比較簡單的遊戲裡，可能只要在別的地方找到一模一樣的圖就行了。向來如此。

我轉向床，移動游標點擊毯子、床頭板、枕頭，這時我看到有什麼東西動了一下，發現枕頭下有一張皺巴巴的紙，上頭有個模糊的圖像。

我可以繼續講述玩整個遊戲的過程，但是應該沒人會想聽吧？畢竟自己玩比聽人家玩有趣多了，不是嗎？

不過這個遊戲的設計確實相當巧妙。我在地毯下面找到一把鑰匙（不要問我是怎麼知道的，這牽涉到拿著一張在沙發下找到的紙對著鏡子看反射影像，相信我，這比你想的更複雜，所以我決定放你一馬），但是那把鑰匙卻無法打開房間裡任何一個鎖。

我的手機傳來震動聲響。

哈！果然，迦勒傳來訊息。

「好吧，我完全卡死了。我要去看遊戲攻略了。」

魯蛇。這麼快就要去看遊戲攻略了？只不過是動一動大腦，這又沒什麼。喔，如果你不知道遊戲攻略是什麼，讓我來解釋一下。

如果你在破關前卡住，像迦勒一樣總是直接放棄、不想靠自己的力量脫困的話，那麼你可以點擊「遊戲攻略」的連結，就會出現畫面一步一步引導你完成整個遊戲。

有些孩子這麼做是想向其他人吹噓說他們獨力完成遊戲。有些孩子就是覺得煩了，不想再思考，乾脆直接看答案。

對我來說，那就是作弊。

就像之前說過的，我不需要什麼遊戲攻略。

我將游標移向書桌，第一百萬次點擊它，這次出現了一個之前沒有的新視角讓我可以看到抽屜的下方。我點開它，出現一把鑰匙，然後我用鑰匙打開一個箱子，發現裡頭有本電話簿。

到目前為止，這遊戲沒什麼挑戰性。按照慣例，這應該是最後一步了，不過遊戲設計師顯然沒這麼笨。

我將游標移到電話簿上點了一下，以為它會翻開到某一頁，上頭會有個被圈起來的電話號碼。在一般的遊戲設計裡，只要將那一連串號碼（就是電話號碼）輸入沙發上盒子的密碼鎖，就能拿到大門的鑰匙，然後遊戲就結束了。我就贏了。

問題是電話簿怎麼樣都不翻開，只是定格在那兒。

不管我怎麼點擊，它就是一動也不動。

「用腦袋。」我告訴自己。電話簿的封面上印著「麻薩諸塞州春田市」，所以會是字母重組的字謎嗎？這一定是有意義的。

等一下。我看向牆上那幅被寫上「Beware」的畫，這個線索我還沒有用到。

我打開新視窗，將「Beware，麻薩諸塞州春田市」輸入Google搜尋。沒找到什麼特別的。我看著上面列出的名字、地址和電話號碼，決定改成「B. Ware，麻薩諸塞州春田市」再試一次。

居然有一家「B. Ware殯儀館」！

我複製了殯儀館的電話號碼，回到遊戲畫面裡的密碼鎖。嗯，數字太長了。也許只需要最後四碼？

我試了，沒有用。等一下，當然……

我跳回Google搜尋視窗，查看殯儀館的地址：派克路四三五一號。

接著我再回到遊戲畫面，把「四三五一」輸入密碼鎖，聽到盒子打開的美妙音效。盒子裡的鑰匙和我之前找到的那把剛好配成一對。我拿起之前那把鑰匙，將它嵌入我從盒子裡找到的鑰匙。

我按住滑鼠將鑰匙一路拉向大門。光線閃爍，門開了，我神采飛揚的完成了遊戲。

隱約之間，我聽見家裡電話在響。

我查看高分排行榜，注意到自己一如往常的又是第一名。這表示我完成遊戲的時間比任何人都短。我想問媽媽明天能不能帶筆記型電腦去醫院，向泰德叔公展示我是怎麼破解這個遊戲的。我敢打賭他一定會喜歡。

我瞄了一眼泰德叔公用來寫字的板夾。

你聽過迪齊．汀恩嗎？

棒球史上最偉大的投手之一。你回家之後，可以查查他對自吹自擂的看法。

我跳回Google搜尋視窗，輸入「迪齊．汀恩」和「自吹自擂」。看到螢幕上出現他的名言：「如果你做得到，那就不算自吹自擂」時，我忍不住微笑。

真酷。泰德叔公確實是個很有個性的大人。

突然間，我聽到媽媽發出一聲我發誓從未聽過的哀叫，我立刻知道出大事了。

第三章／泰德叔公的遺囑

下列是我過去這兩天一直聽到、再聽就要吐的字彙清單：

一、喪禮

二、往生

三、泰德叔公的遺產

四、過世

我猜我運氣很不錯，從媽媽的父親在我很小的時候過世之後，家族裡就再也沒有人死去。我爸的父母住在紐約市布魯克林區。（「他們都想活得比對方久，僵持下去就變成沒人願意先走了。」雖然爸爸老愛這麼說，但我不認為他是真心的。）

想到上一刻才見過的人……突然就不在了，感覺真是奇怪。

當然，我們班上偶爾會有同學請假回來後，談到他們的祖父母或姑姑、阿姨之類的過世了，不過那畢竟都是發生在別人身上的事。

這一次換我穿著不舒服的西裝、領帶，坐在車裡前往律師事務所聽律師宣讀遺囑——一個似乎打從心裡認為我玩的遊戲不只是在浪費時間（而且老實說，我真的很厲害）的成年人的遺囑。

往好處想，至少不會有喪禮。泰德叔公明白指出他的遺體火化之後，骨灰要送回夏威夷。

在泰德叔公大半的人生中，似乎不想和任何家人有所牽扯，不管是加州或夏威夷的家人都一樣。當然，媽媽是個例外。

以前我問到叔公的事時，媽媽總是說：「他這輩子經歷了太多事，值得不受打擾的安享天年。」

媽媽和爸爸在前座談論接下來的安排，我抓緊時間打電話給迦勒。最近忙得不得了，根本沒空打給他。

「喂？」他聽起來悶悶不樂，就是平常週末去他爸家過夜那副無精打采的樣子。

「你還好吧？」

「你知道的……就那樣嘛！爸爸怪裡怪氣的，吉娜則是拚命的想拉攏我。我真討厭這裡。」

吉娜是迦勒爸爸的第二任老婆。

「這不能怪你。」

「你叔公的事怎麼樣了？」

「我們正要和律師碰面討論。」

「喔，天啊！祝你好運。」

「謝謝，老兄，你也是。那麼下週一再見了？」

「如果我活得過這個週末的話。」

過去兩天來發生的一切都這麼不真實，有機會和迦勒講講話讓我感覺稍微正常一點。

爸媽在前座輕聲交談。我聽到爸爸說泰德叔公的骨灰會被埋在「大酒碗」，這勾起了我的興趣。這是什麼夏威夷的奇怪傳統嗎？「呃……你們要把泰德叔公埋在大酒碗裡？」

媽媽笑了。「那是檀香山國家公墓的別稱。」

「你知道你的泰德叔公是個英雄吧？」爸爸問我。

即使坐在後座，我都能看到媽媽的耳朵轉成有趣的紅色。

「泰德叔公參加過戰爭，得過榮譽獎章，還被政府表揚過。」爸爸繼續說。所以那就是為什麼他說自己殺過很多人的原因。嗯，至少我希望是這樣。

我伸出食指戳了戳媽媽的手臂。「為什麼你從來沒告訴過我？」

「他不喜歡談論這件事，說那已經過了很久，他其實並不是真正的英雄，而且只想把戰爭的一切都忘掉。」

車子裡突然安靜下來。我望向窗外，看著沒什麼特色的風景。我們住在聖費爾南多谷，就是大多數人聽到「迷人的洛杉磯」時會想到的那個谷地的北邊。

在谷地的另一邊是舉世聞名的好萊塢、比佛利山和名牌購物街羅迪歐大道。

在我們這一邊則是數十個像拉普里西馬的郊外小住宅區。大家都過著無聊的生活，和其他地方沒什麼兩樣。唯一的不同是我們有棕櫚樹。哇！好了不起喔！

說穿了就和中學餐廳類似。谷地的另一邊就像是那些很酷的孩子坐的桌子，我們則是坐在其他桌的普通小孩，雖然看得見他們，可是心裡清楚絕不會有被邀請加入的一天。你懂我在說什麼吧？

聽說拉普里西馬是以拓荒時代坐落在這裡的大修道院命名的。如果修道院還在的話應該很酷，可惜早就不見了。現在大家都開玩笑的說「拉普里西馬」就是西班牙語「脫衣舞城」的意思。

不過我們現在離拉普里西馬很遠了。

爸爸猛的轉動方向盤，突然間車子轉進一個我從沒來過、看起來環境不是太好的街區。整條街上似乎不是美甲店，就是加油站。

爸爸將車開進一個L型小商場的停車場。我看到一間空手道館、麵店、髒兮兮的雜貨店，還有一棟很舊的辦公大樓。

「確定車門都要鎖上。」媽媽輕聲對爸爸說。我往外看，好幾個小混混模樣的人在雜貨店附近遊蕩。

我在想，不知道有多少我這年紀的孩子去過律師事務所。我自己是從來沒去過。我一直以為會像電視或電影演的那樣，你知道的，就是走進一棟玻璃帷幕大樓，搭乘裝潢時尚的電梯往上，然後接待小姐會領你進入一間牆面是深色木頭鑲板、擺滿真皮座椅、書架上全是法律書籍的房間。

但是這裡……嗯，看起來還比較像我們常去的修車廠的後巷。

我們三個小心翼翼的踩著搖搖晃晃的樓梯走上二樓，然後發現自己站在一扇破爛的木門前。門上掛了一個隨便在哪間文具店都可以買到的那種塑膠名牌。

媽媽禮貌的敲了敲門，沒有人回應。

我們等了一會兒，看著街上閒晃的人。他們看起來很像從實境秀逃出來、正在接受酒精或毒品勒戒的癮君子。這一次換爸爸敲門，他敲得比媽媽用力多了。幾秒鐘後，開打開了，我們走進黃班恩律師（Ben Huang, Esq.）的辦公室（別問我「Esq.[1]」代表什麼，塑膠名牌上是這麼寫的）。

黃先生的外型和他的辦公室很相襯，是個年紀不小、容易流汗的大個子。他身上散發著一種聞起來很怪的鬍後水味道。我猜大概是他在七〇年代開始使用時選了當時很流行的一款，之後就沒再換過了。

黃先生的小拇指上戴著一只閃閃發亮的鑽石戒指。我本來覺得超酷的，但我看到爸爸轉頭看著媽媽，揚起眉毛，用嘴型無聲的說「他戴著尾戒」，而媽媽的反應是驚訝的舉手遮住嘴巴，搖了搖頭，我才發現也許在大人的世界裡，這並不像我以為的那麼酷。

黃先生分別和我們三個握手（我知道接下來幾天會一直在自己的手上聞到那個鬍後水的味道了）。「你們都能來真是太好了。」黃先生喘著氣說，在他的辦公桌後坐下。他的桌上堆滿了檔案夾和各種尺寸、顏色的紙。

等我們各自找地方坐下後，他開口了。

1 Esq. 為古代英國貴族的尊稱，如今在美國則通常接在律師的全名之後。

「我們聚在這裡的目的是為了宣讀隆輝．泰德．若林的遺囑和遺言。親愛的叔叔以八十八歲高齡過世。在正式宣讀之前，我必須先提醒你們幾件事。」

媽媽從手提袋裡拿出黃色記事本。

「我答應夏威夷的親戚會將遺囑的所有內容記錄下來。希望他會留點什麼給友子姑姑，否則我就得聽她碎唸這件事一輩子了。」

黃先生抬起頭來。

「當我唸到你們的名字時，請回答『到』。根據親愛的叔叔的遺願，只有名單上的人都到場了，我才能繼續進行。」

每次說到「親愛的叔叔」時，黃先生總要露出遺憾的微笑，這讓我覺得很不舒服，不過話說回來，這種行為和他飄在空氣裡的廉價鬍後水的味道倒是風格一致。

在黃先生唸到我們的名字時，我們分別答了「到」。

「我，隆輝．泰德．若林，在生理和心理皆健全的情況下，在此授予……」他不停的往下唸。

我望向媽媽，看到她以不可思議的速度寫下律師唸出的所有金額，簡直像再過一分鐘考卷就要被收走的應考生般拚命。

「友子姑姑一定很開心。」她咕噥好幾次。

黃先生終於放下文件，拿出一條髒兮兮的手帕擦擦額頭。他微笑的說：「這是親愛的叔叔的遺囑全部內容。」

就在媽媽開始將筆記本收進手提袋時，黃先生卻舉起手示意她等一下。

「在兩天前，這是親愛的叔叔的遺囑全部內容。不過他前兩天要求我到醫院，躺在床上指示我在原有的遺囑上新增一條附加條款。為了我們在場的小朋友，讓我解釋一下什麼是附加條款。」

對啦！最好除了我，房間裡的其他人都知道附加條款是什麼。

我轉頭看看爸媽，嗯，顯然真的只有我不知道附加條款是什麼。

「附加條款就是在原有的遺囑上新增、但並非用來取代原文的文件。」黃先生一邊說，一邊以看著呆瓜的表情對我微笑，「所以說，附加條款可能會增加或撤回遺囑中的一小部分，或者……」

黃先生低下頭來轉動他的尾戒，顯然很享受這個時刻。「可能會改變遺囑當中的一大部分，甚至變更遺產的分配。」

「他最好不要拿走任何送給友子姑姑的東西，否則她會親手宰了他——如果他還沒死的話。」媽媽嚴肅的說。

黃先生再次微笑，不過看起來有點緊張，「遺囑裡只有兩項條款。」

他拿出一張紙，清了清喉嚨，低頭瞇起眼睛看著紙張，開始讀出內容。

「我最終版的遺囑和遺言的第一項附加條款：我將從遺產中撥出八萬美元贈予莉拉．格森，用來幫助她負擔哈佛大學的學費。」

媽媽倒吸一口氣，眼中泛淚。她緊緊抓著爸爸的手，讓我懷疑那隻手是不是要被她扯下來了。看得出來她很意外，完全沒有料到會發生這樣的事。

「第二項附加條款：我將我在洛卡葛蘭迪市南亞塔維斯塔大街一〇三四六五號公寓裡所有的物品和裡頭全部的寶藏……留給我善於解謎的曾姪子泰德．格森。只要你努力找，一定會找到的。」

第四章／計畫改變——爸爸的「小驚喜」

「記住你媽說過的話。」爸爸警告我，同時將車開下洛卡葛蘭迪交流道。

「我知道……我知道……」我把頭靠在車窗上，感覺到不耐煩的情緒在身體裡堆積，就像等待新遊戲下載時一樣。

「不要抱持太大的希望，」之前媽媽聽到我和迦勒在電話中討論「裡頭全部的寶藏」可能代表了什麼時，這麼對我說，「我叔叔對寶藏的定義比較特別。他喜歡……嗯……保留很多東西……」

計畫很簡單。公寓的房租到這個月底前都已經付清，所以我有一個星期的時間可以仔細搜索公寓，判斷什麼是垃圾、什麼是寶藏。迦勒會來幫我的忙，如果找到任何有價值的東西，我們就平分。

最棒的部分是，因為我的叔公是戰爭英雄，他家裡很有可能會放著一些第二次世界大戰留下的紀念品！

當然，媽媽早就以堅定的語氣告訴我，她去過那間公寓幾十次了，從來沒看過任何值錢的東西。她甚至強迫我帶了漂白水和橡膠手套。「這樣你需要的時候才有得用。」

雖然她一直在澆冷水，但我毫不在乎。這將會是超棒的一個星期。和迦勒一起混，搜尋許多很酷的玩意兒。耶！

更別提爸媽眼中的寶藏，和我所認為的寶藏根本就是完全不同的兩件事。

而且叔公一定有很好的理由，才會決定將不管那是什麼的東西指名留給我。很顯然在那扇公寓大門後一定有什麼很特別的東西。

迦勒的爸爸吉恩載他過來之後就先走了。

我爸和迦勒的爸爸都是加州大學拉普里西馬分校的英文教授。我們兩家私交甚篤，夏天一起烤肉、寒假一起出遊、週末臨時打個電話就相約一起吃飯，我和迦勒可以說是一起長大的。

然而就在一年前，吉恩開始留起長髮、綁馬尾，宣布他要離開朵瑞絲和迦勒，搬去跟一個比迦勒的媽媽年輕十歲的女教授吉娜同居。

他的行為無疑引發了許多問題，但迦勒很努力、很勇敢的去面對。

也許只是巧合，不過從他爸搬出去之後，迦勒畫的漫畫開始出現很多鬥毆的場面。

當然，除非他讓他的超級英雄主角痛扁的壞蛋就叫「邪惡爸爸」，否則誰也不能肯定。

通常吉恩會留下來和爸爸閒聊一會兒，可是在他離婚後，他們之間的關係就變得有點緊繃。

「嘿。」迦勒低聲打了個招呼，將金髮從額頭撥開，順手推了一下眼鏡。

他望向我和爸爸，只是站在那裡，也不走過來。

「我媽得先去找律師拿鑰匙。」我向他解釋。

爸爸清了清喉嚨，顯然有話要說。

「聽著，我在想，你們兩個要清掉所有的東西可能會需要幫手……」

「不用了，爸爸，不過謝謝你願意幫忙。」我很快的回應。

我可不想在我們搜尋時，爸爸在一旁礙手礙腳的。

而且萬一我們找到像德國魯格手槍或日本武士刀之類超炫的寶貝，那可怎麼辦？父母通常不會允許小孩保留那種東西。

「事實上，我說的不是我。你們知道英文系新來的系主任吧？」

「當然，你的那位新上司。」我說。

「你們一定猜不到發生了什麼有趣的事。他女兒過完暑假就會轉到你們班上，而他很急著要她在這裡結交新朋友，所以我不小心就開口邀請她來這裡幫忙。」

我和迦勒交換了一個彷彿天要塌下來的眼神。不、會、吧？

「爸爸，請告訴我，你是在開玩笑。」

我早該料到的。爸爸向來如此，總是將壞消息留到最後一刻才輕描淡寫的講出來，連一點挽救的機會都不給我。上次我們全家去度假，就在踏進飯店房間時，他才告訴我那裡沒有網路。整整兩個星期沒有網路！而這次可能比上回更糟。

爸爸拿下眼鏡一直擦，不敢看我們。

「你為什麼沒有事先告訴我？」

他總算抬起頭來。「嗯，泰德，就好像我要帶狗去看獸醫，絕不會告訴牠要帶牠去看獸醫，否則牠絕對不會跳上車。我只會告訴牠，我要載牠去兜風……」

「然後你載牠去了之後，就叫獸醫剪掉牠的——」

「泰德！」爸爸口氣嚴厲的警告我。

「很高興知道你用對待寵物的方式對待我。」我咕噥。

「那只是比喻。」爸爸開始解釋，「就像——」

「我知道該死的比喻是什麼，爸爸。就好比接下來的三個小時和一個從沒見過的女孩共處，以及永無止境的在地獄裡受苦，這兩者之間的關係就叫比喻。」我回答。

「這會比明年上體育課要和其他男生一起淋浴更糟。」迦勒呻吟。

迦勒的比喻顯然比我的更有畫面。

「聽著！」爸爸突然間變得很嚴肅，「她剛搬來這裡，沒有任何朋友，態度好一點不會要了你們的命，好嗎？」

「可是——」

「泰德，至少這樣她在開學前就認識你們。她爸希望她會喜歡這裡。從東岸搬到西岸，身邊沒有認識的人，並不是件容易的事。」

「爸爸，隨便一個女孩……我的意思是，我不介意認識她，但是——」

「到底是誰說她會想和兩個男生混在一起？為什麼她爸不幫她找幾個女生一起出去玩呢？」迦勒問。

「顯然暑假期間沒有你們這個年紀的女生還留在這裡。格林漢真的很想強迫她出門。他說自從他們搬來之後，她只肯待在家裡看書。」

我發出呻吟。不但是女生，還是個書呆子。一個怪胎。為什麼本來我在這個暑假所要做的最酷的事，現在卻成了最討人厭的大麻煩？我們得負責照顧一個目中無人的女孩，而且她說不定還會認為我和迦勒是只會玩線上遊戲的兩個白痴。又多一個人來評判我，真是太好了。

「所以你們可以接受吧？」爸爸滿懷希望的問。

「媽媽知道這件事嗎？」我謹慎的問。

「知道，而且我相信，如果你們沒有友善對待即將轉進班上的新同學，她一定會很失望。」

爸爸毫無羞恥心的對我大打所向無敵的「媽媽牌」。

「媽媽牌」力量強大，無人能擋。

在這一刻，我知道自己只能回答「好」。我被澈底的擊敗了，而且是被自己的爸爸。簡直是《星際大戰》劇情的翻版。

「我猜也只能這樣了。叫她明天來幫忙一天如何？這樣的安排還不錯吧？」

「嗯……我想沒辦法這樣。」爸爸說。

我聽見車子轉進停車場的聲音，還以為是媽媽，但轉頭卻看見一輛造型流線、超級酷的豪華房車。我對車子沒有太大的研究，不過即使是我都知道那是凌志，頂級的汽車品牌之一。

「事實上……我好像已經答應他了。」爸爸窘迫的說，「我猜應該是他們來了。」

車門打開，一個男人大步走過來和爸爸握手。然後一個女孩也跟著下了車，她隨手將車門關上，發出極輕的聲響，不知道為什麼連那個聲音聽起來都很昂貴的樣子。

我注意到的第一件事是她的穿著。

我和迦勒知道接下來要做的工作可能又熱又髒，所以都穿上衣櫃裡最醜的衣服。我穿了剪掉褲管的舊牛仔褲，還有一件夏威夷親戚在某個耶誕節送的、我死都不會穿出門的T恤，在「放輕鬆！」（當然，不然夏威夷T恤還會寫什麼）三個大字下畫了隻胖豬在衝浪。

迦勒則穿著睡褲，還有一件印了美國隊長的T恤，不過因為洗過太多次，上面印的字母有好幾個已經不見了。

我看了將近一分鐘才發現那女孩穿的是牛仔褲。我從沒看過燙得這麼平整、這麼乾淨的牛仔褲，看起來和她腳上的帆船鞋一樣，似乎都是全新的。

我注意到即使今天應該會又熱又溼，但她的金色長髮並沒有綁起來，反而戴了一個像是愛麗絲在夢遊仙境時會戴的髮箍，任由長髮垂在背後。

當她向我們走過來時，我感覺到她有某個說不上來、不大對勁的地方，和我們班上其他女生都不同的地方。毫無疑問的，她的穿著不同、髮型不同，也不像我們那個年級受歡迎的女孩那樣跳來跳去的。

有一瞬間我為她感到難過，想像著她努力適應新的學校，卻因為自己的穿著打扮被取笑……

就在她爸要將她介紹給我爸，她露出面對成年人該有的「正確笑容」時，我突然明白了。她最大的不同在於她太過完美了。

我看得出來，這是一個在一生當中從沒說過或做過任何不當言行的女孩。不知道為什麼，這一點非常、非常的困擾我。

第五章／新成員加入

「泰德！哈囉？」

我回過神來看著爸爸。顯然我在爸爸介紹我時像個白痴一樣呆立原地，毫無反應。

「抱歉，格林漢，泰德有點出神。他有一點……嗯，心事，我猜，畢竟他的叔公才剛……你知道的。泰德，這是格林漢．亞契，我們英文系新上任的系主任。」

格林漢．亞契的個子很高，肩膀寬大厚實，一頭濃密的金髮在陽光下閃閃發亮。

爸爸脫下髒兮兮的棒球帽，從皺巴巴的長褲口袋拿出一張紙巾抹了抹他亮晶晶的禿頭。

我轉回去看著亞契，懷疑他根本就是個外星人。

這些人是不是都不會流汗啊？

真可怕。現在戶外大概有攝氏四十度，而這父女兩人卻彷彿隨身戴了防護罩，就好像洛杉磯的灰塵不會落在他們燙得筆挺的Polo衫上似的。

那女孩轉向我爸。「哈囉，我是伊莎貝爾（Isabel）。」

「伊莎貝爾．亞契！」

爸爸喊出來之後張嘴傻笑，就是他相信自己接下來要說的話會讓人覺得他好聰明、好厲害的那種笑容。

我深呼吸，做好心理準備等他開口。

他俏皮的對著伊莎貝爾眨了眨右眼（沒錯，他真的那麼做了），然後說：「你顯然很聰明，但是你也同樣感到興奮嗎？」

我以為格林漢．亞契會因為爸爸出言莽撞而一拳打在他臉上，將他打成熊貓眼，但是相反的，格林漢居然大聲笑了起來。

「非常好，亞堤！真是令我印象深刻啊！」

「我教了十年的亨利．詹姆斯[1]可不是白教的！」我爸說。

哇！難怪爸爸總是說當他開那些無聊的「文學」玩笑時，只有其他主修英國文學的人才會笑，因為他們非笑不可。

然後，伊莎貝爾也笑了。那是一種「我聽得懂大人在說什麼，而且也會欣賞，不像你們兩個呆子

1 Henry James，美國小說家。伊莎貝爾．亞契是亨利．詹姆斯代表作《仕女圖》的女主角。

完全狀況外」的笑，笑得那麼瞧不起我們的樣子，讓我內心的六歲兒童想撿起地上的泥塊用力抹在她高級的粉紅Polo衫上，看她還會不會覺得有什麼好笑。

當然，我知道十二歲的我是絕對不可以做這種事的。

我低頭看著身上可笑的衣服，發現十二歲的我和六歲的我穿得居然差不多，頓時覺得更加尷尬了。

格林漢轉身面對我，伸手指著他女兒的方向。「泰德，她是伊莎貝爾。我想下個學期你們會在同一個班上。」

「嗯……很高興認識你。這是我的好朋友迦勒。」

迦勒對伊莎貝爾點點頭，她也對他點點頭。毫不意外的，格林漢主動和我們兩個握了手。我相信你可以猜得到，他握得不會太大力，也不會太小力，非常完美，就跟他的人一樣。

我爸左右張望，身體晃來晃去，將兩手的指關節壓得啪啪作響。相較之下，我爸還真是一個能言善道、充滿魅力的人啊！唉……

「所以……我們現在只要等我太太拿鑰匙過來就可以開始了。鑰匙在律師那裡。我們男人老是浪費時間在等太太，我猜你應該也很清楚。喔，真是對不起。」

我不知道爸爸的臉為什麼一下子漲得通紅。格林漢．亞契點點頭，聳了聳肩。

「沒關係的，別放在心上。」格林漢回應，看起來很真誠。

「怎麼這麼巧，說人人到！」爸爸像寵物店裡的小狗看到新主人一樣的昂首挺胸，「我想我們可以先走了。我還有一大堆期末考考卷要改呢！」

「而我還有一大堆搬家的箱子得打開整理。」格林漢說，「那麼我就跟你一起離開吧！好好玩，伊莎貝爾，我三點左右再來接你？」

格林漢轉身離開，伊莎貝爾在後面出聲叫喚，並在媽媽的車轉進停車場時跑向她爸。看起來她似乎很想要他帶她一起走，很想儘快離這兩個呆瓜越遠越好。我聽到他們一小部分的對話，格林漢安慰她的輕柔聲音斷斷續續傳來，「只不過兩個小時……記得我們說好的嗎？我保證一定準時過來……我知道……」

媽媽在一段距離外停好車，推開車門。

她穿著平常上班換制服前穿的邋遢衣服，一邊跑向我們，一邊以勝利的姿態舉高右手揮舞著鑰匙。她從爸爸和格林漢身邊跑過，親了爸爸一下，然後跑向我和迦勒。

「哈囉，男孩們！抱歉我耽擱了這麼久！先是律師找不到鑰匙，然後我又發現車子沒油了，你們一定想不到跟在我後頭開進加油站的人是誰！」

媽媽終於停下來喘了口氣。她笑了笑，似乎覺得自己的行為有點幼稚，然後傾身在我臉頰上親了一下，對迦勒揮揮手，轉過身才注意到伊莎貝爾。她驚訝的睜大眼睛，臉上的表情立刻變了，接下來她說了一堆讓我很擔心的話，同時也提醒了我為什麼今天這麼不同。

「喔，哈囉！你就是格林漢．亞契那個有名的女兒？我聽了好多關於你的事呢！」

伊莎貝爾輕輕的和我媽握手。

「我是伊莎貝爾．亞契。你一定是格森太太？」她以愉快的語調說。

我真佩服她和大人社交的能力。在我們學校，沒有任何一個十二歲的孩子能比得上她，就連最受歡迎的那些女孩也望塵莫及。紐約市的孩子是不是都能這麼自然的和家長對談？

媽媽大笑出聲。「我當然是！亞堤提過他邀你今天來助男孩們一臂之力。我只是沒想到你真的願意來這裡和他們一起——」

「我父親很擔心我會變成一個隱士，」伊莎貝爾微笑，「所以我們交換條件，我來這裡之後，他會買我一直想要的查爾斯．狄更斯全套小說給我。」

喔，對，我忘了她是個書呆子。

「所以你很喜歡閱讀。」媽媽嘆了一口氣，彷彿這件事將伊莎貝爾的完美境界又往上提升了一級。

「對，不過只限於大人的書，我不喜歡寫給我們這個年齡看的童書。你們注意過嗎？童書裡的設定通常不是媽媽死了，就是爸爸在孩子很小的時候離家，再不然主角就是個孤兒。」

迦勒抬起頭來。「你知道嗎？我從沒注意到這一點。」

「嗯，對，不一定會注意到，可是真的很常這麼寫。故事總是這樣安排，而且結尾多半是爸爸其實是某個了不起的大人物，光榮的返家團聚，或者媽媽其實是為了國家出任務的祕密間諜，充滿這類不合理的情節。就像在說我媽會突然活過來一樣可笑。」

大家沉默了好一陣子，沒有人知道該怎麼回應。伊莎貝爾轉向我媽。

「我好討厭那些書，」她裝出很開朗的樣子，「這就是為什麼我比較喜歡看大人的書的原因。給大人看的書裡頭不會虛構那樣的事。狄更斯可能是個例外，他寫的書裡也還是有類似的設定，就像《孤雛淚》，你們知道吧？」

「當然。」雖然我對《孤雛淚》只剩模糊的印象，卻還是出聲附和。我答應自己一回家就會上網找出來重讀。

「喔，沒錯。關於你媽的事，我感到很遺憾。」我媽就像配備了渦輪離合器的麥克重型卡車換檔一樣，靈巧的轉換了話題。（好吧！事實上我對汽車一無所知，但自從陪爸爸去修車，聽到技師講述事情時用了這個形容之後，我就很想也用一次。）

至少我們現在知道為什麼爸爸在提到太太時要道歉了。

「謝謝，格森太太。你真親切。」

「我們都很高興你能來幫忙，是不是啊，男孩們？」

伊莎貝爾又笑了，但是她的笑聲不像班上那些女生咯咯傻笑時那麼刺耳。不，伊莎貝爾的笑聲——對，我就知道自己會再說一次——完美極了。她的笑聲就像個大人，讓我更加緊張不安（假設我原來的緊張程度還沒到達極限的話）。

如果媽媽再叫我和迦勒「男孩們」，我就要吐了，所以我試著將話題引回正軌。

「嗯，媽，你剛說我們一定想不到跟在你後頭開車進加油站的人是誰？」

「喔……對。居然是山田先生的女兒唐娜！」

我和迦勒對看了一眼。

「泰德，我告訴過你山田先生的事很多次了。我發誓，你的記憶力簡直和你爸一樣差。山田先生是你叔公還在開酒行時最忠實的客人之一。泰德叔公住院時，山田先生幾乎天天去看他。」

「喔……對，你確實告訴過我他的事。我只是不知道他有個女兒。」

「每天載他去醫院的就是她啊！總而言之，泰德叔公的死讓山田先生很難過。當我告訴他女兒你們要做什麼時，她問我如果你們找到以前酒行的任何東西，像是菸灰缸之類的，能不能留給她爸當做紀念。」

「當然了，媽，當然，」我回答，「沒問題。」

媽媽拿著鑰匙往公寓的方向走。

「伊莎貝爾，再告訴我一次，你們是從哪兒搬來的？」

「嗯……紐約市。」

「泰德告訴過你，他爸也是從紐約市來的嗎？我們好久沒回去了。」

公寓的門動也不動，怎麼樣都推不開。或許這是一種凌遲，門板固執得不想被打開，好讓我的痛苦拖得越長越好。不要說不可能，在接下來必須和這個顯然不想待在這兒的女孩共度好幾個小時的世界裡，沒有什麼事是不可能的。

「開了！總算開了！我猜大概是天氣太熱，門板熱脹冷縮的關係。來，進來吧！」媽媽用力一推，打開了公寓的門。

第六章／好的、壞的，還有垃圾

強烈的氣味排山倒海襲來。

那是一種混合了舊報紙、廚房油垢，還有老人特有的酒、香菸交雜的味道。不過跟映入眼簾的景象比起來，味道又不算什麼了。到處都是空瓶，滿是汙漬的沙發上堆了好幾袋食物。我甚至不願意去想那些汙漬是怎麼來的。事實上，地板也布滿各種顏色「有趣」的汙漬——至少在看得到的範圍內是如此。裝滿舊雜誌的紙箱，還有二十多年來泰德叔公都沒想到要清理的那些又髒又破舊的家電用品，將大部分的地板給遮住了。

這裡簡直就像一間「噁心博物館」。

只要是大到沒辦法堆疊的東西就靠牆放著，所有的箱子都以危險的角度在其他的箱子上保持平衡。房間裡幾乎連走動的地方都沒有。

媽媽當機立斷的走向最近的窗戶，使勁的把它推開，讓久違了好幾個星期的首波新鮮空氣從窗外湧入。雖然天氣又悶又熱，但可以和外面的世界重新接軌還是讓大家感覺好多了。

媽媽轉頭大聲的對我說：「我警告過你的，泰德。我說過我叔叔不喜歡丟東西。」

「是，我知道，媽……可是我以為不會——」

又開了兩扇窗後，媽媽按下一臺超大電風扇的開關，微風翻動堆在附近椅子上的報紙和雜誌，她雙手插腰，轉向伊莎貝爾。

「真是抱歉，伊莎貝爾。我想你一定嚇到了吧？」

伊莎貝爾聳聳肩。「我不確定。我在紐約市長大，比這更糟的味道都聞過，地下鐵、二手書店……我比較擔心的是那個。」

媽媽順著伊莎貝爾的視線望向角落發出嗡嗚聲的老舊冰箱。

「沒事的，」媽媽大笑，「在我叔叔被送進醫院的那晚，我已經把冰箱清空了。當時我就覺得他這次可能不會再回來了。」她說著，五官突然皺成一團。為了掩飾自己的情緒，她別過臉去。

「嗯，孩子們，你們好好玩吧！我要去上班了。我在廚房放了一捲大塑膠袋讓你們裝垃圾，如果用完了可以再買。我想伊莎貝爾的爸爸兩個小時後就會來接她了，對吧？」

伊莎貝爾看著公寓裡堆積如山的雜物，心不在焉的點點頭。

「好了，男孩們，我會在休息時間回來載你們兩個。我可不希望在這種氣溫下，你們花太多時間在這裡。祝你們好運嘍！」

接著我媽跳過一個老舊的小烤箱，從裝滿錄影帶的箱子和上面蓋著厚厚一層灰、未開封的速食麵紙箱之間穿過，走向大門。

我們目送她離開。

我們三個人站在那裡，動也不動，沒有人知道下一步該做什麼。

就這樣沉默的聽著我媽的車子發動、倒車、駛離。

然後伊莎貝爾開口了。第一次，在沒有大人的陪同下。

「嗯……如果你們覺得沒差……」

我知道她接下來要說什麼。

「我可以在外頭等我爸來接我嗎？我帶了一本書，而且——」

「當然沒問題。」我說。我不怪她，畢竟她不像我和迦勒是自願來清理這個垃圾堆的。

伊莎貝爾鬆了一口氣，露出發自內心的微笑，一溜煙的逃到外頭。我們看到她從大門附近搬了一張椅子，靠著外牆放好，小心翼翼的擦乾淨之後才坐下。

我和迦勒開始工作，分頭把東西拿起來看，尋找泰德叔公可能會留在某處的德國魯格手槍或日本武士刀。

一個清亮的聲音從門外傳來，「所以你媽是日——」

我知道她只是想找話題閒聊，但不曉得為什麼她的話卻惹得我很心煩。

「事實上，她是美國人。」我聽到自己打斷她，「為什麼人們只要一看到亞裔，就會假設他們是從其他地方來的呢？」

伊莎貝爾嘆了一口氣，清清喉嚨。

迦勒開口，「嘿，兄弟，你的口氣有點太衝了，我相信她沒有惡——」

「她當然是美國人。」伊莎貝爾嗤之以鼻的說，「如果你讓我把話講完，就會聽到我要說的是『你媽是日裔美國人』。」

我試著做些沒什麼用的損害控管。

「我沒有要找你麻煩的意思，只是——」

「相信我，我在紐約有很多亞裔朋友。我不需要人家來教我什麼是亞裔美國人。」

在我有機會跟私立學校小姐繼續討論之前，迦勒趕緊說：「所以我們的計畫是什麼？就什麼都拿起來看看，直到找到值錢的東西嗎？」

一頭金髮從門口發話，「為什麼你們會以為能找到任何值錢的東西？」伊莎貝爾問，「依我看，他只是個有囤物癖的老頭罷了。」

迦勒在我阻止他之前就已經開口回答，「泰德的叔公把公寓裡所有的東西都留給他，還說裡頭藏了寶藏。」

啊哈！現在整顆頭都從門框旁探進來了。「哇！沒人告訴我這件事。你們覺得那是真的嗎？」她走進來站在我身邊，掃視著公寓裡的雜物。

我不想讓她抱持太多希望。「我媽說她從沒聽我叔公提過，而她是唯一和他比較親近的親人。沒有人知道那個老傢伙說的寶藏到底是什麼。」

迦勒伸了個懶腰，讓他原本就瘦弱的身體看起來更是骨瘦如柴。「天啊！這地方東西好多。我們該從哪裡下手？」

我環顧四周，本能的開始進行分類。我的右手像握著滑鼠似的，食指不停點擊。

「首先，也是最重要的，就是蒐集看似垃圾的東西，還有把報紙和雜誌捆成一疊。」我建議，「接著，或許可以看看有什麼家電用品還能用。」

「沒錯。」伊莎貝爾回應。她伸出一隻腳踢了踢身旁的箱子，彎身把它抱起來，走向最靠近我們的垃圾袋。

「哇！等一下！」迦勒大喊，將腳邊的垃圾袋推開，探頭去看伊莎貝爾抱著的箱子裡裝了什麼。

「你要把這個丟掉？你是開玩笑的吧？」

伊莎貝爾低頭瞥了眼箱子，抬頭以看到瘋子似的眼神看著迦勒。「嗯……有什麼不該丟的理由嗎？只不過是一些舊卡匣，而且看起來大多已經壞了。誰會想要這種東西？」

迦勒將手探進箱子裡，小心翼翼的拿出一個左邊有十字形按鍵、右邊有兩個紅色按鈕的灰色長方形小盒子。一條傳輸線將它和箱子裡另一個更大的灰色盒子連接在一起，旁邊則放了許多印上各色名稱的塑膠卡匣。

「泰德，你看看！」

「哇，」我低語，「我從來沒有親眼看過這個。」

「有人要告訴我這到底是怎麼回事嗎？還是你們其中一個要開始叫那東西『我的寶貝』，然後兩個人打起來搶奪它？」伊莎貝爾從鼻子裡哼了一聲問。

她將《魔戒》的哏用得這麼好，實在讓我另眼相看，但她從鼻子裡哼出來的那聲，卻又令我忍不住在心裡扣她兩分。

「哇，沒想到世界上還真的有你不知道的東西呢！」我說。

「你就不能直接告訴我那是什麼嗎？」

我看得出來她又想要走出大門，其實無所謂，不過我也知道自己這樣實在很差勁。

「對不起。這是任天堂很早期的遊戲機，算是非常有名的經典之作。再給我一百萬年也想不到泰德叔公會有這種東西。」

「嗯，不過這一定是他的，」迦勒說著，把控制器翻到背面，「他還把名字寫在上面呢！」就在那裡，黑色簽字筆大大的寫著「若林」。

「你覺得這就是他藏起來的寶藏嗎？」迦勒輕聲問，檢視著箱子裡的遊戲卡匣。

「也許吧……」我說，「他確實在遺囑中提到我很喜歡解謎，而電子遊戲也算是謎題的一種。也許他指的就是這個。」

「我不這麼認為。」

我們同時抬頭望向伊莎貝爾。她臉上出現深思的表情。

「你說那是藏起來的寶藏，但這玩意兒可是直接放在外頭啊。」

「嗯，迦勒那麼說是有點誇張。事實上，叔公是說公寓裡所有的物品和裡頭全部的寶藏都留給我，但是我要自己去找。」

「還不是一樣，我們根本沒怎麼找，這箱子就出現了。我認為他的寶藏不是指這個。」

「對，嗯，你當然知道我叔公在想什麼，畢竟你們兩個曾經那麼親近嘛！」我火大了。

「隨便你。我只是試著要──算了！」

我看著伊莎貝爾．亞契穿著完美無瑕的牛仔褲走出大門，走回加州的陽光下。我大概又在當個差勁的人了，不過我現在一點都不想要別人來告訴我做這個、做那個。

迦勒從房間的另一頭對我大喊，「你覺得會不會有舊漫畫？他一定會有一些舊漫畫，對不對？」

迦勒除了很擅長繪畫之外，還有一件事非提不可，就是他有一個夢。

他夢想著，有一天能夠擁有漫威的連載漫畫《驚奇冒險》第一期。

為什麼對他來說，這本漫畫比《偵探漫畫》第二、第三、第四期，或是其他任何漫畫都重要呢？因為這本漫畫裡講述了一群特殊罪犯打擊者──「合金超人！」（請不要看到驚嘆號就以為我很興奮，事實上驚嘆號是他們名字的一部分）的起源故事。

我想應該先在這兒暫停，解釋一下什麼是「合金」。我之所以知道這個名詞，完全是因為在八歲時發生的一件事。那時我是班上唯一一個混血兒，不知道為什麼，這惹火了其中一個叫墨利．弗瑞德門的同學。

墨利．弗瑞德門的爸爸在拉普里西馬開了一間「奇蹟熟食店」（店裡的口號是「如果你的三明治很好吃，那是一個奇蹟！」）。那天我們上課的主題是猶太節日逾越節，所以老師就要求是猶太人的小朋友舉手，於是我就舉手了。

嗯，然後墨利．弗瑞德門在下課時擋住我的去路，告訴我剛才根本不應該舉手，因為我媽不是猶太人，所以我也不是，只能算半個猶太人，不像他是百分之百的猶太人那麼好。

這件事令我非常沮喪。我回家後告訴媽媽，她只是用手爬梳過我的頭髮，說她很遺憾。我的心情並沒有因此變好，但是那天晚上爸爸走進我的臥室，坐在床邊告訴我關於「合金」的事。

他說像鐵、鎳、鋅等純金屬不夠強韌，很容易斷裂，所以在純金屬狀態時用處不大。直到人類開始懂得將不同的金屬混合，創造出青銅，文明才得以繼續往前推進。想想看，如果沒有鋼之類的合金，我們就無法建造出摩天大樓和橋梁。然後他又告訴我，科學證明這些混合金屬，也就是合金，不但強度更高、更有用，而且遠比純金屬更有價值。

我相信如果是我的天才姊姊，一定馬上就知道他在說什麼，可惜我不是莉拉，只能問他這些事和我有什麼關係。當時他回答我，我就像合金，結合了兩種古老且值得驕傲的文化所創造出來的人，比任何人更堅強、更好、更有用。

我問他這個任何人也包括墨利．弗瑞德門嗎？他笑著說：「特別是墨利．弗瑞德門。他爸的品味差到就算有個完美的貝果掉在他頭上，他也看不出來。」

我不曉得爸爸這些話是不是從哪兒看來的（也許有一本書叫做《在一半猶太人、一半亞洲人的兒子被混蛋欺負時，爸爸該對他說的話》），還是他自己編出來的，但不管是在那之前或之後，我都沒聽爸爸再說過類似的話。

當然，漫畫上的「合金超人！」和猶太人沒什麼關係（至少我認為沒有）。它講的是三個科學家想混合某些元素，創造出一種打不壞、超有力的合金，過程中發生了放射線意外（我知道，這類的漫畫裡總是會發生放射線意外，不過那是六〇年代，就不要太計較了），於是三個科學家的肉身就變成了純金屬之身，有速度超快的水銀先生、彈性特佳的錫人，還有超級強壯的鋼鐵女。

不管我告訴誰這個故事，他們總是會說：「如果鋼鐵女能和鋼鐵人結婚，生幾個鋼鐵小寶寶，不是很有趣嗎？」你知道嗎？其實我早就想到了。我把這個點子告訴迦勒時，他說：「那是不可能的，泰德。鋼鐵女真的是鐵做的，但鋼鐵人只是一個穿著金屬盔甲的有錢人，並不是鐵做的。」

只要是牽涉到「合金超人！」的事，迦勒總是一板一眼，絕不含糊。

毫不意外的，在每一個故事裡，他們總會發現沒辦法靠個人力量打敗惡棍，於是結合在一起創造出一個超級厲害的超級英雄——合金超人，合力將那個月漫威連載漫畫中的壞蛋打得屁滾尿流。整個系列只出版了六期就被停刊，為什麼迦勒會這麼想要第一期呢？

當他爸媽離婚時，他爸將自己從小擁有的所有漫畫收藏送給迦勒，包括整套的《驚奇冒險》，唯獨少了第一期，所以現在迦勒瘋狂的在eBay、漫畫店和網路上尋找第一期。我知道聽起來很蠢，但我想他可能相信如果能找到第一期，讓《驚奇冒險》變完整，他的生活就能回到過去的樣子——他爸會清醒過來，不再做那麼多奇怪的事，離開吉娜，回到他媽身邊。

媽媽說我不該老愛分析別人的心理。

我想迦勒爸爸回家的機會，大概和迦勒找到《驚奇冒險》第一期的機會一樣小，畢竟一個頭腦正常的人是不會想保留那本漫畫的。不過我當然不會對迦勒這麼說。如果他想要找，有什麼理由要阻止他？所以我只是說：「嘿，誰知道呢？你四處找找吧！」

在此同時，我知道自己必須處理一下「伊莎貝爾危機」。相信我，這的確是個危機。如果我爸媽發現我羞辱了我爸新上司的女兒，惹得她不開心，我一定會被嘮叨一輩子的。

我需要釋出願意和平相處的善意。

我環顧四周，彷彿被閃電擊中腦袋似的立刻想出了好點子。有時候我真是聰明到連自己都會怕。

「哇！迦勒，」我扯開喉嚨大喊，「你看那個書櫃上居然擺了這麼多舊書。」

一顆腦袋從門框旁探了出來。我微笑，抬手指向靠在牆壁上的大型書櫃。伊莎貝爾直直瞪得出神。

我看到她眼裡露出的光芒。「你知道的，如果看到什麼想要的書，不用客氣，我想那些並不值錢，但是——」

伊莎貝爾已經跳過一個裝滿舊米袋的紙箱，興奮的瀏覽書櫃裡的書。「謝謝，這真是太棒了。我最喜歡看人家的藏書了，可以從中看出主人是個什麼樣的人。」

危機解除。

「看起來你的叔公對第二次世界大戰很著迷呢！」伊莎貝爾觀察道，同時擦掉兩本書上的灰塵。

「對，他似乎也參加了戰爭。在我們去律師事務所的路上，我爸說叔公是個戰爭英雄。雖然有點奇怪……」我沒有把話講完。

迦勒抬起頭來。「什麼事有點奇怪？」

「我媽說他從不跟任何人談論戰爭。他總是表現出一副想把它拋在腦後的樣子，所以——」

「所以既然他想忘掉，又為什麼要買這麼多相關的書？」伊莎貝爾把我的想法說了出來，「確實很有意思。不過這些書看起來已經好多年沒被翻過了。」

「那他為什麼不乾脆把它們丟了呢？」我不禁懷疑。

「看一下我們四周，」迦勒大笑，「他像是會丟掉任何東西的人嗎？」

他說得對。若說這公寓會讓我聯想到什麼，它其實和我之前玩過的一種密室逃脫遊戲的畫面很類似，就是各式各樣的垃圾占滿了所有空間，讓你很難找到線索、特別難破關的那種。

我很高興接下來的半個小時在伊莎貝爾幫忙分類、迦勒尋找那永遠找不到的《驚奇冒險》第一期中平和的度過。我們甚至找到兩個印了「泰德酒行」的舊火柴盒。如果我們沒再找到更好的東西，也許山田先生會想保留這兩個火柴盒作為紀念。我們打算把大多數的物品，尤其是衣服、舊咖啡機和從前酒行留下的物品，送到Goodwill慈善二手店。

窗外傳來車子駛入停車場的聲音。從那低沉流暢的引擎聲聽來，應該是亞契先生的車。

伊莎貝爾站起來，拍了拍牛仔褲上不存在的灰塵。「我猜是我父親來了。」

迦勒將手上抱著的第二十疊雜誌放下。「嗯，很好。我不知道你們怎麼樣，不過我真的需要休息一下了。」

我站起來，用上衣擦汗，順便抹了抹臉，然後才想起伊莎貝爾還在，剛才的舉動顯然不是個有教養的紳士該做的。

我看著頭髮溼透、T恤上全是汗漬的迦勒，然後轉向伊莎貝爾。

她還是一派清爽，一滴汗都沒流。我得說，這實在太不合理了。

我不確定應該怎麼收尾，但還是結結巴巴的擠出話來，「嗯……呃，謝謝你來幫忙。你真的……幫了……」

「嘿，或許你明天可以再來啊！」迦勒加上一句，語氣聽起來很誠懇。

伊莎貝爾望向窗外她爸的車，同時開口回答，「我想我大概不會再來了。我們有點忙，你知道的，搬家的箱子還沒拆完，東西也還沒歸位。」

我試著找出話題，好讓對話繼續進行，「那麼……如果我們找到什麼，就等秋天開學後到學校再告訴你吧。」

伊莎貝爾把頭轉開。

「也許吧。」

「什麼意思？難道到時你打算假裝不認識我們嗎？」迦勒不滿的從鼻孔哼出聲來。

「不是這樣的，」伊莎貝爾支支吾吾的說，「只是……嗯……我之前在東岸的學校還留著我的位子。我還沒決定要和父親一起留下來，去上新的學校，還是回去住在朋友家，繼續在聖安塞姆求學。」

呼！

「好吧……嗯，祝你好運。」我沒話找話說。

「謝謝。能夠認識你們真的很有意思。」

「嘿，我知道！也許我們可以在Instagram上互相追蹤？」迦勒在伊莎貝爾走向大門時，拋出了新點子。

「喔，我沒有在用Instagram，不過謝謝你的好意。」伊莎貝爾給了他最後致命的一擊。樓下的車子傳來低沉而渾厚的喇叭聲（連這聲音聽起來也好高級），然後伊莎貝爾．亞契對我們揮揮手，消失在大門之後。

第七章／《泰德遊戲》第一版

我當然一點都不想在今晚的餐桌上談論關於伊莎貝爾的事，不幸的是，那似乎是我爸媽目前唯一有興趣的話題。

才剛坐下，媽媽就雙手交握直盯著我，看得出來她很努力控制自己不要露出微笑。

「嗯……那個叫伊莎貝爾的女孩看起來滿不錯的。」她開口。

我在心裡默默感謝上帝，至少莉拉不在家，要是讓我姊聽到我整天和女孩混在一起，我的人生將會當場化為活生生的地獄。

「既然她叫伊莎貝爾．亞契，我當然就問她是不是既聰明又興奮。」爸爸說。

「亞堤！」我媽大笑。

我受夠了。

「有沒有哪個好心人可以為餐桌上的白痴解釋一下那到底是什麼意思？」我問，「你對她那麼說時，我還以為格林漢會揍你一拳呢！沒想到他居然只是大笑。」

「伊莎貝爾．亞契是亨利．詹姆斯的小說《仕女圖》裡女主角的名字。」爸爸回答，「她在故事裡第一次出現時，正望著英國莊園的草地，作者以『聰明、興奮』來形容她。」

我媽很理所當然的覺得自己有必要強調，「如果你過去十二年來有注意聽，就會知道爸爸每次教到那本書時，都要學生討論為什麼作者會以『聰明、興奮』來形容女主角。」

老好人爸爸試著轉換話題，「告訴我們，你們有找到什麼東西嗎？有寶藏嗎？」

「沒有。我們大多數的時間都在整理什麼東西放在哪裡的清單，像是某個角落就堆了五大袋白米。誰會在家裡放那種東西？」

「你叔公就會。」媽媽嘆氣，將剩下的沙拉撥進自己的盤子裡。

「事實上，很多出身貧困的人都喜歡囤積物資，因為他們很害怕將來有一天所有東西都會被奪走。」爸爸啜了一口檸檬水，「不過你叔公好像又比他們更極端一點。」

「所以明天你要我幾點載你過去？你和迦勒，還有伊莎貝——」

「事實上，」我一邊說，一邊收拾餐桌上的盤子，「沒有『還有』，伊莎貝爾不會來了。說得更明白一點，她可能甚至不會留在這裡上學。她說紐約的學校還保留著她的位子，她會去住在朋友家裡。」

「太可惜了，」媽媽說，失望的皺起眉頭，「不過我猜她需要為自己做出正確的選擇。」

我把盤子放進水槽裡，轉身往樓梯走。「是啊。所以我可以上樓躺下來了嗎？我有點累了。」

「當然，親愛的，」媽媽在我身後大喊，「好好休息！」

我回到房間，但沒有跳上床，而是一屁股在書桌前坐下，打開筆記型電腦。

我現在需要的是玩一場密室逃脫遊戲，也許兩場。不管一開始你覺得這些遊戲有多奇怪、多詭異，至少到最後一切總會合乎邏輯。

真實生活就沒那麼好了。迦勒的爸爸不會神奇的又變回一個好人，而既然伊莎貝爾能夠回去住在紐約市、上很酷的私立學校，自然不會留在無聊的聖費爾南多谷和我們一起去上不入流的破爛公立學校。

反正我也不在乎。

熟悉的瀏覽器視窗打開，接下來我會花一、兩個小時解出擁有正確答案的謎題，找到總是藏在最後一扇門後的寶藏。

我點開最喜歡的類別，看看有沒有什麼新遊戲。有個我從來沒聽過的遊戲藏在角落，「點這裡」的按鍵一閃一閃的對我招手。

「是玩《泰德遊戲》的時候了！」色彩繽紛的圖像如此宣稱。

老實說，看到自己的名字出現在遊戲名稱裡，我並不驚訝。

我玩過一個喪屍遊戲叫《死亡泰德》、一個追捕重大刑案嫌犯的遊戲叫《泰德或活下去》，甚至還有一個女生玩的約會遊戲叫《選不選泰德》（這是我最討厭的一個遊戲，害我在學校被取笑好久）。

我移動游標，點了一下按鍵，歡迎畫面在遊戲下載時跳了出來。色彩明亮、大而圓的字體寫著：

「揭開奧祕！解出謎題！找到寶藏！」

當下載進度達到百分之百時，我按下「開始」鍵，很高興的發現居然是個密室逃脫遊戲。以我的名字命名的密室逃脫遊戲！太棒了！

第一個房間打開，是一間——

公寓。

到處堆滿了箱子。

我移動游標，注意到自己的手微微顫抖。

不可能。

但是就在那兒。在角落，一塊布下面堆著好幾包白米。然後在我將游標移到房間其他部分時，畫面上出現一個書架，擺滿關於第二次世界大戰的書。

我揉揉眼睛。這不可能是真的。

這個遊戲的場景顯然就是我叔公的公寓。

現在，我的手真的抖個不停了。這實在太奇怪了。我從書桌後站起來，努力思考。迦勒當然可以畫得出來，事實上，他什麼都能畫得出來。不過他對遊戲程式設計一無所知，而且要做出這些東西要花好幾天……甚至好幾個星期。

另一個可能是伊莎貝爾。她夠聰明，沒錯。可是她似乎很討厭電腦。嗯，還是那也是裝出來的？

應該不會。不過沒關係。我玩了這麼多密室逃脫遊戲，還沒有哪一個是我解不出來的。

我只要保持平常心，像玩一般的遊戲就好，把所有的問題一一解開。場景看起來很像我叔公的公寓又怎麼樣？只不過是另一個遊戲，另一個我一定可以破解的遊戲。

我屏住呼吸，點擊「開始」的按鍵。

隨著我移動游標，到處點擊，畫面的角度也跟著改變，感覺就像在叔公的公寓裡走動。

我回想之前在遊戲中去過的所有房間，那些曾經困住我的臥室、客廳、車庫、廁所，乃至於地下墓穴——那是有次我無聊到極點時玩的老掉牙木乃伊遊戲。

我點擊了米袋下方，一枚硬幣出現，跳進我的「財產清單」裡。我繼續到處點擊，找到更多線索，然後一個念頭跳進我的腦海。

如果這不只是遊戲呢？

如果公寓裡真的有這些線索呢？

我猛然撞上椅背，結果太用力了，椅子整個往後翻，我跟著摔到地上。這巨大的聲響引起了爸媽的注意，我聽到跑上樓梯的腳步聲。

「泰德，你沒事吧？」媽媽擔心的聲音傳來。

「沒事，媽！」我大叫，聲音裝得有點太響亮，語氣也太愉快了些，「不小心滑倒了！」

「你真的沒事？」她的腳步聲在我的房門外停下。她頓了一下，伸手轉動門把。

我衝向鍵盤，在她推門進來前將視窗最小化。她探頭進來，看到我半趴在椅子上，正慌亂的掙扎起身。

「泰德，你累壞了。我就跟你爸說，只靠三個孩子要清理那間公寓根本不可能。我待會兒就上網僱用專門清理房子的人。」

「不要！媽媽，拜託！我想要自己來！」

媽媽歪著頭，伸出雙手捧住我的臉。我知道這很蠢，但卻很喜歡她這麼做。

「泰德．格森，你從什麼時候開始愛上在又髒又舊的公寓裡搬箱子？你連自己脫下的內褲都懶得撿。」

她說得沒錯。我必須想出一套具有說服力的說法。

「不是因為那個女孩吧？」她微笑的說。

喔，拜託。

「你可不可以不要再提她了！她甚至不會再來幫忙了，記得嗎？」

「那你為什麼要這麼堅持幫一個幾乎不認識的親戚清理掉所有的垃圾？」

我在床邊坐下。我的電腦在媽媽身後發出光芒，召喚著我。

「因為……他把那些東西全留給了我。我知道裡頭一定有什麼，不會只有表面上看到的。」

媽媽在我身邊坐下，將頭靠在我的肩膀上。

「泰德……我比任何人都了解他。他是個好人，只是有點怪。很可能他以為那些舊報紙和其他東西真的是一種寶藏。」

「或許是吧！可是迦勒同意我的看法。我們說不定可以找到一些東西放到網路上賣。也許我還能為自己存點大學學費。」

「好吧！不過你得答應我不要把自己給累壞了。」

「其實這種感覺滿好的，媽。我和他不熟，可是在他死後，我還有機會藉由清理遺物進一步認識他。我們打算再花點時間到處翻，看看能不能找到什麼。」

「那麼我和你約定，」媽媽說，站起來往房門移動，「在這個星期結束前，你們可以在叔公的公寓裡自由探索，然後我就要打電話給Goodwill慈善二手店，請他們開卡車搬走所有他們能賣的東西。這樣公平吧？」

「太好了。」我對她露出希望看起來像「我好愛你，善體人意的媽媽」的微笑，目送她走出房間。等到聽見門關上的喀啦聲，她的腳步漸漸走向樓梯之後，我才再度點開電腦視窗。

還在。

我看著我的「財產清單」。

我開始將東西一件一件放到應該出現的地方，就像玩其他遊戲時一樣，一個線索引出另一個線索，我知道自己很快就能把謎底解出來。

接著，出了一點狀況。

或者更正確的說法是——什麼事都沒發生。

我知道必須將書架上的書以某種順序排列，可是不管試了多少方法、排了多少次，依舊什麼事都沒發生。

我玩過夠多同類型的遊戲，完全清楚每一個步驟。

可是不曉得為什麼，這次卻失靈了。

我看了一眼時鐘，凌晨兩點。我居然已經玩了五個小時！感覺像只過了幾分鐘而已。問題是我到現在還沒解開謎底。

我的視線不時飄向螢幕角落的「遊戲攻略」，那個黃色按鍵彷彿在嘲笑我。

「來吧！按我吧！」它呼喚我，「這樣你所有的問題都會找到答案。」

我的驕傲不容許我點擊它。泰德．格森玩過好幾百個這類的遊戲，沒有一次必須用到遊戲攻略。

我知道自己漏掉了什麼線索，可是隨著時間一分一秒過去，我開始不情願的明白，為了找到漏掉的線索，我必須妥協。

我咬著牙移動滑鼠，點擊「遊戲攻略」的按鍵。

螢幕畫面改變，可以帶領我結束遊戲的一連串步驟跳了出來。

我跳過大多數已經做完（而且做得完全正確）的步驟，直接去看書架的部分。在遊戲攻略裡，書架上擺著滿滿的書，可是在我的遊戲裡，書架上卻有一個空隙。

在遊戲攻略裡，那個空隙的位置有一本綠色封面的書。

程式缺陷？就在我有史以來首次放棄、願意使用遊戲攻略的此刻，居然遇到一個故障的程式？

我沒有把遊戲攻略看完，因為根本沒有意義。我非常不爽的關掉電腦。

第八章／既聰明又興奮再度降臨

「我告訴過你，我五分鐘之內就得出發。」爸爸的手指不耐煩的在方向盤上敲擊。

我跳上副駕駛座，試著不被嘴裡剛咬下的大塊吐司給噎到，並傳簡訊給迦勒，告訴他我們出門了。爸爸幾乎在我關上車門的同時踩下油門，駛出車道。

「你知道我趕著進辦公室。四〇五號州際公路很容易塞車，尤其天氣熱時更是動彈不得。」爸爸說著，將車駛入車陣中。

「嗯，有件事你聽了一定會不高興，不過——」

「我不會停下來讓你買早餐的。」

「對不起，爸爸。迦勒的爸爸放他鴿子，所以我們得繞過去載他。」

「什麼？喔……好吧……」爸爸臉部的線條變得很緊繃。我相信他受夠了他朋友的行為，只是不會在我面前說什麼。

就在下了交流道前往迦勒家的路上，我看到一間讓我開心得不得了的店。「甜甜圈！」

「我猜我可以來杯咖啡。」爸爸嘆了口氣，慢慢將車轉進停車場入口。

沒過多久，我便抱著香噴噴的紙袋，來到迦勒家的車道。

「甜甜圈！太棒了！」迦勒坐進我正後方的位子，開心大喊。他伸出手拉開袋子往裡頭探看，「巧克力奶油！我最喜歡的口味！」他背靠著座椅，閉上眼睛，滿嘴甜甜圈，然後故意將巧克力糖漿抹在嘴唇上方，將眼鏡拉低到鼻頭處，裝模作樣的以糟糕的英國腔說：「請收下我永恆的感激之情，好心的先生。您真不愧是個博學多聞的紳士。現在我說，讓我們出發去公寓吧！」

連爸爸都忍不住笑了。

看到迦勒還有心情耍寶真好，讓我不禁也想陪他一起胡鬧。我望進已經空空如也的紙袋，看到底部剩下一層厚厚的糖粉。我把袋子戴在頭上，讓糖粉將我的頭髮染白。「不急，不急，慢慢來，萬能管家。這個年輕小伙子需要學會放慢腳步！」我壓低嗓子說。

我對這種事最有創意了。

迦勒捧腹大笑，爸爸面露嫌惡的搖了搖頭。「我只知道你得負責把座位上所有的白色粉末清乾淨。」他一邊說，一邊將車駛進塵土飛揚的停車場。

我們全下了車。迦勒頂著巧克力八字鬍，我則是滿頭白色糖粉。

一開始我並不覺得有什麼好尷尬的，直到看見站在通往公寓的樓梯下方等我們、穿著一塵不染的卡其褲和合身襯衫的俏麗女孩。

「伊莎貝爾！」爸爸說，「沒想到今天還會看到你！」

「看起來似乎是。」伊莎貝爾回答，很努力的避免望向我和迦勒。

我很快的把頭上的白色粉末搖下來，眼角餘光瞄到迦勒正拉起T恤下襬瘋狂的擦著他的上嘴唇，在衣服上留下一道咖啡色的汙漬。雖然我知道那不過是巧克力，但看起來還是很噁心。我悄悄的指給迦勒看，他七手八腳的趕緊將衣服下襬塞進褲子裡。

聊天之王爸爸果然提起我最不希望他提的那件事。「泰德昨晚告訴我們，秋天開學時你會回之前的學校——」

伊莎貝爾瞪我一眼。這是她第一次望向我，但顯然不是我原本希望看見的開心目光。

「我很高興你兒子為我做了決定。老實說，我還在考慮。」

我不大確定明明也站在這兒，卻被其他人當面討論比較糟，還是被視而不見比較糟？我想應該是前者。

「我就是這麼說的。我說你大概會回東岸。如果誤解了你的話，我很抱歉。喔，對了，你早啊！」

伊莎貝爾微笑，聳聳肩。「沒關係，只是想要說清楚。你們也早啊！」

爸爸看了手錶一眼，嘆一口氣。「很好，現在我在校園裡一定找不到地方停車了。」他微微欠身，「希望你不介意我這麼說，但我認為你的名字取自亨利．詹姆斯的小說實在是一件很棒的事。」

「事實上，那是我媽的主意。」伊莎貝爾輕聲說。

爸爸笨拙的繼續說：「你媽聽起來像……我的意思是——」

伊莎貝爾沒有為難我爸。「是的，我認為這是一件美事。」

「你確實該這麼想。」爸爸喊道，同時往他的車子走去。他鑽進車裡，很快的駛離。

我站在那兒，無法決定是不是該問伊莎貝爾為什麼她會再來。

也許什麼都不說反而最好。

迦勒顯然並不這麼想。「我還以為你不會來了呢！」

「我爸很希望我回來幫你們。他認為我昨天太沒禮貌了。」

「你沒有沒禮貌啊！」迦勒回答，「我只是以為你的個性就是那樣。」

我絕對可以做得比他好。

「你能來真是太棒了！」我語氣輕快的說，「我的意思是，能有額外的一雙唇幫忙實在太好了。」

伊莎貝爾瞪著我。

「怎麼了？」我問。

「你剛才說『能有額外的一雙唇幫忙實在太好了』。」伊莎貝爾說，忍著不笑出來。

「我才沒有！我說的是『額外的一雙手』。」

「呆瓜，」迦勒咯咯笑，「你絕對是說『額外的一雙唇』。」

「你們兩個可以借過一下嗎？」我說，「我正趕著上樓，好從二樓陽臺跳下去自殺。」

「他總是這麼戲劇化嗎？」我往上跑時，隱約聽到伊莎貝爾在問。

「通常不會。很蠢對吧？我是說，從二樓陽臺跳下去根本死不了，頂多就是骨折罷了……」

「你們兩個到底要不要上來？」我大喊。

「你有鑰匙吧？」他們跟在我身後上樓，伊莎貝爾問。

「我當然有鑰匙。我是說『鑰匙』，對吧？還是我又說『雙唇』了？」我咕噥著，打開大門。

我再度回到叔公的公寓，看起來和我昨晚玩的遊戲一模一樣。

那個遊戲。

「泰德！怎麼了？」迦勒看到我呆呆的站著，嘴巴張得大大的，一動也不動，趕緊問我。

我一定是睡著了，夢到那個遊戲。當然，我累壞了……

「我爸兩個小時後就會來接我，」伊莎貝爾說，「我們是不是應該快點動手？」

我還是動也不動的站在原地，以一種彷彿有什麼東西會從冰箱裡跳出來的目光瞪著房間角落。

「泰德，你嚇到我們了。」迦勒說。

如果那是真的，我昨天就應該看到了，不是嗎？可是話說回來，我昨天並沒有將所有的米袋都搬出去。也許……很容易的，我告訴自己。只要搬開最後的米袋，如果袋子上沒有黏著一枚硬幣，就可以知道一切都是我在做夢。

迦勒和伊莎貝爾看著我慢慢將米袋搬開，直到剩下靠著牆的那包。

我感到胸口一緊。

其他米袋在印著「東京好米」的字樣下方都有個小小的、裡頭畫著稻穗的圓形商標圖案，但是這個米袋上卻有人用膠帶將一枚硬幣黏在商標的位置上。

一枚小小的銀幣，上頭刻著一捆麥子、一個盾牌和我猜是義大利文的文字。

第九章／往下走就對了

我把銀幣從米袋上拿下來，走到房間正中央。

「哇！真是想不到。」伊莎貝爾說。

「真怪……不過我猜老人家確實會做些令人匪夷所思的怪事，是吧，泰德？」迦勒跟著說，試著將我的注意力拉回來。

「我倒不會說那是怪事。」我回答，走向堆滿東西的老舊書桌。上面什麼都有，壞掉的手錶、裝滿零錢的咖啡鐵罐，甚至還有好幾個已經乾掉的醬油瓶。

「我們來想像一下，」我開始說，「假裝這是個遊戲，一個我叔公設下的遊戲。而在這類的遊戲裡，總有東西會藏在書桌裡，對吧，迦勒？」

我推開擺在書桌前的椅子，動手去拉第一個抽屜。鎖住了，和我預期的一樣。我知道東西一定是藏在第二個抽屜。我把它拉開，伸手在抽屜下方摸索。第二枚硬幣就黏在那兒。我用力把硬幣扯下來，拿給其他兩個人看。硬幣隱隱泛著銀光，上頭刻著一把雙刃戰斧，以及看似法文的「Etat Français」。

伊莎貝爾睜大雙眼。「你怎麼——」

迦勒點點頭。「這種事向來逃不出泰德的雙眼。可是泰德，你真的認為……」

我走向房間對面的另一個角落。「那裡有張地毯，通常——」

那張破爛粗毛地毯蓋住了滿是汙漬的地板，我把手伸到下面。

這次伊莎貝爾和迦勒都看到第三枚硬幣了。「哇！」迦勒發出讚嘆。我望向伊莎貝爾，期待她露出對我的聰明才智感到欽佩的表情。

伊莎貝爾雙頰泛紅。這是我第一次看到她完美鎮靜的防護罩出現了裂痕。「但他是怎麼——」

「泰德可是玩這種遊戲的高手。」迦勒說，看著我走進浴室。

「哪一種遊戲？」

「密室逃脫遊戲。你必須在密室裡尋找各種被藏起來的物品，找到鑰匙打開上鎖的房門。如果他叔公設下的是這類的遊戲，那就絕對難不倒泰德。」

我壓下馬桶的沖水按鈕。

然後拿著第四枚硬幣走出來。

「呃，好噁。」伊莎貝爾做了個鬼臉。

「什麼？我只是把馬桶後面的水箱排空，才能把手伸進去檢查裡頭是不是有藏東西。」我告訴他們，舉高第四枚硬幣，「果然有。」

「太噁心了，」伊莎貝爾說，「我希望你有記得洗手。」

我把最後一枚硬幣和其他三枚放在一起。每一枚硬幣都來自不同的國家。最後這枚背面刻著一隻大老鷹，正面則是納粹的標誌。

「這些都是第二次世界大戰時的東西，對吧？」伊莎貝爾問。

「應該是。」我回答，動手清理書桌上的雜物。

「也許這些是很珍貴的稀有硬幣！」迦勒興奮的猜測，「說不定就是我們在找的寶藏！」

「拜託，迦勒，如果他將這個房間弄得像密室逃脫遊戲，這幾枚硬幣就不可能是最後的寶藏。」我拿開桌上最後一疊報紙。清理乾淨的桌面出現四個排列整齊的圓形小凹槽，大小剛好可以把硬幣放進去。迦勒驚訝的睜大了眼睛，悄悄走近看我在做什麼。

我小心翼翼的將硬幣一一放入凹槽。為了看起來具有說服力，我演得好像是第一次遇到這種狀況。我故意以錯誤的順序排列，奧地利……法國……德國……義大利。

「你為什麼要這樣排？」伊莎貝爾問。顯然有事情沒搞清楚讓她變得有點焦躁。

「我只是注意到桌面上有這些凹槽。」我撒謊，專心的看著桌面，「看到了嗎？剛好和硬幣同樣大小。」

「他現在是依字母順序排列。」迦勒從我身後探頭。

沒有任何動靜。

「這次再試另一種隨機組合。」我說。

這次我依正確的順序排列：義大利……法國……奧地利……德國……

我把最後一枚硬幣放進去，聽到輕輕的一個喀啦聲，裝了鉸鏈的桌面微微往上彈起。我抓住邊緣，將它抬起來，下面放著一盞銘製的燈。

「太酷了。」迦勒說。他的眼睛因為興奮而閃閃發亮。

伊莎貝爾往後退，雙手抱胸，目光在我和迦勒之間來回掃射。

「好了，你們玩夠了吧？我猜你們在設計這些時一定覺得很有趣，是不是？」

「你在說什麼？」我問。

「這整件事。」伊莎貝爾繼續說，「你知道的，裝得一副很神祕的樣子……然後找到那幾枚硬幣。你們花了多久才布置好？我必須承認，有好一會兒你們確實騙到我了。」

我翻了個大白眼。這一套我也會。「既然你已經說不會再來了，我們為什麼還要花時間設計什麼騙局？一點都不合理嘛！」

伊莎貝爾低頭看著地板，過了好久好久，才放下她原本抱胸的雙臂。

「我想……那倒是真的……」她小聲的說。

「嘿！如果你想知道的話，其實我也覺得有點可怕。」迦勒安慰她。

伊莎貝爾滿臉疑惑的看著我。「嗯……如果這一切不是你們設計的，那你又是怎麼知道硬幣藏在那些地方？」

現在該是告訴他們那個遊戲的好時機了。如果是平常，我早就告訴迦勒了。但是伊莎貝爾……嗯，我不認識她。要是她不相信我怎麼辦？要是她認為我是瘋子怎麼辦？要是她告訴我爸媽呢？對，她看起來就像是會告密的那種人。還是暫時不要說出來比較好。

「就像我之前說過的，泰德叔公甚至在遺囑裡提到解謎。我知道這聽起來不合理，但是我今天早上醒來，開始在想也許——」

「你叔公把公寓設計成像一個待解的謎題！」迦勒說出我的想法，聲音越來越高昂。

「我不知道……今天進來時，我開始用玩電腦遊戲的眼光打量這個房間，心想如果這是一個遊戲，那麼——」

「你是說，因為你玩了很多這類的遊戲，所以才能想到硬幣會藏在哪裡，還有找到硬幣之後可能要把它們放進什麼地方這類的事嗎？」伊莎貝爾屏住呼吸問。

「沒錯，泰德在玩這類遊戲時根本是個天才。他連一次都沒輸過。」

「哇！」伊莎貝爾說。

我還滿喜歡她現在的表情。不完全是佩服，還沒，而比較像是你在YouTube看到一隻小狗會開冰箱的影片時露出的那種表情。類似你無法相信那麼笨的生物居然可以做出如此聰明的事那樣。

就像我說的，她還沒佩服我，不過沒關係，至少有進步。我已經很滿意了。

我拿起那盞銘製的燈。

「沒有燈泡。」我轉向迦勒。不如讓他看起來也聰明一點吧？

「也許燈泡放在某個上了鎖的抽屜裡？」他開始拉開其他的抽屜。

「或許吧……」我眯起眼睛，假裝環顧四周，心裡其實對燈泡在哪兒，以及如何取得一清二楚。困難的是要演得很有說服力的樣子。「但是我才剛從抽屜裡找到一枚硬幣。」

「而同樣的手法從來不會在五個動作內重複。」迦勒停下來，將我剩下的想法說完。

我雙手插腰，左顧右盼，終於將目光射向掛在牆上、印著「夏威夷之美」的風景月曆。

「那月曆有點怪。」我大聲說。

迦勒聳聳肩。「哪裡怪？不過是個月曆。很多人家裡都會掛月曆啊！」

伊莎貝爾走近觀察。「這是一九八六年的月曆！為什麼要留著一九八六年的月曆？」

「那就是我覺得奇怪的地方。」我點點頭。

「而且上面一點灰塵都沒有！六月十八日被人用紅筆圈了起來，圈圈裡還寫了『ＮＧ』兩個字母。」伊莎貝爾對我們說。她轉頭以一種彷彿我該知道那代表什麼意思的眼神看著我。

好像我很聰明的樣子。

感覺好極了，我心裡想。

迦勒開始亂猜，「我認為『ＮＧ』可以代表很多東西……不好（no good）、需要加油（need gas）……說不定只是他要碰面的人的名字縮寫。」

「對……但如果這是線索之一，指的應該是房間裡的某樣東西。」我提示他，努力控制自己不要將答案脫口而出。

「月曆就掛在水槽旁，也許指的是廚房裡的某樣東西？堅果研磨機（nut grater）？」伊莎貝爾打開櫥櫃，將廚房用品一一拿出來檢查。她甚至還彎腰看了抽屜下方的隔板。

突然間，她抬起頭，一臉擔心。「喔，糟了！我剛想到一件事。要是我們在找的東西是在冰箱裡呢？你媽已經把冰箱裡所有的東西都扔了！」

「糟糕，她說得對！」迦勒露出驚慌的表情。

伊莎貝爾瞇起眼睛瞪我。「等等，為什麼你看起來一點都不失望？」

「因為我不認為叔公會把那個東西留在冰箱裡。這個遊戲一定是很久之前就設計好的，所以我們找的絕對不會是什麼生鮮食品。我們忽略了線索裡最重要的一部分，就是月曆。一九八六年的月曆。在這房間裡，一定也有同樣是一九八六年留下來的東西。」

迦勒和伊莎貝爾看著公寓裡亂七八糟的各式雜物。

「這裡至少有一半的東西可能是一九八六年留下來的。」迦勒呻吟。

「沒錯……不過上面一定會明白寫著一九八六年，好讓我們找到它，對不對？」伊莎貝爾回道，掃視著房間。突然間，她的眼睛亮了起來。

「雜誌和報紙！你們覺得呢？」

她看著我，期待我同意她的看法。這比我預期的更有趣。我微笑，不得不承認伊莎貝爾的思緒真的相當敏銳。

她的表情一下子又變得很絕望。「我們至少要花上好幾個星期才有可能翻完所有的——」

迦勒看到我微彎的嘴角。「他已經想出辦法了。我看他的臉就知道了。」

「嗯……」我慢慢說，「這裡大多數的東西都是隨便擺放的。昨天我們在檢查時，我注意到只有一種雜誌被小心的依序排放。」我假裝漫不經心的瞄向地上那一大疊黃色封面的雜誌。

「『NG』，《國家地理雜誌》(National Geographic)。」迦勒呻吟一聲，「當然。這也太明顯了。」

「你真的認為你叔公會弄得這麼麻煩？」伊莎貝爾很懷疑的問。

「唯一可以確認的方法就是把它找出來看。」我回答，手指開始在雜誌的書背上滑動，「一九八四……一九八五……一九八六……一月、二月……六月！找到了！」

我把那本雜誌拉出來，他們兩個趕緊靠過來。封面是朵美麗的蘭花，上面有大大的字印著「本期主題：夏威夷花卉。」

伊莎貝爾笑了。不是她面對大人時展現的那種成熟的笑，而是像個孩子的笑，就跟我們一樣。「哇！你快讓我變成你的信徒了。」

迦勒抓著那本雜誌。「讓我猜猜！被圈起來的是六月十八日，所以我們先試試十八頁。」

我將雜誌從他手上抽走，翻到正確的那一頁。有人在頁緣處用原子筆寫下了「9554」。

迦勒轉頭望向月曆，微微一笑。他裝模作樣的走過去，小心的將月曆取下，後頭牆上出現一個有四碼密碼鎖的小保險箱。

他輸入寫在雜誌頁面上的四個數字，保險箱的門立刻開啟。

「泰老大，你讓一切變得太容易了。這個即使是我都知道。」迦勒裝出粗啞的聲音說。他伸手進去拿出一個燈泡，還有一小張紙。他檢查那張紙，面露不悅之色。「空白的，什麼都沒有。」

「拿過來。」我告訴迦勒。然後小心的將鉻製燈的插頭插入牆上的插座，將燈泡裝上去。燈立刻散發出很微弱的紫光。

「我早該想到的。」迦勒懊惱的低嘆。

「那是什麼？」伊莎貝爾問，看著我將那張紙移到紫光的照射範圍。

簡直像變魔術一樣，紙上出現一長串數字。

「紫外線，」迦勒回答，「這東西在遊戲裡一天到晚出現。那種墨水只有在紫外線的照射下才會顯現。這簡直是世界上最容易的事，而我居然沒想到。」

「475、570、400、510、650，」我大聲唸出來，「不知道是什麼的一連串數字……」

「什麼數字會是三碼？」伊莎貝爾問，「不是日期。會不會是什麼序號之類？還是老式對講機上用的？」

「我知道了！」迦勒很得意的說，「要將牆上時鐘的時針、分針依照順序轉動成這些數字。這也太老套了，至少有一半以上的遊戲都用過這招。」

喔，可憐的、腦袋不清楚的迦勒。

我溫和的戳破他的假設，「這樣會有一個問題，沒有時間可以和475或者570對應。」

伊莎貝爾靠過來，細看那張紙。「把它翻過來。」她指出，「你們看！背面還有其他東西。」伊莎貝爾和迦勒不一樣，似乎再小的細節都逃不過她的眼睛。

「我總是忘了要看背面。」迦勒咕噥著，搖了搖頭。他將背面印的字大聲唸出來，「540.45 DDS」。

「這太容易了，」伊莎貝爾像隻快樂的小鳥嘰嘰喳喳的說，「指的是一本科學方面的書。」我和迦勒只能張大了嘴，呆呆的看著她。

我在網路上查到那是一本書，甚至知道是哪一本書，但她是怎麼知道的？

「有可能。」我說，試著不讓她聽出我心裡的佩服。

「你怎麼能夠這麼肯定？」迦勒語帶驚嘆。

「這是杜威十進位圖書分類法。」伊莎貝爾看著書櫃說，「540是科學類。我猜這房間裡一定有一本科學類的書在講——」

「你曉得杜威十進位圖書分類法所有數字代表的意義？」我難以置信的問。

伊莎貝爾以一種我才是怪胎的眼神看著我。「當然。任何在圖書館待得夠久的人都知道，有些事看久就會了，不是嗎？」

我們走向靠在公寓另一邊牆上、髒兮兮的書櫃。幾乎只看一眼，我們就立刻知道是哪一本了。那本書很乾淨，一點灰塵都沒有，也不像其他書一樣直立在書櫃中，而是單獨躺在一邊。伊莎貝爾把它拿起來，大聲唸出書名，「《紫外線和可見光譜在化學上的應用》，作者拉奧博士。」

她抬頭看向我們。「有一頁被摺了起來。」

伊莎貝爾低下頭，將書翻到那一頁，「是個表格。」她唸出表格下方的說明，「『以波長區分的可見光譜』。嗯，看起來和紙上那一長串數字很類似。」她抬頭疑惑的看著我，「不過我們到底要將這些數字用在哪兒？」

「哇，等一等。」迦勒從她的身後看著那本書，「誰先幫我解釋一下這些數字有什麼意義？」

「可見光譜的顏色。每個數字似乎都代表一種不同的顏色。」

迦勒突然想到了什麼，「對了！你記不記得有個叫《逃出實驗室》的遊戲也有用過這種東西？」

我點點頭，「對。那個遊戲裡有好幾個裝著不同顏色液體的玻璃杯，必須按照找到的紙上所寫的數字，依序將顏色相對應的杯子排好。」

迦勒掃視四周，「唯一的問題是這裡沒有試管……沒有瓶子……沒有稜鏡……也沒有任何我看得出來可以弄出不同顏色的東西。」

伊莎貝爾放下書本，也很快的掃視一次。「對，什麼都沒有。」

「真高興你同意我的看法。」迦勒說。

「我只是想再確認一下。」伊莎貝爾反駁。

該是轉換話題的時候了。

「好了，好了，不要吵了！誰說一定要是液體？甚至也不一定是光線吧？說不定指的只是顏色順序。」

我伸手將幾本堆疊在書櫃上的書拉出來，隨即看到後面立著一排封面顏色各異的書。

我的心跳開始加速。遊戲攻略就是在這個步驟出現程式故障。

最後的那本書到底在哪裡？

我單膝跪地，其他兩個人也跟著蹲了下來。

「迦勒，把紙上的數字唸出來。伊莎貝爾，你負責找到相對應的顏色，然後我們再看看會發生什麼事……第一個數字是什麼？」

迦勒走到書桌旁，拿起那張紙在紫外線燈下細看。

「475。」他唸出來。

「475奈米……藍色！」伊莎貝爾興奮的大叫。

我將那些封面顏色不同的書拉出來，將藍色封面的那本移到第一個位置。

「570。」

「黃色！」

「400。」

「紫色！」

我感覺自己的手在流汗。我知道接下來會發生什麼事。

「510。」

「綠色！」

我的目光在書櫃裡搜尋，就像昨晚玩遊戲時做的一樣。但是我心知肚明，根本沒有綠色封面的書。

「呃……這裡沒有綠色封面的書。」我嘆了一口氣，坐到地上。所以遊戲攻略是正確的，但架上沒有綠色封面的書。現在怎麼辦？

房間裡陷入沉默，但過了兩秒，出乎意料的響起一陣笑聲。

伊莎貝爾在笑，但這一次的笑聲又變回那種像大人一樣的討厭笑聲，那種彷彿在說「我知道而你不知道」的笑聲。「喔，我的天啊！誰會想到呢？」

「怎樣？」我很不高興的問。

「記得昨天你說我可以拿走任何喜歡的書嗎？」

「對……」我慢慢想通到底發生了什麼事。

「你的意思是……」迦勒說。

伊莎貝爾走到她放背包的地方，伸手進去摸索。她拿出一本書舉在胸前。

「莎士比亞的十四行詩。我一直想要一本精裝本，所以就選中了它帶回家。」

那本書的封面是非常漂亮的綠色，所以就是它了。

迦勒接過書，很快的翻了一遍。「等你看完之後，可以告訴我們好不好看。」

我還在想為什麼電腦遊戲會知道那本書不在房間裡，所以後面的對話我聽得有點心不在焉。「內容棒極了，是有史以來數一數二的傑出詩作。」

「等一下……你已經全部看完了？」

伊莎貝爾點點頭。「那沒什麼。我們學校裡有個男生可以將這些全部默背出來。」

「哇！」迦勒吹了聲口哨，「這種處罰真是可怕。他做了什麼壞事？在女生廁所放火之類的嗎？」

「那才不是處罰呢！」伊莎貝爾直率的回答，「是他自己想背。很有趣啊！」

最後一句話凝結在空氣中，久久不肯散去，就像有人在電梯裡放了一個屁那樣。

終於，完全知道什麼不該說的大師迦勒打破沉默。他以既驕傲又威嚴的態度說：「泰德可以一邊打嗝，一邊發出二十六個英文字母的音喔！」顯然認為這種說法會讓任何一個就讀紐約市私立學校的少女傾心讚嘆。

然而不知道為什麼，伊莎貝爾居然沒有露出太嫌惡的表情。

我決定現在是時候要回主導權了。

我小心的將那本綠色封面的書和其他顏色的書放在一起。「最後一個數字是什麼？」我問，眼睛盯著書櫃裡剩下的書。

「650。」迦勒說，音量比耳語大不了多少。

「紅色。」伊莎貝爾接著說，聲音因興奮而微微顫抖。

「最後一本了。」說完，我將最後那本書插入末端的空隙。

第十章／不只是遊戲

我聽到「喀啦！」一聲，然後整個書櫃突然動了起來。我嚇一跳，猛然跳開。

過了好幾秒後，我才發現原來書櫃中央裝了鉸鏈，顯然原先扣住的鎖彈開了。

我屏住呼吸，輕輕推動正中央的書本，沒想到居然整個區塊往後移，露出一個小小的隔間。

隔間中央放了一個木盒。我正要伸手去拿，卻聽到——

「我認為你最好不要那麼做。」

我轉頭看到迦勒在我身邊蹲下。他將手搭在我肩上，「你不知道如果移動它會發生什麼事，說不定會引爆炸彈。你說過你叔公不是個正常人。」

「可是他想要泰德找到它啊！」伊莎貝爾回道，「他根本沒有理由傷害泰德。」

「也許這不是要留給泰德的。」迦勒說，「要是還有別人也在找這個呢？」

「那麼他們就要有本事解謎解到現在這一步。」伊莎貝爾顯然生氣了。

「而且怎麼可能會有別人也想找這個？」我問。

「說不定他有敵人。」迦勒回答。

「你看太多漫畫了。」伊莎貝爾嗤之以鼻。

我轉回去面對那個小隔間。「聽著，他將這裡的東西都留給了我，而這很顯然是他對我的試驗，看看我能否解出謎題。既然我解出來了，那麼——」

「你的意思是既然我們解出來了吧？」伊莎貝爾雙手插腰，凶巴巴的問。

喔，我最討厭人家雙手插腰了。還好迦勒立刻站出來挺我。他瞪著伊莎貝爾，一臉不敢置信的樣子。「你……你不會以為沒有你的幫忙，泰德就解不出這些吧？」

我看著她，努力讓自己看起來不會顯得太自大，只是不確定有沒有成功。

「對於這種事，我真的是滿在行的。」我坦白說。

「對，我想也是。」伊莎貝爾承認。

她居然這麼回答，真是奇蹟。

「那麼動手吧，還等什麼？」

我伸出手，撫摸木盒堅硬而平滑的表面，再用另一隻手小心的把它拿出來，走到比較亮的窗戶旁。那是個木頭做的盒子，很像一般的首飾盒，不過尺寸稍微大一點。鉸鏈裝在背面，但是盒蓋打不開，盒身正面嵌著一個鑰匙孔，顯然鎖住了。盒蓋上雕著一幅美麗的風景畫，夕陽餘暉映照著熱帶海灘，有個戴花圈的草裙女郎正靠著棕櫚樹休息。

伊莎貝爾靠過來，用力吸了一口氣，臉上露出淺淺的微笑。「這是什麼木頭？聞起來好香喔！」

我忍不住挖苦她，「抱歉，我有沒有聽錯？世界上居然還有你不知道的事？」

「我希望你不要再這樣。我之前已經問過你我不知道的事。事實上，我確實有很多事不知道。」伊莎貝爾生氣的說，「而當別人問我關於我知道的事時，我都會很和善的告訴他們，不會『機車』的趁機挖苦別人。」

以前有人用「機車」形容過我嗎？我想了好一會兒。嗯，好像沒有。

老實說，我剛才的確表現得很「機車」。

「抱歉。我想它的名稱是夏威夷相思木，是夏威夷特有的樹種。我媽有個從故鄉帶來的珠寶盒，味道聞起來一模一樣。」

「所以鑰匙應該就在這個房間裡，對吧？」迦勒開始在公寓裡走來走去，甚至拉起窗簾檢查。

我搖搖頭。「鑰匙藏在別的地方。」

「可是遊戲不應該就這樣結束啊！」迦勒抗議，「你為什麼這麼肯定？」

「嗯……我叔公臨死之前告訴我的最後一句話是『盒子只是起點』。這一部分的遊戲在找到盒子時應該就結束了。」

我把盒子翻過來，驚訝的倒吸一口氣。「你們看，下一個線索在這兒！」

有個打火機被人用膠帶黏在盒子底下。我把它拔起來。

那是一個很舊的銀製打火機，前面鑲著一個六角形盾牌的徽章，盾牌中央有一隻高舉火把的手。盒底原先黏著打火機的位置刻著數字：1405。

「我敢和你打賭，這盒子一定也要用紫外線才能看出它的祕密。」伊莎貝爾說，那個表情彷彿她是班上唯一一個解出某個艱深問題的好學生。

「在遊戲裡，同樣的道具只會使用一次。你還真是什麼都不知道，是吧？」迦勒語帶嘲弄的說。

「也許他叔公不像有些人一天到晚都在玩線上遊戲。至少值得試一下吧？」伊莎貝爾反脣相譏，雙手抱胸，不高興的瞪著迦勒。

我將盒子移到紫外線下，什麼都沒有。

「看吧！」迦勒說。

「機車男」二號。

「等一下，迦勒，你也不能說照紫外線是浪費時間。」我說，試著想讓伊莎貝爾覺得好過些，「你們看那個數字在盒底的雕刻，非常的粗糙潦草，好像刻得很急的樣子。在花了這麼多時間、準備得如此周密的狀況下，實在是太奇怪了。」

「我告訴過你，他一定有敵人。」迦勒壓低聲音說。

「或許吧……現在當務之急是找出『1405』代表了什麼。」

「可能是書上的一個日期。」伊莎貝爾猜測道，望向書櫃，然後在看到迦勒的表情後，立刻加上一句，「但他不會再用書當道具了，是吧？」

「我想是不會了。」我說。

「我還是認為應該和時鐘有關。他以前當過軍人，不是嗎？」迦勒問。

「軍隊是採用二十四小時制，對吧？」

「所以那就是下午兩點零五分嘍？」我說著，走向掛在廚房牆上的時鐘。

「你看著吧！等他把時鐘轉到兩點零五分，後面的暗格就會打開，鑰匙就放在裡頭。」迦勒微笑的對伊莎貝爾說。

我慢慢的把時鐘從牆上拿下來，看到後面裝有電池盒。我小心的轉動時針和分針。根據玩遊戲的多年經驗，我知道要先將時間調到兩點，再繼續轉十二個小時，然後就可以轉到14：05了。

我把分針調整到五的刻度，豎起耳朵仔細聽。

沒有期待中的喀啦聲。我將時鐘翻過來，打開電池盒蓋。裡頭除了兩顆舊電池，沒有其他東西。

我聳聳肩，「抱歉，迦勒，沒有鑰匙。」

「我不想讓自己聽起來很蠢，不過鑰匙會不會就藏在打火機裡？」伊莎貝爾問，把玩著打火機。

我笑了，跑到她身邊。這麼簡單的事，我怎麼會沒想到？

「喔，當然有可能！」

伊莎貝爾以「我不需要你的認可」的表情瞄了我一眼，然後將打火機遞給我。

「你來開，畢竟他是你的叔公。」

我慢慢拉開打火機的外殼。

沒有東西，裡面是空的。

我們沉默的站在原地，望著盒子和打火機沉思。

我閉上眼睛，試著集中精神。但很難，因為我可以感覺到伊莎貝爾正盯著我，期待我找到答案。

一陣急促又大聲的聲響嚇得我們三個人都跳了起來。我發現是我的手機在震動，於是從口袋裡拿出來接聽。

「嘿，媽，怎麼了？」我走到廚房，等離另外兩個人好幾步之後才開口。

幾分鐘後，我走回去向他們宣布，「好了，兩位，我們的計畫有點改變。顯然Goodwill慈善二手店的人在週末前唯一有空的時間只剩下明天了。換句話說，我們必須在今天離開之前將這裡整理好，讓他們明天來搬走所有的東西。」

「這怎麼可能，現在都已經中午了！」迦勒抗議。

「那麼我想我們最好趕快動手吧。」伊莎貝爾語氣輕快的說。

「你認為我們一個下午就能將這裡整理好？」迦勒很懷疑。

「沒有什麼比預見自己被吊死更能讓人集中精神了。」伊莎貝爾回道。

我和迦勒呆呆的瞪著她。

「怎麼了？你們不知道這句名言嗎？英國大文豪塞繆爾．詹森說的。以前在聖安塞姆，只要第二天有大考而我們還沒準備好時，大家就會這麼說。」

「我們這裡的說法比較直接，就是『我死定了』。」迦勒說。上帝保佑他。

我們將大塑膠袋拿出來，開始把東西扔進去。我不禁要想，伊莎貝爾在東岸都交些什麼樣的朋友啊，居然會引用我連聽都沒聽過的人所講的話？

「你剛剛說的是什麼？『沒有什麼比預見自己被吊死……』」我問。

「『更能讓人集中精神了』。」伊莎貝爾接下去說完。

「我要找機會將這句話套用在我爸身上。」我大笑，「他一定會愛死它的。」

「我相信他一定曉得這句話的出處。」伊莎貝爾說。

「沒錯，但是他不知道我知道。」我挑高眉毛說。

接下來的兩個小時過得很快。我們忙著將大疊大疊的雜誌搬出去、把衣櫃裡為數不多的衣服摺好、將書放進紙箱裡，然後把Goodwill慈善二手店的人可能有興趣的東西整齊排好。

我幫自己留了一箱電子遊戲的舊卡帶，而伊莎貝爾在看到一本《紐約客最佳短篇小說選》時，眼睛都亮了。

「我可以拿走這本書嗎？」她問我。

「當然。想要什麼就自己拿，別客氣。」我看了手錶一眼。媽媽差不多要到了。我走到已經清理得乾乾淨淨的書桌，上面什麼都沒有，只剩下那個夏威夷相思木盒子。

「『1405』。我再找機會問問我媽知不知道那可能代表什麼。」

「當然，」迦勒表示同意，「畢竟她比任何人都了解他。」

「不行！」

我們一起轉頭看向伊莎貝爾。她的表情有些驚訝，彷彿原本沒打算要反應得如此強烈。

「為什麼不行？」我問。

伊莎貝爾皺眉，集中精神思考。她用一隻手指滑過我雙手握著的木盒，像在整理思緒似的。「只是……我認為泰德的叔公想要他靠自己的力量去找出答案。」

「嗯，那麼他已經搞砸了。我們兩個不是幫過他了嗎？」迦勒說。

「不，我們沒有。」伊莎貝爾堅持，「我的意思是，就像你說的，你讓我們猜其中幾個線索，但是你早就知道答案了，對吧？」

她目光炯炯的看著我。我很高興不用再對她說謊。

畢竟我真的早就知道所有的線索，只是無法解釋為什麼。「沒錯，玩了一陣子之後，線索彷彿會自己跳出來找你，你懂我的意思吧？」

「不，我不懂，迦勒也不懂。」伊莎貝爾微笑，「你看不出來嗎？你的叔公知道你有這方面的天分。」

「嗯，我確實沒看出來。」我回答，感覺自己連耳朵都漲紅了。

「她說得沒錯，泰德，你從來都不需要看遊戲攻略就能成功破關。超厲害的，你一看就知道線索藏在哪裡，簡直像蜘蛛人的『蜘蛛感知』一樣。」迦勒轉向伊莎貝爾，「他真的超強。」

哇，真尷尬。

我不想聽到伊莎貝爾對他的話做何反應。「可能是因為我花太多時間玩那些電腦遊戲吧。至少，我媽總是這麼說。」

「不管理由是什麼，我只知道當我走進這個房間時，看到的是滿坑滿谷的垃圾，而你卻能看出我敢打賭你媽再過一百萬年也絕對看不出來的安排和線索。」伊莎貝爾說，「所以我想說的是，至少等到明天。今天晚上我們三個都花點時間想一想那個數字可能代表了什麼，看看能不能找到答案。」

「我們應該要把盒子拿走吧？」迦勒有些擔心的說，「可是被你媽看到怎麼辦？」

「是啊。她之前一定沒看過這個盒子，不然早就被她拿走了。」我說，將盒子在手裡翻來轉去，「她一定會問一大堆問題。最好暫時先別告訴她。」

「把它放到一個舊袋子裡，然後在上面蓋點別的東西。」伊莎貝爾建議，「這樣她就會以為那不過是什麼你有興趣的垃圾罷了。」

「好主意。」我同意，接著環顧四周，看到一個很久之前就結束營業的雜貨店的購物袋，便動手將裡頭大約一年份的釣魚雜誌拿出來。伊莎貝爾將一張舊報紙揉皺，放在購物袋底部，我把盒子放進去，迦勒則小心的把那箱電子遊戲卡帶放在最上面。

「這大概是公寓裡最值錢的東西了。」他說。

我聳聳肩，又拿了張報紙蓋在上面，然後將打火機塞進褲子的口袋裡。

我們聽到老車駛進停車場，接著是媽媽叫我們下去的呼喚聲。她一看到伊莎貝爾，立刻瞇起眼睛。「我不知道你今天也會來，真好！你有找到什麼想要的東西嗎？」

「兩、三本書。」伊莎貝爾回答，將她抱著的書拿給媽媽看。

「書！」媽媽語帶讚嘆，給了我一個「你看她真是不錯」的眼神，「你確實很愛看書，對吧？」殺了我吧！

「是的，我很愛。」伊莎貝爾說，彷彿沒注意到我媽剛說了一件世界上最蠢的事。

「我看到你也拿了些東西。」媽媽轉過來，指著我的購物袋說，「裡頭都是些什麼？」

「舊雜誌。」我說謊。

運氣不錯，媽媽沒注意聽。除非必要，她似乎並不想在她叔叔的公寓多作停留。

亞契家昂貴的汽車發出低沉的引擎聲繞過街區駛近。車子停妥之後，格林漢彷彿一隻冠軍黃金獵犬般，以無懈可擊的外型和充滿活力的姿態跳下車。

「那麼明天早上我和你們在這裡碰面，一起等Goodwill慈善二手店的人。」伊莎貝爾一邊走向車子，一邊回頭喊，試著想攔截她爸，可惜格林漢的動作比她更快。

「不錯，我很高興聽到你這麼說。」格林漢開心的笑著，轉向我媽，「今天早上我還得說服她來，不過我——」

「父親，我們走吧！」伊莎貝爾第一次露出不自在的表情。

「好，我們走吧！真高興再見到你，阿曼達。」

當他們的車子離開停車場時，我可以看到車裡的伊莎貝爾雙臂抱胸，嘴巴緊緊的抿成一條線。

第十一章／敵人和朋友

吃晚飯時，所有的話題仍然圍繞著伊莎貝爾打轉。喔，還有她以前的學校聖安塞姆。

「莉拉今天打電話回來，」爸爸宣布，「她說哈佛有好多學生是從聖安塞姆畢業的。那似乎是紐約市最好的私立學校之一。」

「嗯，如果莉拉覺得那很厲害……」我嗤之以鼻。

「是啊，她一直講、一直講，說有哪些名人送孩子去那裡念書，還有哪些名人其實也是那裡的校友，流行設計師、演員、小說家……不只這樣，她說幫《紐約客》雜誌寫專欄的人有半數將小孩送去那裡念書，有作家、藝術家，說都說不完。」

「我在想，為什麼格林漢要送她來唸拉普里西馬中學？」媽媽若有所思的說，「我的意思是，它並非——」

「嘿！拉普里西馬中學很棒的，好嗎？」

「你從什麼時候開始變得這麼熱愛學校？」媽媽毫不客氣的指出，「我還記得有人說過去那裡上學根本是在浪費時間。」她一邊說，一邊用餐巾擦下巴。

「也許泰德這個暑假終於想通了。」爸爸微笑的對我說。

「對，也許我想通了。」我回答，以一種我希望看起來好像很崇拜他、很成熟的眼神望著爸爸。

「我明白了。」媽媽露出一種我從未見過的古怪笑容，上下打量我，「說到想通，伊莎貝爾看起來似乎是個好女孩。」

我的老天爺啊！

「看在上帝的份上，媽，」我說，「不要再提這個了，好嗎？」

「好，好，我們來談另一個話題。」爸爸同意。

「謝謝你。」我很感激的說。

「你還沒感謝我邀請伊莎貝爾去幫忙整理公寓呢！聽起來多一個幫手確實讓情況完全不同了。」

「謝謝你轉換的話題，爸爸。」我回答，「是的，多一個幫手非常好。尤其是媽媽打電話來說Goodwill慈善二手店的人明天早上就會過去載東西了。」

「你不會告訴我，你們今天下午就已經把所有東西都收拾好了吧？」媽媽一臉不相信的樣子。

「嗯，」我試著以自然的語氣說，「『沒有什麼比預見自己被吊死更能讓人集中精神了』。」

爸爸的眼睛睜得超大，「哇，很棒！這句名言引用得好極了。」

「我也不是一天到晚都只會打電動的。」我謙虛的回答。

爸爸讚賞的點點頭，「所以你知道是誰說的嗎？」

「我只是好奇，你知道這句話原本是誰說的嗎？」

「什麼？」我問。

該死！我居然忘了記下來。

「沒關係。」爸爸輕聲說，「是塞繆爾．詹森說的。你知道這句話已經很棒了。是伊莎貝爾教你的嗎？」他追問，彷彿是的話就更棒了。

「如果是的話也沒關係。」媽媽說，站起來開始收拾盤子。

我也跟著站起來幫忙。為了不再繼續討論這個話題，我什麼都願意做。

然而教授爸爸還是不肯放過我。「喔，下次你碰到她時可以告訴她，原來的整句話是：『毫無疑問，大人，當一個人預見自己兩週後就要被吊死，自然就會集中精神了。』」

媽媽突然想起什麼，轉頭看我，「對了，你有找到任何可以給山田先生的東西嗎？」

「給誰？」

「山田先生啊！」媽媽說，她的臉垮了下來，「就是那個天天去醫院看泰德叔公的人啊！他女兒想要你找找看有沒有以前酒行留下來的東西可以給他當紀念品，記得吧？」

「喔，對……叔公的老客人……」火柴盒！我將全部的精神都放在遊戲上，完全忘了把火柴盒收起來。

「那個購物袋裡有沒有什麼可以給他的？」媽媽問。

「沒有，我說過那裡面都是雜誌。」我很快的回答，「對不起，媽，我們有幫他留了幾個火柴盒。明天Goodwill慈善二手店的人來時，我們再把火柴盒拿出來。」

「好吧！從她的話聽起來，山田先生似乎非常想要你找點什麼給他。」

我把手擦乾。「我超累的，我想我得上樓休息了。」

「我想也是。我不記得你上次做這麼多體力活是多久以前的事了。」媽媽在我額頭上親了一下，「嗯！你臭死了。記得先洗澡再上床。」

爸爸在看書，他站起來伸了個懶腰，然後在我走過他身邊時，很快的抱了我一下。

「你看起來累斃了，小子。今晚不要玩線上遊戲，知道嗎？」

「知道了。明天我還得早起，跟媽媽一起出門。她和Goodwill慈善二手店的人約好九點在公寓碰頭。」

「很好。祝你有個好夢。」

我拖著沉重的腳步走進臥室，臉朝下倒在床上，目光忍不住移向衣櫃。我已經事先將裝著那個木盒的購物袋小心的藏在裡面。

我連想都沒想就拿起筆記型電腦，打開電源，找到我標記的遊戲網站。

看到《泰德遊戲》的歡迎畫面出現，我感覺到一陣寒意順著脊椎往上爬。

它在這裡，又出現了。一切都是真的。

我把手伸進口袋裡，掏出打火機放在桌上，用拇指輕輕的摩擦。彷彿在祈求好運。

我登入帳號，再一次開始玩《泰德遊戲》。

這一次所有的書都在。就像我昨天打開的遊戲攻略一樣，遊戲在找到盒子和打火機時結束了。

可是有新的東西出現在螢幕角落。一個新框框閃啊閃的。

「即將登場！《泰德遊戲》第二版！」框中的文字如此宣布。

即將登場？那是什麼時候？還有第二版的遊戲又會是什麼？

媽媽將車子轉進公寓停車場時，我的腦袋還一直在反覆想著這些事。

其他兩人已經到了。伊莎貝爾正在看書，迦勒則是在畫畫。看到我時，兩個人都露出鬆一口氣的表情。

「我們應該要幫你叔公的老朋友山田先生找一個紀念品。」伊莎貝爾開口。

「你怎麼會知道這件事？」我大吃一驚。

「你忘了你媽告訴你時，我就站在旁邊嗎？」伊莎貝爾不耐煩的說，「我本來想找找看有沒有比火柴盒更好的東西，但是因為其他的事……干擾，所以就忘記了。真的很抱歉，格森太太。」

媽媽以既欣賞又讚嘆的表情看著伊莎貝爾，「我想你是我遇過最貼心的年輕女孩了。你人真好，伊莎貝爾。」

「她甚至記得那個人的姓！」我小聲的對迦勒說，「她是怎麼辦到的？」

「我告訴你，老兄，她有超能力。」迦勒說著，闔上素描本站起來。

這時一輛車身上寫著「Goodwill慈善二手店」的巨型卡車駛入公寓停車場。

兩個男人跳下車，走向我們。

「嗨！」媽媽說，朝他們伸出手，「我是阿曼達．格森。你是和我通電話的那個人嗎？」

「接電話的人不是我，我只負責開車過來載東西。和你接洽的是哈瑞斯太太。我們要找……呃，若林……」

「若林先生的公寓。他是我叔叔。」

「好的，女士，我們準備好了。所以東西在哪兒？」

媽媽指著二樓。個子比較小的那個人瞇起眼睛。

「上面沒有鋼琴之類的大型物品吧？因為我們無法將鋼琴搬下樓梯。」

媽媽向他們保證沒有鋼琴。

「所有東西都已經裝在箱子或袋子裡了吧？我們不收沒包裝好的零碎物品。」他又說。

「所有東西都收在紙箱或大袋子裡，等著要丟的則另外堆在旁邊。」我說，「我們檢查過了。」

「那麼我們上樓吧，男士們？」媽媽指著樓梯說。

那兩個男人跟著她走上樓梯。我和迦勒、伊莎貝爾跟在後頭。

媽媽拿出鑰匙打開大門。個子較高大的男人探頭進去看了一眼。

「搞什麼……」

他對同伴招手。小個子男人也探頭看了一眼，然後轉身，直接走下樓梯。

他經過我們身旁時，忍不住搖了搖頭，「你們不應該這樣浪費別人的時間，知道嗎？」

我們跑上樓梯，望進公寓裡。

媽媽站在房間中央，試著和那個大個子說話，眼睛睜得大大的，「我相信這其中一定有什麼誤會，真是很抱歉……」

「嗯，等你理出頭緒之後，再打電話給哈瑞斯太太吧！」他邊說邊走出大門。

房間裡一片混亂，東西被丟得到處都是。

每個袋子都被撕開、家具被刀子割破、報紙四散，就連書桌的抽屜也全被拉出來砸壞。

有人來過這裡找東西，找一個他們非常非常想要的東西。

媽媽氣得全身發抖，「這就是你們說的收拾乾淨了？我向醫院請假，約了這些人過來，而這就是——」

「媽！」我大喊，「你不是認真的吧？你真的以為我們昨天離開時，這地方就是這個樣子嗎？」

「格森太太，」伊莎貝爾冷靜的開口，「顯然有人闖進來。我們必須通知警方。」

媽媽坐下來，環顧四周，「對不起……我只是……當然……」

她拿出手機撥號。在等待接通時，她以幾乎是說給自己聽的音量輕聲說：「誰會做這種事？」

「敵人。」迦勒表情嚴肅的回答。

第十二章／我爸總是覺得冷

「如果有什麼值錢的東西不見了，你們得到分局去正式報案。」

「喔，我想沒有必要。」媽媽說，「非常謝謝你撥空前來。」

「應該的，這是我們的職責。」年輕的警官大步走向前門，對我們微笑，舉手碰了碰帽簷，這才轉身離開。我在想不知道他是不是在家裡的大鏡子前穿著長靴練習過，才能走得這麼帥氣又無懈可擊。

「他們連個警探都沒派來。」迦勒咕噥一句。

「我想只有在很值錢的東西被偷時，他們才會派警探過來。」媽媽輕聲說。

「也許有人以為屋裡還有現金，所以才闖進來找。」伊莎貝爾開口。

「嗯，顯然剛才那個警官就是這麼想的……也有可能是其他青少年看到你們在整理，決定等你們離開之後進來砸毀這個地方。」媽媽坐在速食麵的箱子上繼續說，「他說他們時常看到這樣的情況。

無聊的青少年……放暑假……不用上學，沒有別的事可以做……」

從媽媽打開門發現公寓裡一團糟之後，我就一直保持沉默。我可以感覺到自己的腦袋正在高速運轉。在等警察過來時，媽媽不斷說她不應該讓我們三個獨自留在這裡收拾，實在是太危險了……一直講、一直講，我仍是悶不吭聲。

「有件事不對勁，媽媽。」我終於開口。

「什麼事，泰德？」

「他們不是闖入的。門好好的，門鎖沒被撬開，門板也沒破，門甚至不是開著的。」

「可能你們昨天離開時忘了鎖門。」媽媽回道。

「不可能的。」伊莎貝爾說。

「為什麼不可能？親愛的，」媽媽問，「我們都會犯錯，即使泰德也會。沒有人是完美的。」她對我微笑，反而讓我感覺更糟糕。

「但是在我們進來時，你拿鑰匙開了鎖。這就證明了門原本是鎖上的。」伊莎貝爾反駁。

「沒錯！」我說。

迦勒沮喪的丟下鉛筆。「那他們是怎麼進來的？」

「也許律師有另一把鑰匙，或者他辦公室裡的人複製了一把。」我像在玩遊戲時一樣，將所有可能的選項一一列出，「或許這棟樓裡的其他房客有鑰匙……當然，房東也一定會有……」

「或者也有可能……」媽媽說著，走向窗戶，伸出手慢慢將它打開。「窗戶沒有上鎖！」她對著我們大喊。

我往後倒向破爛的沙發。

「我真不敢相信我們居然沒檢查窗戶。我怎麼會這麼笨？」

「不是你的錯，親愛的，」媽媽安慰我，「窗戶是我開的。不要總是認為自己什麼事都要想到。別擔心，我待會兒再打電話請專業的公司來清理。」

我和伊莎貝爾、迦勒一起坐在我們家的餐桌前喝檸檬汁。迦勒打開他的素描本亂畫，伊莎貝爾則心不在焉的翻著「純粹的普羅旺斯」購物型錄。「嗯……你們家誰喜歡『純粹的普羅旺斯』？」

「我爸，」我承認，「他真的很愛那些東西。」

「哇！」她翻到第三百八十五頁，「看起來你爸很喜歡這個。」

「沒錯，」我回答，「他愛死它了。」

「真有趣，」她說，「這剛好是我們家的桌子。」

當然。

我心裡想，何不開個無傷大雅的玩笑？「我爸聽到一定開心死了。」我說，「你覺得他可以過去你們家『探訪』它嗎？」

「它被放在倉庫裡。」文學小姐伊莎貝爾說，「我們覺得它跟加州有一點格格不入，你懂吧？」

喔，太可惜了。

輪到我了。「太酷了。」我說，「我一直在想，到底有誰會真的去買法式農莊餐桌的復刻品。」

「喔，不是，我們家的不是復刻品，是原版正品。」伊莎貝爾說，然後發出討人厭的成人笑聲。

「哦？」迦勒語帶懷疑的說，「為什麼你們家的桌子會跑到『純粹的普羅旺斯』購物型錄裡？難道是某天有人出現在你們家，看到它，然後問你們，『可以借一下你們的桌子嗎？』」

伊莎貝爾連頭都沒抬，專注的看著型錄，彷彿她從沒看過那麼精采的照片。

「不是。那間公司的老闆是我爸在哈佛的大學同學，他一直很喜歡那張桌子。」然後一派輕鬆的加上一句，「我猜就像你爸一樣吧，泰德。」

我被伊莎貝爾．亞契將了一軍。

「我從來沒看過它在型錄裡的樣子。他們仿得還真不錯。」然後她重重的闔上型錄，不滿的瞪著我。

「怎麼了，伊莎貝爾？」我問。

伊莎貝爾嘆了一口氣，「我們卡住了，是不是？我們到現在還是不知道『1405』代表什麼。」

「我們？我以為你過了今天之後就不會再出現了。」

「當然！」她微笑，「你打開那個盒子時，我一定要在場。」

「如果我們能打開它的話。」迦勒呻吟道。

「我有預感泰德會找出答案的。」伊莎貝爾很乾脆的說。她對我的凝視突然變得強烈而直接，讓我不得不移開目光。

「謝謝你對我這麼有信心，不過我們只剩這個東西可以追查了。」我喃喃自語，將打火機掏出來。

「泰德叔叔的打火機！你沒告訴我你找到了這個。」媽媽在這時端著放有飲料和乳酪泡芙的托盤走進來。

「抱歉，媽媽，」我聳聳肩，「發生太多讓人興奮的事，所以我就忘了。」

媽媽伸手從我手中取過打火機。她用拇指輕輕摩擦，面露微笑。

「如果你想要，可以留著。」我提議，「你知道的，用來紀念泰德叔公。」

媽媽的臉色一沉，「這個打火機是殺死他的幫凶。他以前一天至少要抽三包菸，每一根菸都用這東西點燃。我再也不想看到它了。」

接著她的臉突然亮了起來。「你們知道誰可能會喜歡嗎？山田先生。你們沒找到那幾個火柴盒，對吧？我現在就去打電話給他女兒。」

我們看著媽媽離開，然後轉過身來討論。

「你媽說那位老先生是你叔公最忠實的老客人，對吧？」迦勒說，聲音因興奮而微微顫抖。

「而且她說過他每天都到醫院看你叔公，是不是？」伊莎貝爾邊說邊點頭。

我露齒微笑，「對，就是那個人。如果有人知道『1405』是什麼意思，我猜就是他了。」我轉頭對廚房喊，「媽，你覺得我和迦勒、伊莎貝爾可以一起去山田先生家，將打火機送給他嗎？他們也想見見他。」

媽媽的頭從門框旁探出來，「我想應該沒問題，但是讓我先跟他女兒說一聲。」

我聽到媽媽繼續和山田先生的女兒聊天的聲音。所有的事都安排好了。山田先生很高興我和我的朋友前去拜訪。他沒有孫子、孫女，但他向來很喜歡小孩。

媽媽帶著困惑的表情走進來。

「怎麼了？」我問，「我以為我聽到你說一切都沒問題呢！」

「是啊……」媽媽回答，「可是當我說我也一起去和山田先生打個招呼時，她卻說他比較希望你們三個去就好。這樣是不是很奇怪？」

伊莎貝爾放下杯子，拿了一個乳酪泡芙。「也許看到你會讓他想起你叔叔，對他來說太痛苦了？」

「或許是吧……」媽媽陷入沉思。

「也許他就是個脾氣古怪的老頭子，沒有什麼道理可講。」迦勒說。

「我們回來會告訴你是哪一種。」我向她保證。

媽媽大笑，「沒關係的。我剛好有幾件事要辦，地點都離他們家不遠。我和她約好下午兩點載你們到那兒，過一個小時之後再去接你們。伊莎貝爾，這樣安排可以嗎？」

「可以，格森太太。」伊莎貝爾回答，又拿了一個乳酪泡芙。「反正我父親有事要辦，四點才會來接我。」

伊莎貝爾從來不用「爸爸」來稱呼她爸，總是叫「父親」。她實在是太奇怪了。

我們出門時，我用手肘推了推迦勒。「你看我的手指，沾滿了乳酪泡芙的殘渣。」

「那又怎麼樣？」迦勒說，舉起他被乳酪染成橘色的手指。然後我又用手肘推他，示意他看伊莎貝爾。

她的手乾乾淨淨，一點痕跡都沒有。

「可是……我看到她也吃了啊！」迦勒結巴的說，「怎麼有人能夠吃乳酪泡芙卻什麼都沒沾到呢？」

「是不可能，兄弟。她簡直不像人類。」我悄聲說道。

山田先生的家在勞雷爾峽谷另一邊的加迪納市。

「我們就快到了。」媽媽說，「有一件關於山田先生的事要先告訴你們。他女兒告訴我，他進過阿馬奇，從那之後不管天氣多熱，他都還是覺得冷。他的房間沒有空調，如果你們看到他還穿著毛衣，也不要太驚訝。」

「很抱歉，不過阿馬奇是什麼？」伊莎貝爾問。

「他們在學校還是很少教到那個集中營的事，對嗎？」

「你是指強制拘留日裔美國人的那個集中營？」伊莎貝爾回道，「當然。我們讀過《永別了，曼贊納》，美國居然對自己的人民做出這種事，真是讓人難以置信。」

「是啊，沒錯，阿馬奇是位於科羅拉多州的集中營。山田先生一直沒從那兒的嚴冬中恢復過來。」媽媽輕聲說，「這就是為什麼他永遠覺得冷的原因——即使是在這麼炎熱的盛夏。」

媽媽將車轉進一條兩旁種了棕櫚樹的安靜街道，伊莎貝爾轉過頭來看著我們。

「怎樣？」迦勒問。

「你真的應該要讀一下《永別了，曼贊納》。我的意思是，那就像是你自身的歷史，泰德。我認為所有的學校都應該將它列為教材。」

「也許我們學校今年就會教。」我猜測，「你知道的，畢竟拉普里西馬不是什麼高級的私立學校。」

「我還是認為你應該要讀那本書。超過十萬名美國公民在第二次世界大戰期間被拘禁在集中營，只不過因為他們的父母來自日本。」伊莎貝爾傾身向前，「你的家人有被拘禁過嗎，格森太太？」

「沒有，夏威夷有超過十五萬名日裔美國人，他們只拘禁了其中最有權力和影響力的兩千名。其他人沒被抓進去，理由很簡單，因為人數實在太多了。」媽媽說得很直接，「他們是很大一部分的勞動力，如果把他們都關進去將會重創美國經濟，尤其是珍珠港事件之後，夏威夷有太多的修復工程必須進行。在本土的日裔美國人失去他們的家和事業，失去所有的一切，但是在夏威夷的日裔美國人則大部分……倖免於難。」

媽媽看到離山田先生和他女兒家不遠處有個路邊停車位，便將車駛到人行道旁。我們三個下車走向轉角那棟大房子，媽媽在車子裡等著，確認我們安全進入。

在我們快走到山田家時，我聽到後頭傳來很像亞契家的車的昂貴引擎聲。我轉頭看過去，不是亞契先生，甚至不是同一廠牌的車子。

那是一輛很酷的捷豹XJ6房車，在加州燦爛的陽光下閃閃發亮。駕駛的臉很狹長，濃密的白髮修剪得很整齊。在我們走到山田家按門鈴時，車子剛好從我們身後駛過。

山田家的前院中央有個池塘，很像個小公園。亮橘和白色相間的魚懶洋洋的在池裡游泳，繞圈翻騰，就像在日本很常見的錦鯉池。

山田先生的女兒前來開門，臉上掛著大大的笑容歡迎我們。

「哈囉！哈囉！哈囉！」她彷彿唱歌似的說，「我是唐娜．山田。我爸馬上就出來了。來！請進！請進！」

唐娜．山田的一切都很巨大。她有一張大臉，大大的眼睛和圓圓的鼻子。我瞄了迦勒一眼，知道他一定非常想畫她。而且他用不著誇大任何一部分，因為她本身就已經很像個卡通人物了。

「我很高興你們能來。」唐娜大聲的說，「希望路上沒有塞車。」

「根本沒什麼車，山田小姐。」我回答，「我猜我們來對時間了。」

唐娜傾身看著我，露齒微笑。我覺得自己彷彿和梅西百貨感恩節遊行的巨大熱氣球花車面對面，非常不安。

「你一定是泰德。我可以看到你和你叔公的相似之處。」

我很想吐槽說她的話未免也太蠢了，我當然是泰德，因為我們三個當中只有我看起來像有亞洲血統的樣子。不過唐娜很親切（即使以近得可怕的距離在我眼前晃動），我無法想像自己對她說任何不禮貌的話。

唐娜帶我們進去，同時指著一塊牌子，「你們有看到那個嗎？我相信泰德一定知道這兩個日本字，」她瞄了我一眼，接著轉向伊莎貝爾直視她，「又稱為漢字，分別是『山』和『田』，那是我們的姓。『山』是高山的意思，『田』是種稻的地，所以在山邊種稻的就是山田。」唐娜眼睛睜得大大的，慢慢向我們解釋。

「你不會剛好是……小學老師吧？」我問。

唐娜的臉亮了起來，似乎更開心了。「事實上，我確實是小學老師。很好，泰德！我在加迪納小學教三年級。」

唐娜示意我們跟著她走。她端起事先放在廚房的托盤，上頭擺了好幾杯冰水。「我爸不大會表現出自己的情緒，但是你們來看他，他其實非常興奮。他總是很正式、很莊重，你們不要被他嚇到。」

「一人拿一杯，」她指著玻璃杯，「你們會需要的。」

她領著我們走進房子後方的走廊，推開一扇門，裡頭是個和車庫後方相連的小溫室。在她推開門的那一刻，我可以感覺到一陣熱浪襲來。我看到迦勒的瀏海鬆垮垮的貼靠著他的額頭，眼鏡也跟著起霧，而我的上衣彷彿溼毛巾似的立刻黏上胸膛。

只有永遠都不會流汗的伊莎貝爾看起來完全不受影響。

第十三章／造樹的男人

有個男人背對著我們，身上穿著厚重的毛衣，釦子從第一個扣到最後一個。他顯然正在做一件比會見一群孩子更重要的事，跟我們打招呼時，連頭都沒轉過來看一眼。

「謝謝你們撥冗造訪。」山田先生以一種我只在電影上聽過的正式語氣說。

然後他轉過身來，我看到他臉上掛著微笑。

和他女兒不同，山田先生的個子很小，什麼都很迷你。我想或許可以用「優雅」來形容他。唐娜的大尺寸應該是來自母系那邊的遺傳。

他笑得更開心了，眼睛全瞇成一條縫，接著他對我們彎身鞠躬。

這是我第一次為伊莎貝爾如此擅長和成人打交道感到開心。在我不知所措時，她直接開口，「非常謝謝你願意接見我們。」她微微欠身，稍嫌正式的鞠躬致意，看在我眼裡覺得超好笑的。

山田先生大笑出聲。「我猜你應該不是泰德的曾姪子吧？」他開玩笑。

我往前跨了一步，「我才是。」

「真高興見到你。」山田先生傾身，凝視我的臉好一陣子，「是的，我可以看得出來……你的叔公和你的相似之處。」

「我是迦勒．格蘭特。呃……我是泰德的好朋友。」迦勒彷彿覺得需要解釋為什麼自己會在這裡，然後他也鞠了個躬。

「那這個可愛的小姑娘呢？」山田先生轉向伊莎貝爾。

「我是伊莎貝爾．亞契，先生。那是盆景嗎？」山田先生身後的工作臺上放了一個小盆，裡頭有棵模型般的完美小樹，許多金屬工具和鐵絲散放在旁邊。

他的臉頓時亮了起來。「你知道盆景，亞契小姐？」

伊莎貝爾走近那棵小樹，將手肘放在工作臺上撐著頭部。「一點點。我只知道那是一種透過修剪、扭轉樹木，使它們長成特殊形狀的日本藝術。」

山田先生示意我和迦勒站到伊莎貝爾身邊。

「是……也不是。那是將一棵普通的樹以修剪、扭轉的方法變成盆景的技術。不過，盆景可不只是這樣而已。」

山田先生看著那棵小樹，慢慢拿起一把美麗的銀剪刀，傾身非常專注的從一根樹枝上剪掉一片小小的葉子。

「對於盆景愛好者而言，它是一種讓我們更貼近大自然的象徵。我們永遠在追求完美，雖然可能一輩子也無法達到。」山田先生說著，以憐愛的眼光看著他的小樹。「有人說盆景是『在一個器皿中同時裝了天堂和人間』，就是這個意思。」

對我而言，此刻我只覺得天堂和人間所有的汗都被我的上衣吸收了。

他指著那棵樹，「傳統上，創作盆景必須展現三個最基本的意象：真、善、美，也就是真誠、善良和美好。」他轉過來看著我，「你的叔公就擁有這三種好品德。」

我點點頭，不確定該怎麼回話。

「所以我叔公也喜歡這個嗎？」我問。

山田先生大笑。我發誓他笑到整個身體都在抖。

「泰德？盆景？他以前老是喜歡取笑我對盆景的愛好，他認為那太呆了。你叔公是個非常實事求是的人。」

「你能多告訴我一些關於他的事嗎？」我問。

「他對於自己開店之前做過什麼，幾乎絕口不提。不過我曾經看過郵差送來好幾份科學月刊，便開口問他。」山田先生回憶，「似乎在戰爭結束之後，他成了某種科學家。」

「沒錯，」伊莎貝爾插嘴，「我們在清理他的公寓時，確實有看到一些科學月刊，還有很多藏書。」

「真奇怪，為什麼你叔公要辭去那麼受人尊敬且薪水豐厚的工作呢？」山田先生看著我們。

然後他停下來，轉向他的樹，又剪下一片樹葉。

到了這個時候，如果能拿到另一杯冰水，你叫我把迦勒賣了都願意。

「不過話說回來，當年紀漸長，你就越會捨棄其實自己並不需要的東西。我猜就像這棵樹一樣吧？」山田先生又凝視他的小樹好一會兒，「要雕塑出完美的盆景，就得剪掉所有非必要的部分，只留下精華，也就是本體的真誠。也許你叔公也在修剪和捨棄他的生活吧？」

「也許吧。」但是我立刻想到公寓裡成堆的白米、坐墊和報紙。「我不大確定在捨棄這件事上，我叔公做得有多好。」

「嗯……他是個好人，不應該走得那麼辛苦。」

我用汗溼的手從口袋裡掏出打火機，遞給了他。差不多是該拿出這東西的時候了。

「我們清理他的公寓時找到這個，我們認為你或許會想要留著紀念他。」山田先生的眼睛在看到打火機時睜得好大。他似乎真的大吃一驚。

「你們……你們找到的？」

「是的。」我看著他回答，對他的反應感到不解。為什麼他會這麼驚訝？「有什麼不對嗎？」

「沒、沒有。」山田先生控制好自己的情緒，很快的又表現出一副鎮定沉著的樣子。「只是我好久沒看到這個打火機了……」

「我相信叔公會想要把這個留給你。」我繼續說。

山田先生伸出手，覆住我拿著打火機的手。即使身處在這烤箱般的溫室裡，他冰冷的手所傳來的寒意還是嚇了我一大跳。集中營的冬天對當時還是個孩子的他到底造成了什麼樣的傷害？

「不，他會想要把這個留給你。」山田先生輕聲說。他瞪著打火機好一會兒，「我希望你們真的明白它所代表的意義。」

「不，我們一無所知。事實上，我們來就是希望你能夠告訴我們。」迦勒說。

「打火機上刻的是第二次世界大戰時，一個完全由日裔美國人所組成、被稱為『二代軍團』的標誌。」山田先生驕傲的說，「你叔公就是其中的一分子，而且他一直服役到戰爭結束。」

「那個單位的代碼是什麼？」伊莎貝爾突然問，引起我的注意。

「第一〇〇步兵營和第四四二步兵團。你們應該要學習這段歷史。」山田先生回答，接著轉向我，「珍珠港事件之後，所有人都認為我們是骯髒的日本人，更懷疑我們當中有間諜。美國政府便開始強制我們去集中營，說就算有間諜，只要把我們關在集中營裡就探聽不到什麼消息。後來他們在檀香山徵兵，目標是一千五百人，沒想到有一萬多名日裔青年自願從軍，之後他們成為美國軍隊最強大的生力軍。」

而泰德叔公正是其中之一！真酷！

「他向你提過那段時期的事嗎？」

「我問過他，但他總是揮揮手叫我別問了，說那是很久以前的事，他只想把一切都忘掉。」

「他有沒有給你看過任何第二次世界大戰留下的紀念品？」伊莎貝爾問，將玻璃杯貼在額頭上。

「像是什麼木盒之類的？」

「我不記得有什麼木盒。」山田先生很快的回答，「我記得他在戰爭中唯一留下的東西是一把柯爾特點四五自動手槍。他總是把它放在櫃臺後面。」

「怕遇到搶劫嗎？」迦勒猜測。

「也許吧！」山田先生陷入沉思，「他的店在洛杉磯市中心一個叫『小東京』的地方，那裡……比較沒那麼安全。」

我想到被粗暴翻找過的公寓。我望向迦勒，知道他的腦袋正在想什麼。「我叔公是在害怕什麼嗎？」

「也許是，但他從沒對我說過。」

「你去過他的公寓嗎？」

「我甚至不知道他住在哪裡。」山田先生抱怨道，「他的店本來開得好好的，毫無預警就突然收起來，而且沒人知道他消失到哪裡去了。我非常傷心，因為他的店裡有全城最好、種類最多的清酒，而且和他談話非常有趣。」說到最後一句時，他對伊莎貝爾微微欠身。

「但你時常去醫院看他，不是嗎？」伊莎貝爾問。

「是的，這件事說來很有趣。我女兒帶的三年級班上有位學生家長是他那層病房的護士，她告訴我女兒說她負責照顧一位日本老先生，還提到他的姓。我女兒記下來，回家告訴我。能夠在他離世之前再見到他，我真是太開心了。」

我覺得自己還得再問一個問題，「你到醫院探訪我叔公時，他都跟你聊些什麼？」

山田先生滿臉疑惑。

「嗯……他大部分的時間都很不舒服。不過他有時的確會提到戰爭，然後會開玩笑的說他的運氣總算找到他了。」

「他那樣說是什麼意思？」

「我猜他的意思是他好幾次差點死掉，也失去了許多朋友，但他最終還是能夠健康長壽的活著。不過他告訴過我，這次住在十三樓的病房是個不祥之兆。」

「他很迷信嗎？」伊莎貝爾問。

「我想他只是覺得那是個預兆，認為自己這次應該不會好了。沒過多久，他就被移到加護病房。從那之後，我就沒再見過他了。」

山田先生又轉回去看著他的小樹。

迦勒咳了幾聲，看起來一副呼吸困難的樣子。

「我最好趕快出去，」他輕聲對我說，「我覺得自己好像對什麼東西過敏了。」

「嗯，非常謝謝你，山田先生。」我說。

唐娜在走廊上等我們，涼爽的空氣像在歡迎我們似的迎面撲來。我很高興看到她手上拿著紙巾。我和迦勒開心的接過，抹掉臉上和頭髮間的汗水。

但是，伊莎貝爾和我們不同……

「你真的很……乾『呢！」唐娜說。

「謝謝，」伊莎貝爾微笑，「我想我繼承了父親那邊的幽默感，屬於比較新英格蘭式的。」

「事實上，我是在指你幾乎不怎麼流汗。」唐娜說。

「喔……對……我猜那也是因為東岸環境的關係。」伊莎貝爾很快的回答。最好是啦，東岸的環境！我想到住在布魯克林的馬堤叔叔，只要超過攝氏二十二度，他襯衫腋下的汗漬就比葡萄柚還大。我們走到外頭去等我媽。

「嗯，除了發現坐在三溫暖烤箱能讓你失去十磅左右的水分之外，我不知道我們這趟還學到了什麼。」迦勒抱怨。

「我覺得那些關於盆景的知識非常棒。」伊莎貝爾說。

「等一下。」我開口。

「怎麼了？」伊莎貝爾問。

「他說我叔公認為住在十三樓的病房是個不祥之兆，對不對？」

「對，那又怎麼樣？」迦勒問。

「拉普里西馬綜合醫院沒有十三樓。」

---

1 dry，乾燥，同時也有不形於色的幽默之意。

第十四章／沒有答案，但有更多的問題

「你是什麼意思？」伊莎貝爾問，「它只有十二層樓嗎？」

「不是，」我回答，「它有十六層樓。」

迦勒以看著外星人的眼神看我，「呆子，我不知道要怎麼告訴你，但是如果它有十六層樓……那麼就一定有十三樓。」

我還來不及說話，伊莎貝爾就已經開口，「我以前住過一間飯店，十二樓之後直接就是十四樓。沒有人想住十三樓，因為不吉利。你的意思是這樣嗎？」

「完全正確，很多醫院都沒有十三樓。我爸一天到晚拿這個取笑我媽：『都說是理性的科學家，卻這麼迷信。』當然，他們這麼做其實是為了病人著想。」

「那為什麼山田先生會那樣轉述你叔公的話呢？」伊莎貝爾說。

「也許他的意思是如果有十三樓的話，你叔公的病房就會在十三樓了。」迦勒提出他的想法。

「換句話說，他的病房樓層應該是──」

「十四樓！」我們三個異口同聲的叫出來。

我掏出打火機，在手中把玩。1405。

「你們覺得那會是他的病房號碼嗎？」迦勒一個字一個字的說出來。

「要知道答案只有一個辦法。」我說。

這時唐娜走出來陪我們。

「你媽打電話過來，」她說，「她馬上就到了。」

「謝謝你的幫忙。」我回應，希望聽起來像伊莎貝爾跟成人交談時一樣有禮而自然。

「這是我的榮幸，泰德。」唐娜回道，「我們不常有客人，聽到爸爸和外人聊天的聲音讓我覺得很開心。」

「他沒有朋友嗎？」伊莎貝爾問。

「他的朋友大多搬到子女家附近……或者死了……」唐娜回答。

我注意到她的微笑還掛在臉上，但眼裡卻盛滿了悲傷。

然後她很快恢復原本笑容滿面的模樣。

「那就是為什麼前一陣子他天天去看你叔公，我覺得對他來說也是件好事的原因。讓他有事可做，有地方可去。而且我不知道該怎麼說，光只是談到他，彷彿就讓我爸稍微有一點生命力。」

「這樣很好。」我說。

「很有趣……自從泰德過世後，我爸就不肯再談關於他的事了。但是今天他卻和兩組人聊了這麼多泰德的事。」

「除了我們，還有其他人來問泰德叔公的事？」伊莎貝爾問。

「事實上，他在你們來之前才剛離開。我還以為你們認識他呢！」

「為什麼你會以為我們認識他？」我問。

「他說他是個記者，正在為夏威夷的報紙寫一篇關於你叔公的報導。他說是從你媽那邊得知我爸的名字，所以我想他應該已經和你們談過了。」

我的腦袋不停的轉。我很不擅長說謊，但還是擠出一句，「喔，對，他一定是在我們清理泰德叔公的公寓時去找過我爸媽了。」

「嗯，他的態度很恭敬，而且似乎很將我爸的回應當一回事。你也知道，你叔公在第二次世界大戰時隸屬的單位非常重要，他們都是真正的戰爭英雄。」康娜瞇起眼睛，望向馬路。

「喔，你媽來了。我要和她打個招呼。」

媽媽將車子停下，在關掉引擎前就已經開始道歉。唐娜沒聽她解釋，只是一個勁兒的將冰水和餅乾塞給我媽。兩個人像老朋友似的聊了起來。

我轉向滿臉疑惑的伊莎貝爾和迦勒。

「所以你們覺得呢？」

「你媽告訴過你這個記者的事嗎？」迦勒問。

我搖頭，「隻字未提。」

伊莎貝爾皺眉，「山田先生說過你叔公隸屬的步兵團在歷史上相當重要，所以報紙想報導你叔公也不算太奇怪吧？」

「我們必須想辦法知道叔公在戰爭中做過什麼，或許這個記者可以告訴我們？」我說。

在回家的路上，媽媽從後視鏡看著我們，「山田先生對你們很親切嗎？」

「他是個很有趣的人。」伊莎貝爾回答，「他對盆景的知識非常豐富。」

「我一直很想學那個，」媽媽嘆了一口氣，「還有花道——就是日式插花。」

「我知道。」伊莎貝爾說。她不知怎麼辦到的，聽起來居然並不討人厭。嗯，不是非常討人厭。

「但是太難了，要照顧孩子……還要在醫院輪班……」

「說到醫院，」我開口，「你不會剛好記得叔公在移到加護病房前住哪兒吧？」

「你是指他住哪層樓嗎？他在十四樓，親愛的，就是珍珠負責的那層樓。」

「你記得他住幾號病房嗎？」我試著以閒聊的語氣問。

「不記得了。誰會去記這種事？」媽媽回答。

伊莎貝爾看著我，眼睛睜得大大的，然後朝我媽的方向點點頭。

她想要我問其他的問題，但我不確定她要我問什麼。車子在沉默中往前開，伊莎貝爾繼續看著我，但是我什麼都想不起來。

最後，她大聲的對我說：「在你媽來接我們之前，我們和唐娜聊得真是愉快，是吧？」

「對，我想是的。」我回答。

伊莎貝爾挫折的往後倒向椅背。很顯然我錯過了她的提示。

「我們還聽說叔公參加了第二次世界大戰的事。」伊莎貝爾說，「他隸屬的陸軍團似乎非常有名。」

「喔，對，沒錯。我不記得軍團編號，他以前都叫他們『二代軍團』。他常常收到同袍聚會的邀請，可是他根本不想參加。」媽媽說。

我總算想起來了。我真是個笨蛋。

「喔，媽，有夏威夷報社的人打電話給你，詢問泰德叔公的事嗎？」

「報社？你在說什麼？」媽媽聽起來很困惑的樣子。

「在我們去山田家之前，有個傢伙比我們早一步到他家，而且——」

「等一下！這裡塞車太嚴重了，我要離開幹道，改走小路。」

我很清楚千萬不要在媽媽改變駕駛路線時試圖和她說話，因為她必須百分之百集中注意力才不會出錯。我轉向伊莎貝爾，她用嘴型無聲的對我說「謝謝」，我相信沒人能將諷刺的意思傳達得比她還淋漓盡致了。

車子順利行駛在小路上，媽媽又可以和我們聊天了。

「你剛才在問什麼？報社？」

「有個男人去找山田先生，說是你告訴他可以去找山田先生聊聊的。」

「這太奇怪了，」媽媽說，「沒有人問過我關於他的事，也沒人打過電話啊！」

當車子停在迦勒家門前時，她的心情也隨之改變。「第一站！」她高聲宣布。迦勒跳下車。

「待會兒打電話或傳訊息給我。」他對我喊道。我點點頭。

接下來，我們送伊莎貝爾回家。她住在特里蒙橡區，就是在拉普里西馬市裡，我和迦勒直接以「有錢人住的地方」稱呼的那一區。媽媽將車駛進一條滿是綠樹的馬路，兩旁的房子又大又漂亮，然後轉進鋪了碎石的車道，在亞契家映射著陽光的簇新房車旁停下來。

「如果有找到什麼，我一定會告訴你。」我向伊莎貝爾承諾。

她走向屋子時，我才發現自己沒有她的手機號碼。

「嘿！」我對著她的背影大叫。

「917-555-6554。」她頭也不回的說，就這樣直接走進那棟宏偉壯觀的大房子裡。

在回家的路上，我把所有事情在腦中仔細想了一遍。那個謊稱從我媽那兒拿到山田先生資訊的男人到底想做什麼？

不知道為什麼，看到萬特樂大道上迎風搖曳的棕櫚樹時，我想到了伊莎貝爾。那些棕櫚樹和馬路旁隨處可見的速食店、廉價珠寶行和連鎖商店顯得如此格格不入。

放眼望去，一間書店都沒有。當伊莎貝爾看見這個破爛的小地方時，心裡在想什麼？

車子轉進我們家住的街道，我注意到一輛看起來很眼熟的車。黑色的捷豹XJ6房車，駕駛依舊是那個臉很狹長、白髮濃密的男人。

車子正往後退出我們家的車道。

第十五章／我學到「禁止訪客」就是「禁止訪客」

我們走進屋子裡，發現爸爸平靜的坐在餐桌前看著（還會有別的嗎？）「純粹的普羅旺斯」購物型錄。

「有人來找你，泰德。」他愉快的告訴我，「他剛離開，你們錯過了。」

我試著裝出一副沒什麼的樣子，「對，我看到一輛車離開我們家的車道。那是誰？」

「他說他是《檀香山星廣報》的記者，正在寫一篇關於泰德叔公以前所隸屬軍團的報導。」

媽媽得意的轉向我，「一定就是那個去拜訪山田先生的人。」

「他來找我？為什麼不是找媽媽？她才是他的姪女啊！」

「他說他的文章需要一個戲劇化的結尾，所以希望可以找到他能引用的評論。加護病房的護士告訴他，泰德叔公臨死前花了很多時間和你在一起，所以……」爸爸沒把話說完。

我在餐桌前坐下，發現自己在按摩頸後。那是我在玩遊戲遇到特別難的線索時特有的習慣。

「這一點道理都沒有，」我一邊思考，一邊大聲的說，「他並不需要親自來和我碰面。他可以打電話，甚至寫封電郵就行了，為什麼要大費周章的從夏威夷飛到加州來？」

爸爸聳聳肩，「他說是為了到日裔美國人國家博物館做研究才來洛杉磯的。他正在訪問認識泰德叔公的人，例如山田先生之類的，然後他想說反正人都已經在這裡了……」

「好，那他為什麼不先打電話過來？真奇怪。」

媽媽走過來，再次加入我們的談話，「說不定他只是剛好開車經過，想起來我們就住在附近。」

「你可以自己問他，」爸爸說，「他明天還會再來。我告訴他，你和媽媽明天早上會在家。」

「好。」我回答，「嗯，我只希望自己有東西可以告訴他。」

「看在老天的份上！」媽媽在皮包裡翻找。

我不得不佩服媽媽的修養。即使在和爸爸吵架，她氣得不得了時，我聽她說過最不客氣的話也只是「該死，亞堤」。

「怎麼了，親愛的？」爸爸問，「別告訴我，你把你的皮包留在日本超市了？」

「這次沒有。不，我把我正在看的書留在醫院了。該死！我才剛看到最精采的部分呢！」

爸爸小聲咕噥。對於英文教授的太太只看病人遺落在醫院的閒書這件事，他向來很感冒。當然，無可避免的，那些全是醫院禮品部或機場書報攤賣的言情小說。你知道的，就是封面上男人穿著開到肚臍眼的白襯衫，而女人倒臥在他們臂彎裡的那種書。書名多半是《熱情的犯罪》（如果是浪漫類型的話）、《犯罪的熱情》（如果是懸疑類型的話）之類的，而且大大的作者名字旁一定會印上「《紐約時報》暢銷小說家！」幾個字。（爸爸總會忍不住嘀咕，「這無疑是了不起的文學作品品質保證。」）

媽媽用力揍了爸爸一拳，「別唸了，亞堤。這本書真的寫得很好，其中部分的情節發生在日本，記得嗎？我告訴過你三次了。」

爸爸聳聳肩。

「我不知道我幹麼要浪費時間，你根本就聽不進去。我想你應該是怕自己也會喜歡上那本書吧？」

「你覺得我看那本書也會哭嗎？」爸爸問。

「閉嘴。」媽媽回答，「不是所有的書都要像亨利．詹姆斯的小說那樣。」

這是我們家的另一個笑話，同時也是我爸媽爭論的焦點——媽媽拒絕嘗試閱讀任何一本她老公在大學已經教了十年的文學作品。

「我和你做個交易！」爸爸還是不肯放棄的想再試一次，「如果你肯讀五十頁《仕女圖》，我就把你正在看的小說整本看完。」

「我會慎重考慮你的提議，」媽媽大笑，「不過現在連我都要等到下週一才有機會把它看完呢！」

我的腦袋跳出一個點子。

「我可以去醫院幫你拿。」我提議。

「你真好，親愛的，不過沒有必要啦！」

「不，我是說真的。你就放在桌上對嗎？我一點都不介意，反正我需要運動。」

自從滿十二歲之後，爸媽便允許我獨自騎自行車往返家裡和醫院。這段路程不會經過危險的幹道，而且我已經騎過很多次了。我有時會去找媽媽一起吃午飯，或在放學後騎車去醫院找她，留在那裡寫功課，等她下班再一起回家。

「嗯……」

我可以看得出來媽媽真的很想把那本書看完。

「這太可笑了。」爸爸嘟囔，「我可以告訴你那本書的結局。戴芬或者她可愛的兒子或女兒，將會融化名字是K結尾而不是C結尾的艾瑞克（Erik）的心，而他將再度學會如何去愛。」

「那真是太好了，泰德，我很感激你肯幫媽媽跑一趟。」媽媽說完，在我頭頂上親了一下。

在密不通風的溫室關了那麼久之後，騎上自行車在微風中前進的感覺好極了。

但我還是一直想起山田先生在看到打火機時，驚喜到整張臉都亮起來的樣子，彷彿知道它之前被藏了起來。

泰德叔公到底對他透露了多少？

我以破紀錄的速度抵達醫院停車場。

我走進一樓和保全羅尼打招呼，他看到我時一臉驚訝。羅尼雖然有個超大的胖屁股，還擁有一張柯基犬似的憨厚臉龐，不過他可是精明得不得了。

「你媽今天休假。」羅尼說著，同時掃視出勤表。

「她把一本書留在這裡了，我答應過來幫她拿。」我微笑。

「在這兒簽名，然後上去吧！老兄。」羅尼看著我在訪客登記簿上簽名。進出醫院的每個訪客都得登記，包括姓名、拜訪的單位、多久之後離開都有詳細的紀錄。

簽完名之後，我往電梯的方向走。一出十樓，我就看到手術室的護士們正在分食一盒應該是病人為了表達感謝所送的高級巧克力。

滿頭短捲髮的小個子康妮看到我，大聲叫道：「我就知道！怎樣？阿曼達發現這盒巧克力，派你來拿一些回家嗎？」

所有的護士都笑了，我感到自己的臉漲得通紅。「我……只是來拿她下班時忘了帶回家的書。」

「喔，我的天啊，她把書留在這兒了！」若薇娜大喊，「她派你來拿？可憐的孩子，她還真愛她的書啊！」

「不是，事實上是我自願的。」我說，「你們知道她把書留在哪兒嗎？」

若薇娜拉開護理站的一個抽屜。

「我幫她收在這裡。」

我伸手要拿，她卻將書往自己的方向拉，然後翻到背面。

「等一下，我一定要看看這本書到底有什麼好看的。」她宣布，大聲唸出封底的文字，「《愛的野性之吻》——橫跨三代的愛情與復仇交纏的故事，從戰後蕭條的日本街道到自由放浪的舊金山，再到今日的科技重鎮西雅圖……故事圍繞在被禁止的熱情和社會不容許的愛情，火熱描寫將觸動你的靈魂深處！」

整個房間的護士全都又叫又笑，若薇娜揚起眉毛，「我不知道能不能將這本書託付給你，泰德。你能答應我不會自己躲起來偷看嗎？」

為什麼她們會覺得這樣很有趣？

我又被取笑了好一陣子，並且向若薇娜承諾會直接把書拿給我媽後，她總算將書遞給我，並拉我入懷，給我一個大擁抱。「你知道我只是在開玩笑。你長得真快，泰德，你現在都和你媽差不多高了！」

我承受著另一種折磨，向其他護士揮手道別。她們在我踏進電梯時全熱情的回應我。

我走進電梯，一等門關上，立刻按下十四樓的按鈕。

門開了，我看到輪值的護士是珍珠，整顆心都沉了下來。在這之前，我只見過她一次，那是在醫院的耶誕派對之類的場合，而到現在我都還記得，因為我很少看到外型這麼嚇人的女人。她的臉上沒有任何圓滑的弧線，從額頭到鼻梁、薄薄的嘴唇，再到彷彿由金屬板切割或水泥雕塑成的突出下巴，似乎全由硬邦邦的角度組成。

當我走近護理站時，她正忙著將資料輸入電腦。

「有什麼我可以幫忙的嗎？」她頭也不抬，很俐落的問。

「你好，我是泰德．格森。」

珍珠繼續打字，顯然在等我把話說完。

「我是阿曼達．格森的兒子，她以前和你在同一組，是——」

「是的，我知道。關於你叔叔的事，我很遺憾。」

「是我的叔公。我想他之前就住在1405號病房。」

珍珠抬頭，以禿鷲盯著獵物的眼神看著我，「是，沒錯。你到底有什麼事？我還得繼續趕報告。」

「我相信他可能有東西忘在那間病房裡。我能進去看看嗎？」

一隻骨節明顯的大手從桌子後伸出來，彷彿趕蒼蠅似的揮動著，示意我走開。

「在病房裡找到的任何東西都會被送到失物招領處，」珍珠雷射光般的眼神再次將我切成兩半，「我以為你應該知道。」

我還是不放棄，「是，不過失物招領處沒有，而且那東西相當小，清潔人員可能沒看到。」

珍珠雙手抱胸，「第一，清潔人員是不可能漏掉任何東西的。上個星期當你叔公被移到加護病房時，他們就已經將他所有的物品一起移走了。第二，目前住在1405號房的病人克勞茲太太特別交代不要見任何訪客……連她自己的家人也一樣。」

我想了好一會兒。

「我叔公住在1405號房時，她也在那兒嗎？」

「是的，她也在。」珍珠簡短的回答，語調明顯表示她認為我們之間的對話已經畫上句點。

「既然這樣——」

「我已經告訴你，她要求不要見任何訪客。她剛動過脊椎手術，很擔心會被感染，請尊重她的意願。如果對於你叔公可能留了什麼東西在醫院裡還有其他的問題，請你去找加護病房的護士詢問，或者像我一開始就告訴你的，去失物招領處。」

珍珠轉過頭繼續看著電腦。我看到她身後有一大排監視螢幕，上頭顯示著這層樓每間病房裡的動靜，如果有人悄悄溜進去，珍珠立刻就會知道，然後羅尼或其他保全人員便會收到通知，馬上趕來。所以我想偷溜進去是完全不可能的。

「這些監視器真是太先進了，」珍珠驕傲的說，「我們得到補助金才有辦法在這裡試用。能夠坐在護理站就看到所有病人，而不需要一一巡房，幫我們省下很多時間。」

「的確是。」我說，轉身準備離開。

就在我要走的時候，珍珠低聲說了句話。

「對不起，你說什麼？」我問。

「我不知道為什麼你們要一直回來問，實在很浪費我的時間。」

「我們？」我很困惑。

「今天早上你們的一個親戚也來問過1405號房的事。我告訴他克勞茲太太不願意見任何訪客，他非常不高興。」

我們的親戚？

「真是對不起……我不知道這件事。我在想會是哪一個親戚，他長什麼樣子？」

「很有意思，他並不是亞洲人。不過他說是你父親那邊的親戚，所以才會認識你叔公。我向他解釋，第一，只有血親才能探訪；第二——」

「我知道，」我點點頭，「失物招領處。」

珍珠微笑。不知道為什麼，反而讓她的臉看起來更加不悅。

「沒錯。所以你可以了解為什麼我會這麼不耐煩。」

「完全明白，」我說，「如果是我也會這麼覺得。」

我往後退開時，珍珠又叫住我，「代我向你媽問好。」接著注意到我手上拿著的那本書。

「喔，你也在看《愛的野性之吻》嗎？那是我最喜歡的小說之一！我超愛羅曼史的！」

等到電梯門關上，我才允許自己臉上露出驚異的神色。珍珠捧著羅曼史小說細讀的畫面，好笑到幾乎足以抹去我得知有其他人想進入那間病房所引發的恐懼，更別提他還對自己怎麼會追到醫院說了謊。

我相當確信自己知道那個人是誰。

第十六章／意外的訪客

電梯門開了，我走出去，在訪客登記簿上簽名。羅尼就在桌子後方，透過玻璃隔板看著等待室電視上正在重播的《CSI犯罪現場》。

「我猜應該是她老公殺的，」我把離開的時間填上去，他對我說，「我總是猜對，我應該去念刑事鑑定的。我有那種天賦，什麼都瞞不過我的眼睛。」

「太酷了。」我回答。然後我突然想到，不管去十四樓和珍珠談過話的人是誰，他也一定要在訪客登記簿上簽名。

羅尼還在專心看電視，不過他同時也在和我閒聊一些非亞裔的人認為可以和亞裔小孩交談的話題，即使我只算半個亞裔。

「你看過昨晚在經典電影頻道播放的那部功夫片嗎？」

「功夫是中國人的玩意兒，不是日本人的。」

「我只是以為你可能會喜歡武術類的電影。」

說句肺腑之言——現代的亞洲人已經不流行這個了。

「當然，羅尼。」我說著，轉頭去看板夾上的訪客登記簿。我伸手悄悄的翻頁，一直往前翻……當我看到中午那頁時，一隻大手突然伸過來壓住整個板夾。

「你以為自己在做什麼？」羅尼問。

我早該知道的，就像這個大塊頭說的，什麼都瞞不過他的眼睛。

我擅長很多事，不過對著配槍、聲音洪亮的巨人撒謊卻不是我的強項之一。

「泰德，你知道你不可以這麼做。你到底在找什麼？」

「我……呃……有一個說認識我叔公的人今天來過醫院，我只是很好奇他是什麼時候來的。」

「哦，是嗎？」羅尼拿起板夾，「他叫什麼名字？我可以幫你查啊！」

「那其實不重要。我、我只是好奇而已。」我結結巴巴的回應，往後退開。

「嗯，我猜也是。」羅尼露出微笑。

我轉身離開。

「嘿，你忘了你的書！」羅尼瞄了一眼，「《愛的野性之吻》，嗯，好看嗎？」

羅尼將書翻到背面看簡介，進一步羞辱我，「很棒的閱讀選擇嘛，小朋友。」

「我告訴過你，那是我媽的書。她忘了拿回家。」

「對、對，你說過。是我的錯。」羅尼露齒微笑。

我轉身走向電梯，搭到地下停車場。

我騎著自行車離開拉普里西馬綜合醫院，腦袋裡閃過十幾種不同的想法，一個接著一個。我需要找個地方好好的想一想。

我將自行車騎上人行道，拿出手機。媽媽在響第二聲時就接了起來，「怎麼了，親愛的？找不到那本書嗎？」

「不是，我已經拿到了。媽，我們還要再一個多小時才會吃晚飯，對吧？」

「也許更晚一點，我正在院子裡種花。為什麼這樣問？」

「我想要到迦勒家玩一下。」

「這我就不知道了。泰德，你確定你只待一個小時就會回家嗎？」

「我保證。」

「那麼好吧。代我向朵瑞絲問好。」

「我會的。媽，謝謝。」

我再度騎上自行車，往拉維朗達大道前進。迦勒家剛好在我家和醫院之間，所以非常順路。

迦勒媽媽的車沒停在車道上，可能去健身房了。自從迦勒的爸爸離開之後，她大多數的時間都耗在那裡。前門沒有上鎖，我進入屋裡，直奔樓上。

和我猜的一樣，迦勒正埋首在畫桌前繪製另一幅線條完美的畫——超級英雄打爆另一個超級英雄。而且沒錯，挨打的那一個留著小馬尾。

真是排解心理問題的好方法，迦勒！

他將紙推開，看著我。

「嗯，」我立刻開口，「記得唐娜．山田告訴我們有人到他們家拜訪她爸，問了一大堆泰德叔公的事嗎？」

「對，感覺有點恐怖。」迦勒說。

「我們去山田先生家時，那個人找到我家來了。他說他明天還會再來。我爸說他是夏威夷報社的記者，正在寫一篇關於我叔公以前服役時所隸屬軍團的報導。」

迦勒放下畫筆，「他大老遠從夏威夷跑到這兒來？你叔公到底是什麼重要人物？」

「我也是這麼說的。不過你還沒聽到最奇怪的部分，我認為他還跑去醫院問 1405 號病房的事。」

「等一下。在你繼續往下講之前，我們不需要也告訴她嗎？」

「告訴誰？」我問，其實心裡已經知道答案了。

「我只是覺得伊莎貝爾可能……我不知道，她可能覺得這很有趣，你不這麼想嗎？」

「嗯，大概吧！」

我坐在他的床上，兩人瞪著彼此。

「那麼……打電話給她吧。」他說。

「你打給她。」我回答。

「是你有新消息的。」迦勒做出他這輩子第一次合乎邏輯的發言。

真是討人厭。

「好，但這兒是你家，電話是你的。」我說。

「那又怎樣？用你的手機打給她。」

他堵死了我的路，所以現在我非得打電話給一個女生不可。那又怎樣？太奇怪了。不要問我為什麼，就是很奇怪。

「我來打，」我慢慢的說，「可是……我要打開『免持聽筒』功能，你也要一起講。」

「成交！」迦勒高興的說。

我撥打伊莎貝爾的手機號碼，她接了起來。

「嗯……你在做什麼？」我問，和女生講電話好像都應該這樣起頭。不過，既然這是我第一次打給女生，所以我也還在試探中。

「呃……我在看書。你呢？」

「和迦勒在一起。」

「嗨！」迦勒對著手機大喊。

「你們在用『免持聽筒』嗎？我最討厭那個了。」手機另一端的伊莎貝爾說。

「抱歉，只是我想告訴你們，我今天去醫院時發生的事，所以——」

「你去了醫院？我要知道全部的細節！」

於是我開始告訴他們。當我說到根本不可能進入那間病房時，手機另一端傳來了一聲嘆息，顯然超級偵探泰德讓伊莎貝爾失望了。

「我猜就是這樣了。」迦勒說著，從床上跳下來。

「這樣是哪樣？」伊莎貝爾問，「那間病房裡一定藏著什麼。你不是也這樣想的嗎，泰德？」

「沒錯，可是要怎麼做才能找到答案？」

「我們可以使用障眼法。」迦勒說，「比如說，伊莎貝爾可以假裝她病了，將護士從護理站引出來，然後你再趁隙溜進去——」

我打斷他的話，「這個計畫已經出現三個破綻。第一，每個進醫院的人都得在保全人員那邊簽名，除非我們告訴他要探訪誰，否則他不會讓我們進去。第二，即使當值的護士不是珍珠，也有可能是另一個和她一樣冷酷的人，他們不會輕易離開護理站。別忘了，他們可全是受過嚴格訓練的專業人員。第三，克勞茲太太已經表明不想見任何訪客，所以如果我直接走進去，她很可能會叫保全人員上來，一切就都毀了。然後我還得向我媽解釋，以及——」

我坐在迦勒畫桌前的椅子上，眼前不可能的任務壓得我心情沉重。

我們三個沉默了好一會兒，各自在腦袋裡找出路。

然後，手機另一端傳來輕笑聲，那種我越來越討厭、大人式的低沉笑聲。

「怎麼了？有什麼好笑的？」我忍不住脫口而出。

「抱歉，這聽起來和你時常在玩的線上遊戲一模一樣。在你找到答案之前，一切看起來好像都是不可能的。」伊莎貝爾的語氣正經起來，「我認為你應該回家好好睡一覺。我敢打賭，明天早上你一定會想出辦法。」

我看著手機，「我可不會這麼說。我想你還不明白，我根本沒辦法走進那間病房。」

「我有種預感，你一定可以做到。」伊莎貝爾說，「你會理出頭緒的。你叔公不會設下一個你解不開的線索，而且你非常聰明。你只是不知道自己有多聰明。」

不知道她是怎麼做到的，但她的一番話頓時讓我覺得自己既是世界上最笨、也是最聰明的孩子。

「就像義大利人說的，『*A tutto c'è rimedio, fuorché alla morte.*』」

「那我們這些不會說義大利文的人呢？」從伊莎貝爾接聽電話開始，迦勒第一次用惱怒的語氣對她說話。

「喔，抱歉。」伊莎貝爾說，「這句話的意思是『死亡是唯一無解之事』。」

「誰會記得這種事？」迦勒問我。

「我在一本書上讀到的，」伊莎貝爾平靜的說，「然後我會記得。」

我看了手錶一眼。

「我得走了。我答應你們，如果明天想到什麼，我會再打電話或傳簡訊給你們。」我說。

當我把書拿給媽媽時，她非常感謝我。

「另一本曠世巨作。」我們坐下吃飯時，爸爸還是忍不住出言諷刺。

我匆忙吃完盤裡的食物，便起身告退。

「你沒事吧？」媽媽問。

「我只是累了。我想我今天得早點上床睡覺。」我解釋。

我走進房間，一腳把門踢上，打開我最信賴的筆記型電腦。我將筆記型電腦拿到床上，試著將今天發生的事做個整理。

那個說他正在寫關於我叔公的報導的人……沒辦法進去的1405號病房。確實是沒辦法，對吧？

我的視線落在仍放在書桌上、寫著叔公最後一段話的板夾——

盒子只是起點，要繼續尋找答案。全力以赴！答應我！

那個盒子。我打開瀏覽器，進入之前造訪過的那個遊戲網站。

就在那裡，證明了我的預感沒錯，果然出現了新的遊戲。

「《泰德遊戲》第二版：劫奪醫院病房！」

第十七章／重點是怎麼玩這個遊戲

規則改變了。

這次的遊戲不再是如何從密室裡逃脫，而是要想辦法進入那個密室。

第一個畫面是醫院入口。我移動游標點了一下，然後羅尼出現了，或者該說是個造型看起來像他的保全。我在訪客登記簿上點了一下，沒有反應。顯然這不是正確的路徑。

我跳回前一步，畫面再度切換到醫院入口。我繼續嘗試，在地板上到處點擊。我是不是應該聽迦勒的建議，扔什麼東西來轉移羅尼的注意力呢？

地板上什麼都沒有，也沒出現任何動靜。

此路不通。

我瞪著電腦螢幕。

就像伊莎貝爾說的，這種遊戲一定有解答。我只需要將它視為另一個普通的遊戲就好。

不過我並不覺得它像個遊戲，因為我知道它是真實的，而且到最後我還必須照著它在現實世界展開行動。

在叔公臨死之前要我答應的不就是這件事嗎？

我的肩膀垮下來。我在鏡子裡瞄到自己的反射影像，一雙和我媽一模一樣的眼睛。

就是這個！

我想拿根大鎚子敲自己的頭。

當然。太簡單了，而且很可能行得通。

我回到遊戲，開始移動滑鼠。接著我發現自己一路點擊到1405號病房的門口，直接進入。桌上放著一個小小的、黑色的長方形物體，我在上面點了一下，然後遊戲就結束了。

就這樣？可是我還沒把那東西看個清楚呢！

從什麼時候開始，這些遊戲不再告訴你最後找到的寶藏是什麼？感覺上一點都不像已經結束了。

不過，足夠的經驗讓我知道不管那個黑色物體是什麼，鑰匙就放在裡頭。很可能是有磁性的東西，說不定就吸附在病床下方的金屬扶手。我見過這類的小盒子好多次了。

我很仔細的從頭再玩一次，這和只是單純要找線索時完全不同。它打破了許多規則，如果不想被逮個正著，我必須完美的進行每一個步驟。

突然間我想到一件事，心裡覺得很不安。

我繼續在螢幕上點擊，直到畫面切換到護理站。

我移動游標，在長桌上的時鐘點一下。時間顯示十一點四十五分。晚上。

我的心往下沉，立刻明白這個遊戲在告訴我什麼。

我必須回醫院去，就在今天晚上。

我慢慢從椅子上站起來，躺上床，在腦袋裡將計畫從頭到尾想過一遍。

我幾乎是立刻又爬起來坐回書桌前，在電腦上一次又一次的重玩這個遊戲。

如果我真的要去做，每一步都得做到百分之百完美。

我只有很短的時間可以達成目標，而任何錯誤都會導致巨大的災難。

媽媽說不定會被開除。我說不定會被警方逮捕。

我抹乾前額冒出的汗珠，第一百次查看手錶。

十一點。

我已經向爸媽道過晚安，所以在他們的認知裡，到明天早上之前我都會待在自己的房間。

我盡可能不發出聲音的轉動臥室門把，然後躡手躡腳的穿過走廊往樓梯前進。

明天是上班日，所以媽媽十點半便上床睡覺。爸爸也會躺在床上，不過他應該在看書。他習慣在就寢前上廁所，通常是在十一點半左右。

我為爸爸固定的生活習慣悄悄的感謝上帝，然後走到一樓。明月高掛天上，銀色的月光灑進陰暗的屋內，讓我不用摸黑走到廚房。跟我想的一樣，媽媽的皮包就掛在椅子上。我把手伸進去，小心翼翼的拉出扣著她的識別證和感應卡的掛繩。

下一站是洗衣間。我舉高手在架子上摸索。

太好了！找到了！我拿出目標物，將它塞進我的背包裡。我看了手錶一眼，發現已經浪費了不少寶貴的時間。我往外跑，找到自行車和安全帽。

我騎到拉普里西馬綜合醫院，停在大樓前面，看著裡頭的燈光。這讓我聯想到上次晚上來這裡時，叔公拉著我的衣袖，要我承諾一件到現在我還不知道是什麼的事。

我在接近急診室入口處找到一堆灌木叢，小心的將自行車和安全帽藏在裡頭。

我屏住呼吸，將背包卸下。

接下來就是最困難的部分了。

只要我能過這一關，進去醫院之後應該就不會有問題了。

我很小心的拉開背包，無聲的對自己承諾，從現在開始再也不會取笑媽媽的潔癖。她討厭在打掃房子時弄髒衣服，所以有天她想到一個好點子，從手術室多帶了兩套刷手衣回家，以便在打掃時穿。

我拉出綠色的上衣和綁繩長褲。

另外一件超級幸運的事是我媽的個子非常小。

我彷彿還能聽到若薇娜的聲音在我耳邊迴盪，「你現在都和你媽差不多高了！」

我穿上刷手衣，把手伸進口袋。果然和我想的一樣，裡頭有媽媽在打掃時一定會戴上的手術帽和口罩，以防止灰塵跑進她的頭髮、油煙竄進她的鼻子。

穿戴好之後，我小心的將她的識別證掛在脖子上，然後把背包和自行車藏在一起，俐落的往醫院前進。

全力以赴的時刻到了！

我悄悄的避開光線，儘量走在陰影裡，來到羅尼或是其他保全看守的入口。

只露出一雙相似的眼睛，其他部分全罩在大一碼的刷手衣裡，讓我看起來夠像媽媽，要混進去不是問題，但麻煩的是他們全都認識她，會想和她閒聊幾句。而只要一開口，我就死定了。

進了大門之後，我故意走在燈光明亮、有很多事同時在進行的區域。每間醫院的急診室入口總是忙得不得了，連拉普里西馬綜合醫院這樣的小型醫院也不例外。一定會有人帶著生病的孩子飛奔而來，或是有人胸口疼痛而被緊急送來之類的。

今晚門口停了一輛救護車，警示燈還在閃個不停。

我快速經過醫護人員、救護車隨行人員和其他工作人員，急急忙忙的往電梯的方向走，裝出一副有任務在身的樣子。果然沒人朝我多看一眼。

電梯門開了，我走進去。裡頭空無一人，我按下十四樓的按鈕。

如果電梯裡有其他人，我就得在手術室的樓層出去，不然他們會懷疑為什麼一個穿著刷手衣、戴著口罩的護士要去其他地方。

而引人懷疑正是我現在最想避免的一件事。

我可以感覺自己的心臟在單薄的綠色刷手衣下狂跳。電梯在十樓停下，門打開時，我的胃緊張得縮成一個小球。一張輪床推入，接著——

喔，糟了！

我警覺的注意到推床的護士是我媽在加護病房的朋友克拉麗絲和水晶。她們怎麼會在夜班出現？如果她們看到我，一切都完了。

不不不不不！

幸好她們兩個此時都彎著腰，忙著檢查點滴、綁帶是否妥善固定。

我站到電梯角落，背對著她們，低頭拚命在手中的板夾上寫字。我知道她們會在十一樓把輪床推去恢復室。

只有一層樓。電梯門關上，緩慢而惱人的開始往上升，感覺像過了好幾個小時。

「你做得很好，拉米瑞茲先生。」克拉麗絲在病人呻吟與扭動時輕聲安慰。

電梯慢慢停下，門打開來。克拉麗絲和水晶將輪床推出去，電梯裡再次剩下我一個人。我貼靠著牆，大口喘氣。

這簡直太瘋狂了。

當電梯門在十四樓陰暗的走道前打開時，我看到了護理站，以及十幾個監視螢幕所發出的微光。珍珠還在當值。難怪她心情這麼壞。

連值兩班。護士們最痛恨這種班表了。

我後退往另一個方向走。即使穿著刷手衣，我也不可能從護理站走過去而不被珍珠發現，不過遊戲已經幫我想出辦法。

我慢慢的一邊走，一邊數門。三……四……五，第五扇門，應該就是這裡。

我環顧左右，確定走廊上沒有其他人，然後迅速推開沒有任何記號的門。我閃身進去，反手將門關上。

我拉了一下電燈開關，發現自己果然就在打算要去的地方。

我現在只需要冷靜的、按部就班的執行遊戲裡的步驟。

在我面前的是固定在牆上、連接著一個大管子的金屬箱。我伸手從口袋裡拿出一支小小的螺絲起子，將以鉸鏈扣住的箱蓋取下，往裡頭窺探。

找到了。

裡面有幾十個開關，每個上面都貼著號碼。這層樓的斷路器都在這兒了。我得找出正確的那個。

我從上面往下數。第十七個。那是珍珠後方新監視螢幕的斷路器。

一旦我弄錯，可能某間病房的燈就不亮了，或者更糟的是，說不定會關閉某人的維生系統。

我知道大樓裡有發電機，不過斷路器必須先重置才能恢復正常。誰知道萬一我弄錯了，在那寶貴的兩分鐘裡會出什麼人命關天的事？

我鎖定由上而下第十七個斷路器（為了確定，我重複數了三次），才將口袋裡第二樣東西拿出來。叔公的打火機。

我打開它，壓出火花，靠近開關，皺著鼻子忍受塑膠融化的臭味。

很快的，我將融化的斷路器推到「關」的位置，然後將燈關掉。

我聽到外頭有人在說話，耐著性子等腳步聲跑過，才悄悄的推開門，從裡頭閃身而出，背貼著牆站在陰暗的走廊。

我看到一個理平頭的大個子，認出那是我媽在維修部的朋友加必爾，他大步穿過通往護理站的雙扇門。

舉凡有任何東西要修，他們就會打電話給加必爾。

我貼著牆移動到通往護理站的門前，探頭透過門上的玻璃窗很快的看了一眼。

我很滿意的看到所有病房的監視螢幕一片漆黑。

我把耳朵貼在門上偷聽。

「一定要現在就修，不能等到明天早上。」珍珠對著正在轉動螢幕下方旋鈕的加必爾施壓。

「我無法保證，珍珠。從他們裝上這套系統後，我就一直告訴他們這些監視器太耗電，遲早會燒掉斷路器。」

「這幾個月來一直都好好的，難道沒有什麼……開關之類的東西可以直接重置嗎？我需要這些監視器。」

加必爾低頭看向桌面，指著上頭的一大排警示鈕說：「你還有這些啊，不是嗎？我的意思是，如果有什麼不對勁，你馬上就會知道的。」

珍珠可不買帳，「這不只關係到他們的生命徵象，我需要看到病房裡的所有狀況。」

加必爾舉起雙手投降，「好，好，我知道了！」

門被推開時，我刻意蹲低身子。

加必爾大步走過我身邊，往這層樓斷路器所在的小房間走去。

我聽到他喃喃抱怨著，「在有這些監視器之前，你還不是一間一間的巡房，不像現在只會坐在那兒偷懶。」

「你說什麼？」珍珠在他身後大叫，「你今天什麼時候來上班的？我可是從早上九點就一直在這兒！你嘴巴放乾淨點，到底誰才有資格說誰在偷懶？」

「息怒！息怒！」加必爾喊了回去，自顧自的發笑，顯然覺得惹珍珠生氣很好玩。

過了一會兒，我聽到有人吹了聲低低的口哨，然後說：「我會去——」

加必爾的頭從小房間探出來，「你應該過來看一下。」

珍珠的嘴唇抿成一條細線，「你知道我不能離開護理站。」

「斷路器看起來是燒掉了，我從來沒見過燒成這樣的。早告訴他們這麼大的用電量一定不行的。」

「那我們現在該怎麼辦？」珍珠的聲音聽起來越來越不耐煩。

「樓下庫存櫃裡有替代品。我得將整個斷路器拿下來，再換上一個新的。很麻煩。」

珍珠露出一個並不怎麼賞心悅目的微笑，「那麼你最好立刻行動。我要你修好這些監視器，而且今天晚上就得修好。」

加必爾嘴裡唸唸有詞，走向電梯。

直到他離開我的視線，我才敢把一直憋著的那口氣吐出來，然後慢慢走向監視器停掉時加必爾推過來、留在小房間外的手推車。

我突然明白為什麼必須在晚上做這件事，因為晚上的護理站只有一個護士留守。如果有兩個護士，在加必爾修理斷路器的同時，其中一個就會一間一間的巡房。不過現在只有珍珠一個人，所以她不敢冒險離開，以免看不到所有病人使用的機器數據。沒有了監視器，她只能靠桌上監測病人生命徵象的警示鈕來判斷是否有人出狀況。

我推著加必爾的推車，慢慢將它掉頭。走廊那頭還有另一個通往病房的入口。我轉彎來到寫著「訪客禁入，請至護理站登記」的雙扇門前，將門推開。

走廊上空無一人。在這個時間是絕對不會有訪客的。

我鎮定下來，慢慢走著，同時數著號碼……1411……1409……

我知道更換斷路器最多只能給我十五分鐘的時間來檢查那間病房。當然，除非克勞茲太太還醒著。我還得賭她不會按下召喚鈴，把珍珠叫來，否則我的遊戲就會當場結束，再也沒有重來的機會。

我走到1405號房前，輕輕敲門。沒有回應。我慢慢推開門，然後——

「已經到我吃藥的時間了嗎？」

一個胖女人坐在床上看書。世界上的出版物那麼多，她卻偏偏也在看《愛的野性之吻》。她的一雙大眼睛看著我，蒜頭鼻下方的大嘴似乎永遠都在微笑。

「對不起，克勞茲太太，我不知道你還醒著。」

「沒關係，我在醫院裡不好入睡。我認識你嗎？我不記得之前看過你，親愛的。」克勞茲太太的口音低沉而圓潤，和我爸布魯克林那邊的親戚口音類似。

「我是……新來的……」我說，慶幸自己還沒有變聲。「你覺得如何？」我努力模仿護士的樣子和語氣。

「你不是護士吧，親愛的？」克勞茲太太問，微笑還掛在臉上。

「不，我是……勤務工……」

克勞茲太太大笑，「你看起來有點太年輕了，親愛的。告訴我真話吧？」

我決定誠實為上上之策。

我伸手要拿下口罩，卻又突然感到遲疑，「請問我可以把口罩拿下來嗎？我知道你害怕被感染，而——」

克勞茲太太雙手扶額，又開始大笑，「他們是這麼告訴你的嗎？」

「是的，他們說你不想見任何訪客，因為你怕細菌。連你的家人都不能進來。」

她再度爆出笑聲，「太荒謬了。一定是我兒子尼森想出來的藉口，他對護士這麼說只是為了讓自己覺得好過一點。真相是，我受不了那些悲傷的臉。誰需要他們？我寧願自己一個人。沒事的，脫下口罩吧！親愛的。」

我拿下口罩和手術帽。

克勞茲太太瞪著我，「所以你到底幾歲？甜心，如果你不介意我這麼問的話。」

「十二歲。」我老實回答。一般而言，聽到陌生人叫我「親愛的」和「甜心」會讓我覺得很彆扭，不過這位猶太老太太這麼叫卻讓我覺得很正常、很合理。我開始掃視病房，尋找有沒有任何黑色的長方形物品。

克勞茲太太擔心的看著我，「現在這麼晚了，他怎麼還在醫院裡？」

沒錯，很多猶太老太太都是這麼說話的，即使你就站在她面前，她還是用第三人稱來稱呼你。而且她們講話就像《星際大戰》裡的尤達大師一樣顛三倒四的。至少我們家族的猶太老太太都是這樣。相信我，每個感恩節我都會複習一遍。

「你叫什麼名字？」

「嗯……泰德。我媽是這間醫院的護士。」

「那麼泰德，你是在找媽媽嗎？你走丟了嗎？」

我瞄了一眼克勞茲太太隔壁的空床，顯然我叔公搬走之後還沒有人住進來。

「事實上，我是在找我叔公可能遺留在這裡的東西。他叫泰德．若林，你記得嗎？」

克勞茲太太扮了個鬼臉，「那位日本老先生？很抱歉這麼說，我知道他是你叔公，願他安息，但他並不是個很友善的人。」

「沒關係，我和他不熟。」

我滿懷信心的把手伸到他之前的病床下方，順著金屬扶手往下摸。

沒有磁鐵小盒子。我把整個扶手從頭摸到尾，什麼都沒有。

就在克勞茲太太滔滔不絕的談論她的家人，告訴我她喜歡誰、希望誰趕快去死時，我搜索了窗框、布簾、衣櫃和浴室。她似乎一點都不覺得在半夜和一個澈底搜索她病房的十二歲陌生孩子閒聊有什麼不對勁。

「你找到要找的東西了嗎，親愛的？」

「沒有。」我悶悶不樂的說，在她旁邊的床坐下。

克勞茲太太拍拍我的手，「太可惜了。」

她看到我的名牌，「喔，你爸爸不是——」

「不是，我是混血兒。」

「如果你不介意，可以告訴我你爸爸是哪裡人嗎？」

「我爸是猶太人。」我承認。喔，糟了，我知道接下來會發生什麼事。

她的臉像耶誕樹似的亮了起來，或者更準確的說，是像猶太教光明節燈臺似的亮了起來。

「我就知道！你媽改信猶太教了嗎？」

「沒有……我們並不真的——」

「你應該來我們的教堂做禮拜，我們有很多亞裔的猶太家庭。」

我擠出微笑，「我會轉告我爸媽。」

「塔札納的貝斯索隆教堂。」

我站起來準備離開。再過不久，監視器就會恢復正常運作了。「很高興認識你，克勞茲太太，希望你早日痊癒。」

就在我要開門出去時，克勞茲太太叫住我。

「聽著，在你走之前……也許可以幫我修好這個。當你叔公在這裡時，總是堅持要由他選擇頻道。他離開之後，似乎沒人能夠讓它正常運作。你能幫我看看嗎？」

她遞給我一個扁長形的盒子。那是一個黑色、長方形的電視遙控器。

第十八章／意料之外的客人

我從克勞茲太太的手上接過遙控器，試著裝出稀鬆平常的樣子，但就連我都能聽出自己的聲音因為太過興奮而在發抖。

「也許電池該換了。」

克勞茲太太做了個鬼臉，「真有趣。我記得你叔公搬到這兒的第一件事也是換電池，他說他總是這麼做。想得真周到啊，那個人。」

所以叔公開過遙控器的電池蓋。

一定在裡頭。

我注意到在推開電池蓋時，我的雙手抖個不停。

慢慢的，我推開它，往裡頭瞧。

沒有。

沒有鑰匙。

我把電池拿出來。他一定是把東西藏在電池後面了。

沒想到後頭卻只有一張摺得很小的紙條。我把它取出來，塞進口袋裡。我將電池和蓋子裝回去，沮喪的將遙控器丟在床上。

沒有鑰匙。

是不是有人比我先到，已經把東西拿走了？

克勞茲太太一臉擔心的看著我，「不要這麼不開心，親愛的。只是個遙控器，修不好就算了，反正他們明天早上就會給我一個新的了。」

走廊另一頭傳來一陣機械噪音，將我從恍惚中拉回現實世界。一定是加必爾在用電動螺絲起子替換新的斷路器。

不用一分鐘，護理站的監視螢幕就會恢復正常了。

「恐怕我得走了，克勞茲太太。我媽……很高興認識你。」

衝動之下，我拿起遙控器。

「你不介意我把這個帶走吧？當成我叔公的紀念品。」

她微笑，「當然不介意，親愛的，拿去吧！就像我剛才說的，不管我怎麼弄，它都是壞的。」尤達老太太捧著我的臉，在我臉頰上用力的親了一下。她和住在布魯克林的那些姑婆們絕對是同一類型的人。

「平平安安的回家，甜心。答應我，你會再回來看我。」

「我會的，」我說，「我會儘快再來。」

「真是個好孩子。」我離開時聽到克勞茲太太自言自語。

我溜出房門，看到加必爾蹲在小房間裡的身影，他才剛把工具放在地上。

「有反應嗎？」他朝堅守護理站的珍珠大喊。

「螢幕恢復了！」她聲音沙啞的說。即使從我站的地方，都能透過雙扇門看到病房監視器的藍光照亮了珍珠有稜有角的臉孔。

真是千鈞一髮啊！

我轉身，發現自己正站在通往急診室的樓梯前。至少遊戲在這一點上沒有出錯。

我戴上手術帽和口罩，一路從寂靜無聲的十三層樓樓梯飛奔而下。接著我推開樓梯間的門，裝出趕著要去某個地方的樣子，大步穿越急診室。

我走過醫師和護士身邊，沒有人多看我一眼。所有人都認為我不過是個身材嬌小、穿著刷手衣的亞裔護士，而這樣的人在這間醫院裡到處都是。

我就這樣走出醫院。

我鬆了一口氣，等待呼吸平復後才脫下刷手衣，和媽媽的識別證一起放進背包。然後我戴上安全帽，牽著自行車騎上人行道。我努力控制自己的情緒，還有搖搖晃晃的輪胎。我穩住自己，順著下坡騎，在夜裡涼爽的加州海風吹拂下，感覺腦袋鎮定了不少。

我拐進我們家的車道，將自行車牽進車庫，靠著後門喘氣。我再次瞄了一眼手錶，十二點三十分。爸媽絕對已經睡著了。

我小心的打開後門，推開通往廚房的小門。屋裡仍是一片漆黑，一點聲音都沒有。支持我度過前一個小時的腎上腺素在我走上樓梯時完全耗盡。我在床上躺下，累得什麼都無法做，只想睡覺。

突然間，我又坐了起來，掏出口袋裡那張摺得小小的紙條。我打開書桌上的檯燈，小心的將紙條攤開，看到上頭只印著：

コナミ

日文？我好像在哪裡看過，可是一陣疲憊襲來，在我意識到之前，我的眼睛已經閉上，頭歪向一邊，不由自主的沉沉進入了夢鄉。

「泰德！」樓下有人大喊我的名字。

我睡眼惺忪的坐起來，集中精神，腳步不穩的走下樓梯，站到媽媽身邊。一個身材高瘦、臉很狹長、留著極短白髮的男人就站在一旁。

「泰德，這位先生來找我們。他是——」

「《檀香山星廣報》的克拉克．肯特。」他遞上名片給我。

「我還以為你是《星球日報[1]》的記者呢！」我開玩笑。

肯特先生抿著嘴脣微笑，「時常有人這麼說。」

媽媽走到客廳沙發坐下，雙手抱胸，「恐怕你不能在這兒待太久。在我去醫院上班前得先繞去超市買東西。」

「沒關係，」肯特先生說，「我不會耽誤你們太多時間。我可以坐下嗎？」他指著餐桌前的椅子，走過去坐下。趁他拿出筆記本和鉛筆的同時，我仔細打量眼前這個男人一番。

他的八字眉已經半白，雙眼凹陷，看起來十分疲累的樣子。我猜他的實際年齡可能比外表年輕。他狹長的五官和整齊的髮型，讓我聯想到爸爸常看的電視新聞裡的男主播。

「你要不要先和我媽談？她是最了解泰德叔公的人了。你想要問關於他的事，對吧？」我說。

肯特先生轉向媽媽，微微一笑。

「這篇文章不只是關於你叔叔。我正在努力蒐集所有能找到的日裔二代軍團在第二次世界大戰的英勇事蹟。」

肯特先生將視線移回我身上，用鉛筆敲擊著筆記本，「我最有興趣的是……或者應該說我們的讀者最有興趣的是，你的叔叔……不，你的叔公臨死前說了什麼。」

「我只在他過世前一天和他交談過一次。」

他的臉上出現擔心之色，「喔，我明白了……所以你不知道？」

「不知道什麼？」我問。

肯特先生咳了幾聲，低頭看著他的筆記本。「他在見完你之後就陷入昏迷，之後再也沒有醒過來。」他抬起頭來，微笑打量著我，「換句話說，我猜聽見他最後遺言的人應該就是你了。」

我站起來，「我真的不想再討論這件事了。」

媽媽走過來，伸手抱住我，「沒關係的，泰德。我不想當個沒禮貌的人，肯特先生，但我真的得出門了，所以——」

「我真的很抱歉。我不習慣和小孩子打交道，請接受我的道歉。」

此時我不知道自己該做何感想。他看起來很像一個真誠且親切有禮的人。

我感覺自己軟化了。「我只能告訴你，我不可能『聽見』我叔公的最後遺言，因為他根本沒辦法講話，所以他要說話時只能寫在板夾的紙上。」

肯特先生在筆記本上振筆疾書，然後裝出一副閒聊的樣子問：「那麼這個板夾有沒有可能還在你手上？」

我不認為肯特先生需要知道叔公在紙上寫了什麼。

「呃，沒有……我不知道那東西現在在哪兒。」我很快的回答。

肯特先生滿臉驚訝，「你現在是在告訴我，你把它丟了嗎？」

---

1 克拉克．肯特是電影《超人》的男主角，在《星球日報》擔任記者。

在我還來不及反應前，媽媽已經先開口，「他不認為那個東西有那麼重要。他才十二歲，肯特先生。我想他已經夠難過了，你不覺得嗎？」

「我的意思是，我不知道他就要死了，你懂吧？」我可以感覺到自己聲音中逐漸高漲的怒氣。

「我懂，」肯特先生一邊收拾東西，一邊回應。他將筆記本和鉛筆放進包包裡，然後站起來對我微笑，「當然。如果你之後想起你叔公最後說了些什麼，或者他寫在那個板夾上的任何事，請打電話給我。這些資訊可能會為這篇報導帶來一個很好的結尾。名片上有我的電話號碼。」

我點點頭。肯特先生走向大門，媽媽開門送他出去。

在出門前，肯特先生轉過頭說：「謝謝你們願意花時間接受採訪，格森太太。很抱歉惹你不開心，泰德。但是我希望你明白，我很努力想向這些二戰英雄致敬，而你的叔公正是其中之一。我只有這個目的，別無所圖。」

第十九章／彼得舅舅的遊戲

「你認為他真正的身分是什麼？」

迦勒站在我家客廳裡，看著那張名片。肯特先生一離開，我就打電話給迦勒，他立刻騎自行車過來。

迦勒是個膽小鬼，他不肯打電話給伊莎貝爾（即使上次是我打給她的），我只好自己打，然後她便請她爸開車載她過來。

「我打電話給《檀香山星廣報》，毫無疑問，他們那兒從來沒有一個員工叫克拉克．肯特。」伊莎貝爾提供了重要的資訊。

「你打電話給報社？那實在是……哇。」再過一百萬年，我也無法想像自己做同樣的事。

迦勒嗤之以鼻，「這個我也能告訴你。從一開始我就知道他是個冒牌貨。」

「那你為什麼沒這麼說？」伊莎貝爾反擊，在沙發上坐下，雙手抱胸瞪著迦勒。

我決定現在是將昨晚的事告訴他們的好時機。「你們聽著，我還有話要說。你們絕不會相信，我進到1405號病房了。」

「什、什、什麼？」迦勒睜大雙眼，不由自主的在伊莎貝爾身邊的沙發坐下。

「但你說過那是不可能辦到的！」伊莎貝爾驚呼。

「嗯，也許不該說完全不可能。」我回答，試著不要表現得太自命不凡。

「細節！告訴我們所有的事！」迦勒要求道。

「我只是在想，如果這是一個線上遊戲，我會怎麼玩，你們知道我的意思吧？」我開始說。

我告訴他們全部的過程，從「借用」我媽的東西一直到我回家。

「結果我唯一拿到的只有這張紙。」我說完，將那張摺得小小的紙條拿給他們看。

「你實在太厲害了！」迦勒讚嘆。

伊莎貝爾呆呆的看著我。我簡直不敢相信她臉上佩服的神色。

「你真的做了，」伊莎貝爾說，「這……這……」

喔，這種感覺真是太美妙了。就連百科全書小姐都對我肅然起敬，一時之間不知道該如何讚美我。

「這是我聽過最愚蠢、最不負責任的事了！」

我必須承認，我沒想到她會有這種反應。

「可是——」我試著解釋。

「沒什麼可是。如果你被逮了呢？冒充你媽、竊取她的識別證、破壞醫院的財產？你都沒想過後果嗎？不但你自己可能被警方逮捕，還會拖累你媽被醫院開除！」伊莎貝爾起身踱步，不斷搖頭。

「但是他沒被發現啊！」迦勒反駁。

伊莎貝爾火氣還很大，「那純粹是運氣好！我的意思是，你愛做什麼就做什麼，但是那樣拿你媽的工作來賭，實在是……」

「那不只是運氣好，」我態度堅定的說，「我非常清楚自己該怎麼做，而且我的計畫也成功了。我進到病房，拿到了遙控器。」

「你又怎麼知道？」伊莎貝爾問，「你拿你媽的工作當賭注。」

很好，我受夠了。該是讓他們知道的時候了。

我上樓進房間，把筆記型電腦拿下來。

「我想你們得看一下這個。」

「那是什麼？」伊莎貝爾問。

「我本來就打算要拿給迦勒看，不過現在我想要讓你也看一下。」

等待電腦開機時，令人不自在的沉默籠罩著我們三個。

終於，我要向他們坦承了。

「這就是……事情的真相。關於我怎麼知道泰德叔公的公寓藏了東西，還有潛入醫院的事，你們兩個都以為我是什麼天才之類的，但其實我不是。我對你們兩個說了謊。我不是自己解出所有的謎題……我……有幫手。」

「什麼樣的幫手？」迦勒不敢置信的問。

我做了個深呼吸，然後說：「我知道這聽起來很瘋狂……可是網路上有個以我的生活為劇本的線上遊戲。」

伊莎貝爾和迦勒瞪了我好久好久，最後迦勒終於開口。

「沒錯，泰德……而且還有一個魔法王國，有獨角獸會吐出彩虹。」

「聽著，我不期望你們會相信我，」我堅持道，「不過那就是為什麼我能找出所有藏在泰德叔公公寓裡的物品，以及知道如何潛入醫院的原因。我只是想讓你們認為我很聰明，靠自己想出這一切。」

伊莎貝爾看起來很擔心的樣子，「泰德，別說傻話了。你的意思是有個線上遊戲就像你的生活——」

「不！」我大叫，「它就是我的生活。我就是這樣解出謎題的，而不是靠我自己。我無法再裝下去了。」

我在瀏覽器的網址列鍵入「www.thegameofted.com」，按下輸入鍵，然後把頭轉開。

我不想看到我的朋友在發現真相時的失望表情。

伊莎貝爾和迦勒傾身向前，全神貫注的看著螢幕。

「實在太令人難以置信了。」迦勒輕聲說。

「我沒想到世界上居然有這種東西存在，」伊莎貝爾同意，「從來沒有想過。」

「看吧，我就說吧！」我喊道。

迦勒和伊莎貝爾爆出笑聲。

「你差點騙倒我了，兄弟。」迦勒說。

我轉頭看向螢幕。

結果螢幕上居然有個由許多小小紅心組成的相框，裡面有一對老人家手上拿著撲克牌，朝鏡頭揮手。下面寫著真人見證：「湯姆．摩太門和芭芭拉．伊凡瑞德——『我們透過TED（泰德）相遇，這是我們做過最棒的選擇！』」

在他們下方有個橫幅寫著：「TED，超棒的熟齡約會網站（Terrific Elder Dating）！終於有個適合正值人生黃金年代的單身男女的地方！」

然後，角落出現一個閃個不停的方塊：「請參加每週三於萬特樂大道美國退伍軍人會館舉辦的遊戲之夜！你喜歡玩的我們都有。賓果、凱納斯特紙牌、麻將！在沒有壓力的歡樂氣氛下認識六十五歲以上的優質單身男女。」

「真是謝謝你和我們分享這個資訊，看起來很好玩的樣子。」伊莎貝爾評論道。

「而且沒有壓力！」迦勒補上一句。

「實在是太可惜了，這有年齡限制……」伊莎貝爾繼續調侃我，然後又是一陣咯咯笑。

我震驚的瞪著螢幕，「我一定是打錯網址了。」

還有另一個確保能叫出那個遊戲網頁的方法。

我拉下瀏覽器裡的瀏覽紀錄，滿意的看到昨晚的網址還在裡面。太好了！《泰德遊戲》。我滿懷自信的按下連結，網頁開始下載。

湯姆和芭芭拉再度快樂的一起向我揮手。

我呆坐著動也不動，瞪著畫面，非常希望它變成在我需要時出現、將我往前推進的那個神祕遊戲，可是現在它卻讓我在朋友面前成了大傻瓜。我看得出來他們兩個忍笑忍得很辛苦。

「也許你睡著了，以為自己玩了那個遊戲。事實上是你的潛意識解開了所有的謎題。」伊莎貝爾推測。

「她講得很有道理，老兄。」迦勒附和，「如果不是那樣，就是湯姆和芭芭拉為你指點了迷津。」

「你們以為我瘋了！」我大叫。

「我們沒有以為你瘋了。」伊莎貝爾以一種當對方可能是瘋子時，刻意不去觸怒他的語調說。

「不過如果是真的，遊戲網站應該還存在，不是嗎？」迦勒問。

「應該是。」我點頭表示同意。

那麼現在呢？難道真的是我在做夢嗎？我關上筆記型電腦（再見，湯姆和芭芭拉），瞪著它。真是太棒了。

至少伊莎貝爾不再生氣了。

現在她只認為我是個瘋子。

「嗯……那……鑰匙在哪兒？」她語氣溫和的問。

「我告訴過你們，現在只有這張紙。」

我給他們看那三個符號。

「看起來很眼熟。」迦勒說。

「對，我也這麼覺得。我好像在哪兒看過。」我回答，心裡暗自慶幸話題已經轉移。「可是我想不起來到底在哪兒看過。」

「這是日文，有沒有可能是附在遙控器裡的？你說電視的品牌是索尼，那是一間日本公司，對吧？」伊莎貝爾推論。

「我不這麼認為。」我態度堅定，「克勞茲太太說泰德叔公動過遙控器，所以如果是製造商放在遙控器裡的，那時就會掉下來了。她還說從他搬走後，遙控器就壞了。他一定是在裡頭放了什麼東西。不過，為什麼他要放這張紙？」

我們身後響起開門的聲音。

我媽抱著兩大袋食物和雜貨推門進來。我和迦勒站起來幫忙。

「媽，你在這裡做什麼？」我問，將袋子放在廚房的桌上。

「我住在這裡，你忘了嗎？」

哈哈，很好笑。這就是媽媽的幽默感。

「我告訴過你，上班前我會先去一趟超市。你就像你爸一樣，把我講的話都當耳邊風。喔，嗨，伊莎貝爾！」

當我媽發現客廳裡有第三個人時，她的聲調在千萬分之一秒內從惱怒轉成蜂蜜般甜膩。

「哈囉，格森太太。每次看見你都讓我覺得好開心。」伊莎貝爾說。

媽媽開始將食物歸位，而我則是裝出很自然的樣子拿起那張紙條。

「媽，我在整理泰德叔公的遺物時找到一個想問你的東西。」

「等我把食物分門別類放好，泰德。」媽媽從冰箱的門後回答我。

我站到媽媽身邊，在她叫出食物名稱時將東西遞給她。迦勒和伊莎貝爾相視而笑。終於，在媽媽對食物的安置感到滿意之後，她站起來微微一笑，轉向她勤快幫忙的兒子。

「好了，你找到什麼？照片嗎？」她轉向伊莎貝爾，「我希望他沒有拿我在七〇年代拍的照片給你看。當年的髮型和服裝實在太恐怖了，我甚至去燙了一個鳥窩頭，天啊！」

伊莎貝爾向她保證我沒有做這種事。

我將紙條遞給媽媽。她看了一眼，嘆一口氣。

「喔，泰德，為什麼你要在你朋友面前讓我下不了臺？你知道我看不懂日文的。」

「所以這些真的是日文。」

「當然是。」我媽轉向伊莎貝爾，「在我小的時候，泰德叔叔一直很努力想教我日文，可是那些字看起來實在太難了，而且我其實也用不上，真的。他以前教過我的日文裡，我只記得如果你的腿在沙灘上被蚊子咬了，就應該用沙子去揉一揉。」

「什麼？」伊莎貝爾語調高昂，顯然認為媽媽在胡言亂語。

媽媽大笑，「記憶口訣。你知道的，就是用聯想法幫助記憶。那是我用來記如何用日文從一數到五。如果你的膝蓋（knee）被蚊子咬了，那就會癢（itch），然後你用沙子（sand）揉一揉就不癢了（goes away）。所以……『ichi ni san shi go[1]』就是『itchy knee sand, she go』，明白嗎？」

「Itchy knee sand, she go.」伊莎貝爾點點頭，複誦一次，「哇，好酷啊！」

「我真希望自己當時多學一點。」媽媽嘆息，「我大哥彼得會的日文就比我多，不過那其實多半是他從電子遊戲裡學來的。」

迦勒突然大動作的站了起來，「從你叔公的公寓拿回來的東西在你房間嗎？」他問。

「是啊，不過——」我還沒說完，迦勒已經直接衝上二樓了。

一會兒之後，他抱著一個白色硬紙箱回來，裡頭全是我們帶回來的舊遊戲卡匣和控制器。

「我們那時就在想為什麼會有這些東西。」迦勒拿過去給我媽看。

她一看到眼睛都亮了。

「喔，我的天啊！這些是你彼得舅舅的！如果他知道這些東西在你這兒，一定高興死了！」

「這解釋了為什麼上面會用黑色簽字筆寫著『若林』。這些不是泰德叔公的，而是彼得舅舅的，因為他也姓若林。」我興奮的接話，看著媽媽檢視紙箱裡的東西。「可是這些年來……你從沒告訴過我

1 日文數字一到五的羅馬拼音。

彼得舅舅喜歡玩電子遊戲。」

媽媽抬起頭來看著我，「因為那是一個……令人不愉快的話題。我還清楚記得泰德叔叔沒收彼得這些東西的事。那年夏天，彼得比你現在還大一點點，在酒行打工，幫忙將貨物上架。他甚至將這個主機接到泰德叔叔店裡的電視上。泰德叔叔看彼得什麼事都不做，一天到晚一直玩，終於受不了，便將它們沒收了。從那之後，彼得就不再玩電子遊戲了。」

「彼得舅舅是我媽的哥哥。」我向伊莎貝爾解釋，「他是一位非常成功的軟體工程師。」

「那麼他小時候喜歡玩電子遊戲就很合理了。」迦勒說。

「看吧，」我說，「彼得舅舅像我這麼大時，也是一天到晚都在玩電子遊戲。看看他現在多有成就啊！」

「他在學校每科成績都是優等，而且還曾經不看使用手冊、親手重組過一輛一九七五年的福特野馬汽車。」媽媽回答，「在他和泰德叔叔之間發生過那種事後，也許你會明白為什麼我不喜歡你花這麼多時間在電子遊戲上。」

「彼得舅舅和泰德叔公之間發生的事，一定不只你說的那樣。」我對媽媽施壓，「大人時常沒收小孩的電動玩具。如果只是這樣，應該不至於造成家族失和。」

媽媽嘆了一口氣，在沙發上坐下。我們三個則坐在她的對面。

「我想我應該可以告訴你。」她開口，「不過你的彼得舅舅至今仍為此事感到尷尬。」

她望向窗外。

「嗯，那年暑假泰德叔叔讓十四歲的彼得在酒行打工。他叫彼得看店，可是彼得太專心玩電子遊戲，沒看到社區裡的青少年進來偷了一打啤酒。泰德叔叔隔天就將彼得送回夏威夷。我爸媽都氣得不得了，還讓泰德叔叔把他的遊戲主機、卡匣和控制器全部沒收。彼得滿懷罪惡感，從那之後再也不玩任何電子遊戲。他一次又一次的道歉，可是泰德叔叔根本不理他。我爸媽想居中當說客，但不知道為什麼叔叔卻將這當成一件不可原諒的大事。他說他信賴彼得，可是彼得背叛了他的信任。」

我看到伊莎貝爾朝我媽的方向點了點頭。

我明白她的暗示，伸手拍了拍我媽的手背。媽媽繼續說：「彼得很努力想彌補，可是在他破壞了他倆的關係之後，泰德叔叔就再也不理他了。」

「所以這就是彼得舅舅和泰德叔公之間發生的大事？」我不可置信的問，「就為了這件事，泰德叔公從此不肯再和彼得舅舅說話？」

「對。從那之後，他就認為彼得是個讓人失望的孩子。我猜我大哥花了大半輩子試著證明他是錯的。」媽媽微笑的陷入回憶當中，「不只如此，泰德叔叔把彼得所有的漫畫也都拿去丟了。如果沒丟，那些漫畫現在應該很值錢吧！」

沉默的悲傷籠罩著整個客廳。

迦勒看起來彷彿被人在胸口刺了一刀，「那太不近情理了。」過了好一會兒，他終於擠出這句話。他的臉色發青，我知道他必然在想他珍貴的《驚奇冒險》第一期一定就在那堆被扔掉的漫畫裡。

而在聽到迦勒的聲音之後，我才回過神來，低頭看向擱在他腳邊的紙箱。

「為什麼你會想到要把這些搬下來？」我問他。

迦勒拿起其中一個遊戲卡匣，將它舉高，「我就知道我之前看過這三個符號。」

在卡匣上，就在遊戲名稱的上方，印著電子遊戲公司的名字：

コナミ　KONAMI（科樂美）

我從箱子裡拿起一個舊控制器，壓著上面的按鈕。接著我開始以一種特定的順序按壓它們，一次又一次。

「就是它了。」居然到現在才發現，我真是世界第一大白痴。

迦勒和我四眼相對，突然間他彷彿也被雷擊中似的，「你這麼覺得嗎？」他吃驚的問。

我們以不敢置信的眼神繼續瞪著彼此。

「媽，」我盡可能以平常的語調問，「你說泰德叔公看到彼得舅舅一天到晚都在玩電子遊戲，非常反感對嗎？」

「其實不是那樣的，他生氣的真正原因是彼得沒將注意力放在店裡。事實上，如果我沒記錯，彼得一開始將遊戲機拿回來時，泰德叔叔還滿有興趣的，甚至向彼得學怎麼玩。彼得說他以前還會問各式各樣的問題。」

「所以他氣的其實是——彼得舅舅玩得太過火了……」我結結巴巴的說。我可以感覺到自己一次又一次的以特定順序按壓控制器上的鈕，整個身體變得越來越緊繃。

「沒錯，親愛的。任何事都要適可而止，不是嗎？」媽媽微笑，瞄了伊莎貝爾一眼。

「呃，媽……你不是還要趕去醫院？」我問，但眼睛並沒有看著她。

媽媽看了手錶一眼，嚇了一跳，「喔，天啊！講到往事讓我完全忘了時間！」她跳起來，很快的在我臉頰上親一下，便開始往外走。

「看吧，只要他願意，也可以這麼體貼。」她回頭對伊莎貝爾說。

大門一關上，我和迦勒立刻互相擊掌。

「科樂美密碼！」我高喊。

「科樂美密碼！一定就是它了！」迦勒說，聲音裡透露著興奮。

伊莎貝爾受夠了，「拜託你們誰來告訴我，科樂美密碼到底是什麼？」

「對所有電子遊戲玩家來說，科樂美密碼就像是，嗯，有史以來最廣為人知的祕密。」我解釋，「遊戲設計師需要能夠完成全部的關卡才能修正漏洞、調整可玩性。科樂美公司在早期曾經用一連串特定的按鈕順序，給予玩家無限的生命和力量。結果消息走漏，從此變成了遊戲世界裡的傳奇。」

我把手伸進紙箱裡，將好幾個遊戲控制器排成一列。

「從那之後，」迦勒接著說，「超過三百種遊戲都可以使用這個密碼。有時它會給你永恆的生命，有時會給你無窮的力量之類。」

「上上下下左右左右ＢＡ。」我們異口同聲的唸出來。

「這就是科樂美密碼。」迦勒興奮的說，我則忙著在一個紅色小控制器上輸入這個密碼。「過去二十年中，只要在控制器上輸入這個密碼，幾乎所有的遊戲都會給你額外的力量或升級。」

「所以你們認為——」伊莎貝爾開始說。

可是我們沒在聽。我們忙著在所有的控制器上輸入科樂美密碼。

「一定就在這兒。」我說。可是當我在最後一個控制器上輸入完密碼後，還是沒有任何反應。

「也許你必須以某種規律將密碼輸入控制器才會有效。」

「值得一試。」我回答。

在我和迦勒忙著將各種不同組合輸入控制器時，伊莎貝爾嘆了一口氣，伸手從她的背包裡拿出一本體積頗大的書。

「你知道嗎？你可以幫點忙。」我有點不高興的說。

「我是在幫忙啊！」伊莎貝爾回答我，頭也不抬的繼續看她的書。

「怎麼幫？幫我們閱讀科樂美密碼的歷史嗎？」迦勒冷言冷語。

伊莎貝爾用力將書闔上，抬頭看著我們，「如果你想知道的話，我正在閱讀關於你叔公的歷史。」她雙手抓起那本書舉高，封面印著《全力以赴：日裔美國人第一〇〇步兵營及第四四二步兵戰鬥團的歷史》。

「你在哪兒找到的？」我問。

「圖書館，」伊莎貝爾回答，「那裡有各式各樣的書。你有時候真的應該去看看。」

我決定忽視她話裡的嘲諷，繼續問：「那麼你從書上有得到任何可用的資訊嗎？」

「記得我們找到的那四枚硬幣吧？你們還記得是哪些國家的硬幣嗎？」

「我想想……」迦勒說，「嗯……法國、德國……義大利，我想……」

「還有奧地利。」伊莎貝爾幫他說完，「這四個國家是第四四二步兵團的主戰場。那就是為什麼他選了這四枚硬幣。」

我只用一半的注意力在聽。我凝視那本書的封面，照片上年輕的日裔美國大兵正舉槍指著幾個穿納粹制服的囚犯。我不禁在想攝影師拍這張照片時，不知道叔公是不是就在附近，以及他在戰爭中看到了什麼。

「為什麼書名叫『全力以赴』？」我問。

「顯然那是步兵團的座右銘。」伊莎貝爾解釋，「那本來是夏威夷人特有的說法，他們帶到軍隊裡使用。」

迦勒看著手上的控制器，不高興的將它扔下。

「嗯，如果不在這裡，他也一定藏在其他什麼地方。」

突然間，我感覺頸後的寒毛豎了起來。

總是這樣，明明是近在眼前的東西，我卻視而不見。

我夢遊似的站起來，非常突然的轉身離開。

我爬上三樓，在我的臥室裡一陣翻找，然後來到廚房。

「你們兩個，我相信就是這個了。」

伊莎貝爾和迦勒聽見我的聲音，也跟著進到廚房。我正瞪著剛剛從背包裡拿出來、現在放在中島上的一個黑色長方形物體。

它看起來和其他電視遙控器沒什麼兩樣，中間有個圓形的「選擇」鈕，四周各有按鈕指著上、下、左、右的方向，以便在螢幕上的選項間移動。接著，我很滿意的發現還有幾個按鈕上印著A、B、C、D。

我屏氣凝神，慢慢的依照順序壓下按鈕。

上、上、下、下、左、右、左、右、B、A。

「喀啦！」一聲，遙控器背面的蓋子整個掉了下來。

我將遙控器翻過來，看到線路和電路板之間躺著一把小小的金鑰匙。

第二十章／鑰匙一把接著一把出現

我拿起那把鑰匙，轉身將它放入伊莎貝爾的手中。

「為什麼你要這麼做？」她問，「應該由你來開鎖，不是嗎？」

「我不知道。」我輕聲說，「我覺得應該由你來開。」

我上樓回臥室拿木盒，留下迦勒單獨和伊莎貝爾在一起。

我下樓時，聽到迦勒說：「這本書聽起來很酷。」他很快翻了翻《全力以赴》的書頁。

「那些士兵實在很了不起。」伊莎貝爾評論道，「書上說，他們是美國軍方史上受獎最多的單位。」

「嗯。」迦勒回應。

「換句話說，他們拿到比任何人都多的勳章。」伊莎貝爾繼續說。

「我知道『受獎最多』是什麼意思！」迦勒怒瞪著她。

我把木盒放在廚房中島上。

「最後時刻到了！」迦勒說。

伊莎貝爾慢慢的將那把金鑰匙插入木盒的鎖孔。她停了一下，確定鑰匙很完美的插入，然後用微微顫抖的手轉動鑰匙。我們聽到「喀啦！」一聲。

我打開盒蓋，然後我們把裡頭的東西一樣一樣拿出來。

裡面只有一本平裝版的舊書，以及兩本黑色的小筆記本。

「就這樣？」迦勒做了個鬼臉，語氣和剛剛的興奮截然不同。

伊莎貝爾看起來深受打擊，「我就知道應該讓你來開的。」

「誰來開結果都一樣。」我說。

「沒有珠寶。」迦勒呻吟。

「沒有金幣。」伊莎貝爾嘆氣。

「誰知道呢？也許這是另一個謎題。」我聳聳肩。

我拿起其中一本筆記本，裡頭全是以鋼筆寫下的方程式和科學資料，筆跡強勁有力。

伊莎貝爾拿起那本書，唸出書名：「《馬爾他之鷹》。」

「我聽說過這本書！」迦勒說，「第二次世界大戰時期有部非常著名的電影就是以這本書為劇本拍攝的。」

「或許那是我叔公最喜歡的一本書。」我說。

伊莎貝爾翻開已經發霉的平裝小說，「所以這是什麼類型的書？偵探小說之類的嗎？」

「我猜應該是。我爸老是喜歡談論這本書，一天到晚說個不停，彷彿它是世界上最厲害的一本書似的。」迦勒說。

我從木盒後方拿出從醫院帶回來的、夾在板夾上的那疊紙。

「這是我叔公離世前最後寫下的話。」我宣布，讀出紙上的句子：

盒子只是起點，要繼續尋找答案。全力以赴！答應我！

迦勒看著木盒，彎起手指從各個方向輕敲。「你們覺得裡頭會不會還藏著什麼祕密隔間？」

我檢查空盒。為什麼線上遊戲沒有進行到這一步？還有什麼必須要我自己去發覺嗎？

盒子裡沒有其他東西。沒有祕密按鈕，也沒有可滑動的板子。

只是一個木頭盒子，收藏了兩本真皮封套的筆記本和一本發霉的舊平裝小說。

「繼續尋找答案。」伊莎貝爾咕噥，「你們覺得我們尋找得夠努力了嗎？」

「饒了我吧！」迦勒抗議，「顯然這個就是泰德應該要找到的東西，所有線索都指向它。他解出全部的謎題……甚至想辦法潛入醫院！所有他叔公想要他去完成的事，他都已經做了吧？」

「我不知道……也許他叔公想要他看這本書？」伊莎貝爾回答，舉起手上的書。

「嘿，也許那是一本很值錢的書！是什麼收藏品之類的。你認為他說的寶藏會是指這個嗎？」迦勒問我。

「也許……可是我一直覺得我們錯過了什麼很明顯的東西……」

伊莎貝爾倒吸一口氣的聲音將我從恍惚中拉回現實。

「怎麼了？」我問。伊莎貝爾看起來好像見鬼了一樣。

「嗯……我剛看了第一章……」

「然後呢？」迦勒不耐煩的問，「什麼事那麼恐怖？錯誤的文法？還是拼字不正確？」

伊莎貝爾將書對著我們舉高，讓我們都能看到第一章的標題：史貝德和亞契。

「他是怎麼知道的？」伊莎貝爾瞪著我，向來冷靜的雙眼睜得好大。

我看著書，唸了幾行，說出結論。

「看起來史貝德是《馬爾他之鷹》裡的英雄的姓——山姆．史貝德。而麥爾斯．亞契是他的同伴。」

「那還真的很奇怪……」迦勒低聲說著。

「我想應該只是巧合，」我很快的說，想讓它聽起來很合理，「亞契是個常見的姓。我的意思是，你的名字也在亨利．詹姆斯的小說裡出現過，不是嗎？」

「是。而且伊迪絲．華頓也將她的小說《純真年代》裡的男主角命名為紐蘭德．亞契。」

「沒錯！」我幾乎是喊出來，「紐蘭德．亞契！」即使我完全不知道伊迪絲．華頓是誰，更別提《純真年代》是什麼，不過這些都無所謂，能讓伊莎貝爾平靜下來才是眼下最重要的事。「而且在我們兩個認識之前，泰德叔公就已經叫我去尋寶了。」

伊莎貝爾深深吸了一口氣，蒼白的臉頰慢慢恢復原本的顏色。「對不起，兩位，我只是沒想到會在那本書上看到自己的姓，顯然我對主角以我為名的偵探小說一點認識都沒有。」

「漫畫《X因子》裡有個變種人也姓亞契。」迦勒幫腔。

我瞪了他一眼。

「怎樣？我只是想舉例說明在文學世界中這是個很常見的姓。」

「真高興知道這一點，」伊莎貝爾冷冷的說，「我的姓還被用在愚蠢的漫畫角色上。」

「提供資料讓你參考，亞契一點都不蠢。他可以憑著意志變身為純能量，還能從他的金屬護手射出光電等離子閃電。」

「聽起來相當酷。」我承認。

伊莎貝爾很快的翻過那本書，「事實上，這本書看起來相當有趣。我可以借回家看嗎？也許裡頭藏了什麼線索之類的。」

「好主意！」我說，「你看完後可以講給我和迦勒聽。至於我跟他，就各自負責一本筆記本。」

迦勒拿起其中一本翻開，裡頭全是手繪圖案。有些是拉出許多箭頭指著圖像各部分的詳細圖解，有些則只是單純的數學符號。

「我可以負責這本。」迦勒說。

我伸手去拿比較小的那本。「那麼我猜這本就是由我負責了。」

我捏著封底皮套拿起筆記本，大拇指感覺到在皮套和它黏著的硬紙板封底之間似乎有什麼硬硬的東西。我用手指按壓封底皮套加以確認。

伊莎貝爾和迦勒看著我，「裡面有什麼東西嗎？」伊莎貝爾屏住呼吸問。

「我不確定……」我心不在焉的回答，手指沿著外緣摸索。

「希望不會是死蟑螂之類的，不然就太噁心了。」迦勒皺著臉說。

「如果是蟑螂，他那樣壓應該會直接碎掉，而且皮套上也會留下蟑螂鑽進去的洞。」伊莎貝爾回答，目不轉睛的看著筆記本。

「嗯，我想你說得對。」迦勒說，聽起來像鬆了一口氣。

「我打賭是什麼珠寶之類的。」伊莎貝爾自信滿滿的說。

「要知道答案只有一個辦法。」我簡單的回答。

我走到抽屜前，拿出一把鋒利的水果刀，小心的在皮套上割出一個小開口。我看著其他兩人，然後將手指伸進洞裡摸索，拉出一個東西。

迦勒看起來非常沮喪，頭都低到胸前了。

是另一把鑰匙。

我看著它。繞了這麼大一圈只拿到另一把鑰匙。

而且這次連這把鑰匙是要開哪個鎖都不知道。

我失望的將鑰匙放在中島上。「每次一感覺有什麼進展，卻又只是將我們帶回完全空白的一頁。

不管我們再怎麼努力都一樣。」

「Plus ça change, plus c'est le meme chose.」伊莎貝爾點點頭。

我們看著她，她卻只是回瞪著我們。「怎樣？」

「我真希望可以不用老是問你這是什麼意思。」迦勒搖著頭說。

「喔，對。抱歉，這句話的意思是『事情改變得越多，就和事情的原貌越相近』。我想是我誤以為每個人都聽過這句諺語。」

「也許在你原來的上流私立學校，每個人都聽過。」

感謝上天，這時突然傳來一陣低沉的震動聲打破這尷尬的一刻。我低頭發現是我的手機在響。沒有來電顯示，顯然打來的人事先將電話號碼隱藏了。

我拿起手機接聽。「喂？」我回答得有點遲疑。

「是泰德嗎？」一個親切的聲音問，「我是克拉克……肯特先生。再過兩天我就要回夏威夷了，我只是在想，不知道你有沒有想起你叔公過世前說的任何話？」

我看著我的朋友，用嘴型示意他們打電話來的是「克拉克．肯特」。

我繼續和他對話，伊莎貝爾和迦勒則豎起耳朵聆聽。

「事實上，我還真的想到一些……不，你不用到我家來，我和朋友們正要到附近吃點披薩……對，店名叫『法西卡堤披薩店』，我們可以在那兒碰面。待會兒見。」

我掛斷電話。迦勒和伊莎貝爾表情疑惑的瞪著我。

「那個披薩店是怎麼回事？」迦勒問。

我把木盒和叔公寫了字的那疊紙收進背包裡。「你們聽我說，到目前為止，我們只知道這傢伙並不是《檀香山星廣報》的記者。在知道他的真實身分和他想要什麼之前，我不想讓他再到家裡來。」

「選在公共場合碰面，很聰明。」伊莎貝爾點點頭，臉色隨即暗了下來，「可是我們要怎麼去呢？」

「嗯，既然我們還有四年才能夠拿到駕照，所以我猜只能騎自行車了。」迦勒說。

「呃，我沒有自行車。所以該怎麼辦呢？我猜在你們兩個出去找樂子時，我只能繼續待在這裡看書了，是吧？」伊莎貝爾不高興的說。

「找樂子？不會吧，你剛才說了『找樂子』？」迦勒不可置信的問。

「那有什麼不對嗎？」伊莎貝爾問，「它完全是個正常的詞彙，意思是——」

「我知道它是什麼意思。」迦勒搖搖頭回答，「我只是不知道還有哪個七十歲以下的人會像這樣使用這個詞彙。」

我可以感覺到他們又快吵起來了。「你們兩個……」

「好，從現在開始我都只使用簡單的字句，就像你在漫畫書上看到的那些。」

「你這完全是毀謗，」迦勒憤怒的反駁，「漫畫書裡也有非常棒的文字描寫。如果你不是一個這麼——」

「迦勒，冷靜一點。伊莎貝爾，你可以騎我媽的自行車，戴她的安全帽。東西都在車庫裡。」

在迦勒和伊莎貝爾站起來時，我抓起一支筆。

「你要做什麼？」迦勒問。

「給我媽留張紙條，讓她知道我們去哪兒了。」我說，「你知道媽媽們總是沒事瞎操心……」

「我媽就不會。」迦勒咕噥。

我們走向車庫。迦勒還是忍不住想占一下口頭上的便宜，他轉向伊莎貝爾。

「你真的會騎自行車嗎？我還以為上私立學校的人只會坐加長型禮車呢！」

「我媽的家族在長島有個莊園，我每年夏天都會去。嗯，當然，直到這個暑假之前的夏天為止。」伊莎貝爾平靜的回答。

她沒有掉進迦勒的陷阱讓我鬆了一大口氣。

「嗯，這件事我們要怎麼進行？」我問，和他們一起騎自行車往披薩店的方向前進。

「簡單，」伊莎貝爾回答，輕鬆的和我們並行，「我們只要讓克拉克．肯特先生告訴我們實話就好了。」

第二十一章／另一個拙劣的騙子

就在我們進入披薩店前，我注意到那輛黑色的捷豹房車已經停在店門口。克拉克．肯特坐在角落對著我們揮手，他的桌上擺著打開的筆記型電腦。我們走向那張桌子。

「嗨，泰德，」肯特熱情的對我們打招呼，「真高興能認識你的朋友。」

他起身關上電腦，一邊清出空間，一邊和我們閒聊，但看起來似乎有什麼心事的樣子。

「你不向朋友們介紹我是誰嗎？大家要吃點什麼？來片披薩，還是喝點汽水？我請客。」

「不用了，我們不需要。」我酷酷的說。我們三個坐下，一起看著他。

「我還以為你想在這兒碰面是因為——嗯，我懂了，公事公辦。好！好！」看我們三個板著臉孔坐在他對面，肯特半開玩笑，緊張的擠出笑容。

「這是迦勒．格蘭特。這是伊莎貝爾．亞契。」我簡單的介紹。

「看來有人的爸媽很喜歡亨利・詹姆斯喔！」肯特點點頭說。

伊莎貝爾微微臉紅，「我父親是英文教授。」

「和泰德的爸爸一樣，是吧？有共同點，這樣很好。」

現在輪到我耳根發紅。「聽著，我們來這兒是有理由的，所以或許我們可以廢話少說，直接講重點。」

「好。」肯特同意得有點太快了，「所以你想起了什麼？」

「事實上，」迦勒說，「那不是我們來這兒的理由。」

「哦？」肯特聲音中的緊張比不耐煩更明顯。

伊莎貝爾深吸口氣，開始連珠炮似的發問，「為什麼你說自己是《檀香山星廣報》的記者，而他們卻說從未聽過你的名字？」

肯特看起來像被人打了一棍，他的目光從一張臉移到另一張臉，最後看著我。

他有點窘迫的假笑了兩聲，「你們知道嗎？大家都說孩子是最難騙的。事實上，我是以自由記者的身分在寫這篇報導，希望能賣給報社——」

「那你為什麼要撒一個這麼容易被拆穿的謊呢？」伊莎貝爾仍緊追不放。

「而且你為何這麼關心泰德的叔公呢？」迦勒再補一刀。

「你到底是誰？」我問。

肯特拿出手帕，抹了抹已經汗溼的眉毛，「我向來不擅長說謊。我猜你們只要看一眼就知道我在說謊了。」

我知道那是什麼感覺。

「說實話？」

「那會是很好的改變。」伊莎貝爾回答。

「好吧！這件事有點複雜。首先，我的名字並不是克拉克．肯特。」

我想回他「廢話」，可是又覺得聽起來未免太不成熟了。伊莎貝爾會怎麼說呢？

「我們已經猜到了。」伊莎貝爾很酷的回答。

太棒了，現在我知道答案了。

「我真正的名字是史坦．卡勒門。我是MMFPA的成員。」他遞給我們每人一張名片，上面有個桂冠的標誌，就印在「藝術保護古蹟捍衛者基金會：繼續古蹟捍衛者的任務」旁邊。

「古蹟捍衛者？」我拿著名片問。

「說來話長。」史坦．卡勒門說，他在說出真話後似乎放鬆了不少，「請叫我史坦。事實上，我很高興你們幾個都來了，現在的年輕人幾乎都不知道我們在做什麼。」

他打開筆記型電腦，在瀏覽器的網址列輸入一個網址，然後同樣有個桂冠標誌的網頁跳了出來。上面有許多他們最近找到的藝術品報導，還說他們在國會圖書館裡找到一些相關紀錄，裡頭有很多珍貴的訊息。

文章的上方是一張照片，一群老人拿著那些紀錄、後頭則站著兩個年紀稍輕的男人。史坦指著前排其中一個駝背禿頭的老人。

「這是我爸，摩頓．卡勒門中尉。他是第一代古蹟捍衛者如今僅存的其中一位。」站在卡勒門中尉後方的顯然就是史坦，照片中的他正咧嘴微笑。

史坦溫柔的看著照片，好一會兒才想起他還和我們在一起。「喔，我還沒解釋他們是誰，對吧？你們真的不喝點什麼嗎？」

我們三個看了看彼此。

伊莎貝爾微笑，「我要一杯可樂。」

我沒看向迦勒，直接說：「來三杯吧！」

「我去點餐時，你們可以瀏覽一下網站，等我回來再把詳細情形告訴你們。」史坦說完，站起來走向前方櫃臺。

我們三個擠在電腦前，伊莎貝爾唸出螢幕上的字：

「藉由提升公眾認知，保護人民最重要之文化寶藏免受戰火摧殘，以確保在第二次世界大戰中獻身『紀念碑及藝術品歸存計畫』的男女英雄之史無前例的偉大傳奇永遠流傳。」

史坦端著飲料回到座位。

「所以你爸參加了第二次世界大戰？」我問。

「對。你們看，這些人大多是博物館主任或藝術史學家，他們在戰爭時期到歐洲戰區協助保存重要的歷史建築，不過其中也有一些像我爸那樣，原本只是軍人，卻在和他們一起工作時愛上了藝術。」

「好，這部分我明白了。」我不耐煩的說，「可是那和我叔公有什麼關係？」

「我就快講到了。」史坦繼續說，「古蹟捍衛者在戰爭結束後的重要任務之一，就是尋找納粹在占領區裡從博物館和私人手中掠奪的藝術品後來被藏在哪裡。」

他啜飲一口汽水。

「我們在談的是成千上萬件的無價之寶，畫作、雕像、珠寶，包括許多人類史上最傑出的創作，有些被藏在城堡內，甚至被埋在鹽礦裡。達文西、米開朗基羅……這可說是史上最大的尋寶活動！」史坦下了結論，雙眼發光。

我發現我們三個連一口飲料都沒喝，他的故事吸引了我們全部的注意力。

「而像我爸那樣的人，協助找回了大多數的藝術品。」史坦驕傲的接著說。

「那這些和我叔公又有什麼關係？」我又問了一次。直到現在，我還是無法將這個難以置信的故事和我背包裡的木盒、黑色遙控器和鑰匙連結在一起。

史坦不自在的在椅子上挪動身體。

「你們知道，我，嗯……在戰時有很多士兵會經過這些地區，帶點紀念品回家是很常見的事。有些甚至還會正大光明的用船將東西運回美國。」

伊莎貝爾瞪著他，陷入沉思。「你的意思是泰德的叔公偷了其中一件藝術品？」最後她終於說。

「不，或許他不是故意的。」史坦很快的回答，「我的意思是，很多士兵根本不知道他們帶走的是多麼有價值的物品。這就是為什麼我要來追查的原因。」

「我聽不懂。」我說，迴避史坦的目光。

「我爸已經八十幾歲了，再也沒有體力做這類的工作，所以輪到我接手，看看能不能找到那些被……呃，我應該怎麼說比較好？」

「你是在指控我叔公從歐洲偷了東西嗎？」

「這是我的工作，泰德。我必須決定那只是一個單純的錯誤，還是──」

「還是什麼？你到底想說什麼？那就是為什麼你要掩飾身分的原因嗎？」我生氣的問。

現在換史坦露出不自在的樣子。「事實上，在做這個工作一陣子後，你就會發現如果直接上門詢問相關的事，人們會變得……非常激動……然後要問出那件東西可能被藏在哪兒，就變得更加困難……尤其是如果那個人已經死了的話。」

「所以你就說謊，欺騙那些還在傷心難過的遺族，好讓他們提供你所需要的資訊。」伊莎貝爾語調冷硬的說。

「你們以為我很愛說謊嗎？」史坦抗議，「你們沒看到我有多不擅長騙人嗎？是我爸堅持要我這麼做的。你們不知道我有多麼想做其他的事，可是我爸……」

他抱怨個不停，聽起來像是和我們同齡的孩子，而不像個大人。

我發現我打從心裡覺得他很可憐，只不過……

「但是你們為什麼會盯上我叔公？」

史坦打開一本小筆記本，看了好一會兒才開口。

「其實是……在戰爭結束後，你叔公在全美最好的實驗室裡有份極受人尊敬的工作。我們差不多在那時擴大業務，開始追查可能從歐洲帶回藝術品的美國大兵。在那之前，我們只有全力追查被藏在歐洲的藝術品。結果就在我們展開美國方面的業務不久，你叔公就辭掉工作，從此消失無蹤。後來我們得知他在洛杉磯市中心經營一家酒行，不過等我們得到這個消息時，他已經退休了。我們完全不曉得他住在哪裡，之後也一直沒有他的消息，直到地方報紙刊登了他的訃聞，」他低頭看了一下筆記本，「由山田先生執筆、出錢刊登的訃聞。然後法院收到你叔公的遺囑，我們才有辦法得知他過去這些年的住處。」他嘆了一口氣。

「我們希望能在他過世前找到他，那麼事情可能會進行得容易一點。我去找山田先生和醫院裡的人談過，但他似乎將自己的私生活保護得滴水不漏。我本來是希望你能提供一些消息，不過我猜我大概只能告訴我爸這條路也一樣行不通吧！」

史坦翻閱著筆記本，然後將它闔上。

在這段時間裡，迦勒大多瞪著史坦的電腦螢幕。

「所以不是你去搗毀泰德叔公的公寓嘍？」

「有人去搜索他的公寓？」史坦反問，聲音微微顫抖。

「警方認為只是幾個無聊的青少年看到窗戶沒關，決定進去裡頭惡搞罷了。你認為會是誰做的？」伊莎貝爾尖銳的問。

「對……青少年……大概是……」史坦舔了舔嘴脣，聲音壓得很低。

迦勒傾身靠向桌子，「是不是……有其他人……也在追查泰德叔公拿的——」

我瞪他一眼，迦勒趕緊改變說法，「他們以為泰德叔公可能拿的東西？」

「不會又要提出你的『敵人』理論了吧？」我嘆一口氣。

「我不知道。」史坦說，看起來卻不怎麼有說服力。他拿起桌上的餐巾，抹了抹前額的汗珠，看起來坐立難安。

「你真的是個很拙劣的騙子。」伊莎貝爾面帶微笑的說。

「我是真的不知道。不過，當然可能……也有別人……對你叔公手上有或沒有某樣東西感到好奇。」

我張開雙手撐住桌面，站了起來，「真相只有一個。我叔公沒有偷任何東西。」

史坦闔上他的筆記型電腦。我注意到他的手在發抖。

「泰德，我只剩兩件事情要收尾，然後應該就會離開這兒了。如果你想到什麼其他的事，打個電話給我。」

他轉身要走，卻突然停住，回頭對我說：「還有一件事，我希望你有空也想一想。事實上，你對你叔公了解多少？」

第二十二章／家務事

我們看著帥氣的黑色捷豹房車駛離停車場，史坦．卡勒門離開餐廳回飯店去了。

「你們相信那傢伙的話嗎？」我語帶怒氣的問。

「呃……不過你的確並不了解你的叔公，不是嗎？」迦勒輕聲回答。

「你這樣說是什麼意思？你是指他藏了二戰期間從歐洲博物館偷來的寶物，然後再叫我去找嗎？」

「泰德說得對，迦勒。他的叔公為什麼要泰德花這麼大的力氣尋寶，解出一個又一個的謎題，卻在找到東西之後又被收歸國有？」伊莎貝爾分析，「如果東西真是偷來的，他應該會直接交給泰德，並交代他保守祕密。」

我感激的看著伊莎貝爾，「沒錯。而且他從頭到尾只要求我承諾絕不放棄，要『全力以赴』。」

「但他會不會不知道那算偷竊？說不定他以為那只是個值錢的尋常物品？」迦勒問。

「這個假設仍然無法解釋為什麼他要辭去備受尊敬的科學家工作，隱姓埋名當一個普通的酒行老闆。」伊莎貝爾說，「整件事實在是太神祕了。」

我們慢慢的騎車回家，沿途討論著。黃昏的陽光將馬路染成一條亮橘色的河。

「對於你的問題，我沒有任何答案。不過也許他會寫在筆記本上？」

伊莎貝爾舉起那本破破爛爛的平裝小說，「我會在今晚把這本書看完。」

迦勒做了個鬼臉，「那麼我猜我也得把你們交代給我的那本筆記看完。」

「那又怎樣？」伊莎貝爾不高興的問。

「感覺像回家作業。」迦勒抱怨。

「你說對了！確實很像回家作業！」伊莎貝爾開心的回答。

「讓我猜猜，」迦勒呻吟，「你是那種只要老師出額外的加分作業就一定會做的人，對吧？」

伊莎貝爾笑了。是那種正常的十二歲女孩的笑。「你覺得呢？嘿，我家的車來了。」

亞契家的車在我家門前停下，我伸手搭在伊莎貝爾的臂膀上，阻止她走向車子。「你老實告訴我，你覺得我叔公會是個賊嗎？」

夕陽照著伊莎貝爾的側臉，我無法看到她在陰影中的表情。

「嗯，」她停頓了一下才開口，「我想那就是我們要找出來的答案，不是嗎？」

她害羞的對我們揮揮手，露出一個淺淺的微笑。車門關上，發出低沉的聲響，亞契家的昂貴轎車載著她往特里蒙橡區的城堡揚長而去。

吃晚飯時，我一直心事重重，心不在焉。

我不停想著我們找到的鑰匙，和下午史坦．卡勒門說的話，以及新的《泰德遊戲》一定已經上線，一等我吃完晚飯，就要立刻登入開始玩。

我站起來幫忙將盤子拿到廚房，聽到爸爸對著媽媽大喊，「阿曼達，你記不記得負責處理你叔叔遺產的那個律師叫什麼名字？」

我轉頭看見爸爸手上拿著地方版的報紙。這沒什麼好奇怪的，通常吃完晚飯後，爸爸就會開始看報。不過我看不出來他臉上的表情代表什麼。

「黃律師啊！爸爸。」我想幫忙，「我不知道你怎麼會不記得他，他的辦公室超可怕。」

爸爸的目光越過我。「他說對了嗎，阿曼達？是黃律師？黃班恩？」

媽媽走到廚房門口，靠在門框上。「對，黃律師。我只記得他用一種味道很怪的鬍後水，還有他堅持叫泰德『親愛的叔叔』的討厭習慣。」

爸爸示意媽媽走近，「過來看看這個。」

媽媽走到報紙的另一邊，低頭閱讀。她抬起手遮住嘴，吃驚的倒吸一小口氣。我出於好奇也走過去看。

黃律師的照片上方印著大大的標題：

地方律師失蹤

「我的天啊！」媽媽低喃。

「他已經失蹤一個星期了。」爸爸看著報紙唸，「看起來他的辦公室沒有被人闖入，不過有些檔案消失了，還有不少客戶的錢也不見了。」

「喔……」媽媽說，然後和爸爸互看一眼。

「你們覺得是他拿的？」我問。

「我叔叔還真是挑了一個好律師。」媽媽笑著搖搖頭，「還好我們已經辦完所有遺產繼承手續才發生這件事，不然誰知道還會剩下多少？我猜我們永遠都無法看透人心。」她收起報紙，嘆了一口氣。

「我一看到那個尾戒，就知道他不是什麼好人。」爸爸說。

「『永遠都無法看透人心』這句話你倒是說對了，媽。」我說，「記得那個報社記者嗎？」

「喔，對，」媽媽回答，「夏威夷來的那個。你們和他碰面的結果如何？」

「嗯，我們發現他根本不是記者。」

爸爸坐下來，看起來一臉不高興，「為什麼你之前沒告訴我們？」

「因為我也是今天下午才知道的。」

「那他究竟是什麼人？」媽媽問。

「說來話長……」我說。

「你說啊！我們在聽。」爸爸說，雙手在胸前交抱。

「我無法接受，泰德。你一發現就應該立刻告訴我們才對。」媽媽語帶責備。沒等她教訓完，我就站起來走開。

「你馬上給我回來！」媽媽在我身後大喊。

我拿著筆記型電腦和那張名片走回餐桌。

「伊莎貝爾起了疑心，所以打電話去報社詢問，《檀香山星廣報》沒有人聽過他的名字，而這才是他真正的身分。」

我把名片放在餐桌上。媽媽拿起來，大聲唸出史坦的資料。

接著我戲劇化的將電腦螢幕轉向他們，好讓爸爸和媽媽可以看到那個基金會的網站（是的，這次我事先檢查過了，確定不會是另一個熟齡交友網站）。

他們兩人低頭看著螢幕，吸收展現在面前的資訊。不知道為什麼，他們似乎一點都不興奮。

「嗯……所以這傢伙是這個藝術品歸還組織的人？」爸爸問。

「不是。他的父親才是那個組織另一部分業務的成員，負責追查被納粹偷走的藝術品下落。」

媽媽面露困惑，「我不明白。這和泰德叔叔有什麼關係？」

「很簡單。在第二次世界大戰結束時，似乎有些士兵會帶紀念品回家，而他們並不知道那些東西其實是無價之寶。」我解釋。

「或者……更有可能的是，他們確實知道那些是無價之寶。」爸爸推論道。

「你是在指控我叔叔是個賊嗎？」媽媽問。她以憤怒的眼神瞪著爸爸，下巴的線條緊繃。

「我只是說，你叔叔有很多特質，但是他一點都不笨，也不是個天真的人。如果他真的找到什麼——」

「他會把它交給政府。」媽媽堅定的說，「我簡直不敢相信你認為他會——」

「你確定？」爸爸問。

「他有什麼理由必須偷東西？」媽媽的聲音越來越大。

爸爸很冷靜的看著媽媽說：「嘿，我不是在責怪他。也許他認為他有資格拿，想想第二次世界大戰時，住在美國本土的日裔美國人受到什麼樣的不合理對待。」

「不屬於自己的東西，我叔叔連一毛錢都不會拿。他是世界上最慷慨、最樂於付出的人。」媽媽已經快哭出來了。

我決定介入，「而且我們並沒有在他的公寓裡找到任何值錢的東西。」

「你仔細想想，」爸爸說著，在我旁邊坐下，「沒有寶藏？沒有畫？也沒有珠寶之類？」

「對，你這樣問，好像我找到什麼東西會瞞著你們似的。我們只找到了他的打火機，還有一些舊筆記本和平裝書。」我老實的回答。

爸爸點點頭，「那就是了。不過你認為這件事和黃律師的失蹤有關係？」

「你不覺得很奇怪嗎？先是公寓被人闖入翻得一團糟，現在黃律師又失蹤了？」

媽媽看著我，「親愛的，我們已經討論過了，闖入公寓的就是一些無聊的青少年。至於黃律師，他的辦公室位在城裡治安不佳的區域，就像你爸說的，他周圍淨是一些危險人物。」

我收好筆記型電腦，準備上樓。

「對，你說得很有道理。」我轉頭對媽媽說，同時努力說服自己事實就是如此。

上樓之後，我立刻關上房門，在書桌前坐下，抱著姑且一試的心情叫出之前儲存的《泰德遊戲》網站。

猜猜看發生什麼事？螢幕上的不再是湯姆和芭芭拉。當然，因為現在只有我一個人。

我看著電腦上的大字：「《泰德遊戲》第三版即將登場！」

我苦笑了一下。顯然有人還跟不上現實的腳步。「解開鑰匙之謎」的遊戲何時會出現呢？

我拉開抽屜，再一次拿出鑰匙來檢視。它的尺寸不算小，看起來也不舊，是一把鋼鐵材質的大鑰匙。這絕不會是拿來開盒子的。有人用黑色麥克筆在鑰匙的背面寫下「P 14」。

我在想謎底到底在哪兒？我要怎麼找到房間，解開謎題？

我的手機響起，來電顯示是迦勒打來的。

「兄弟，什麼事？」我問。

「嗯，有件事想問你。」他開口。

不過我相信我的新消息比較重要。「嘿，你記得我叔公僱來處理遺囑的那個怪律師嗎？」

「一直說『親愛的叔叔』那傢伙嗎？」

「就是他。他上報了，已經失蹤了一個星期。」

我聽到手機另一頭傳來用力嚥口水的聲音。

「什麼？可是，可是……」迦勒不斷吸氣，聲音聽起來斷斷續續的。

「迦勒，冷靜下來。」我說，其實也是在告訴自己，「警方認為他拿了客戶的錢跑了，和我們無關。」

「嗯，我想也是。」迦勒似乎不大相信的樣子。他繼續說：「不過我打電話給你不是為了這件事。」

「喔，那是為了什麼？」我打了個呵欠。大聲說出來後，黃律師的失蹤案感覺越來越真實。

「伊莎貝爾不接手機。我傳簡訊給她，她也不回。」

「嗯。」我咕噥一聲，所以迦勒終於克服了他的「打電話給伊莎貝爾障礙症」嗎？

「從什麼時候開始你們兩個也會互通電話了？」

「她叫我推薦幾本不錯的漫畫給她，不對，我想她用的說法是『圖像小說』。所以我想告訴她我選好的書單。你回家後有和她通過電話嗎？」迦勒問，聲音裡有一絲恐懼。

「沒有。振作起來，迦勒。你認為她會出什麼事？」

「我只是覺得不回簡訊、不接電話不像她的作風。」

「你認識她多久？差不多三天吧？你怎麼知道她的作風是什麼？」我說，心裡有些不耐煩。

「好吧，你說得對。」迦勒承認，「我不知道你覺得怎麼樣，但是我需要好好睡一覺，這整件事壓得我有點喘不過氣來。」

「這樣好了，」我答應他，「如果到明天早上還沒有伊莎貝爾的消息，我陪你一起騎車到她家，到時我們就可以知道到底是怎麼回事。明天早上我醒了就打電話給你，我們可以在你家碰面。」

「好辦法。」迦勒聽起來鬆了一口氣，「別熬夜玩線上遊戲，好嗎？」

「好的，老媽。」我嘆了一口氣，結束通話。

我將自行車牽出車庫，想起呼吸清新乾淨的晨間空氣是多麼愉快的一件事。聖費爾南多谷的夏天通常在中午前就熱到將近攝氏四十度。不過現在這個時間，戶外卻相當舒適，甚至還有點涼涼的。我最喜歡在這種時候出去騎車了。

我順著下坡往迦勒家前進，自行車踏板的節奏是寧靜清晨中唯一的聲響。迦勒站在他家車道上方對我揮手，我將車停在他身邊。

「老兄，我從沒騎自行車去過特里蒙橡區。你知道我們該怎麼走吧？」

「我昨晚先印出來了。」我拿出一張地圖給迦勒看，上頭已經將我們要騎的路線用螢光筆畫好。

「我們只要順著一〇一高速公路的平行道路騎，不用一個小時應該就能到達目的地了。」

「好極了。我們出發吧！」迦勒說。

感覺像騎了將近一百公里之後，我平舉右臂，迦勒點頭表示明白。我們右轉，靜謐的拉昆尼塔大道在我們面前無限延伸，兩側全是枝葉濃密的行道樹，精心維護的庭院裡矗立著一棟棟壯觀的豪宅。

我一邊騎，一邊數我們越過了幾條馬路，最後終於看到一個歡迎路牌上寫著「特里蒙道」。

這時我的腿已經開始痛了，而此刻高掛的豔陽，讓空氣變得更加溼熱且厚重。

我看到一棟房子前停了一輛很眼熟的車子。

「亞契家的車耶！」迦勒大喊，顯然他也看到了。

我們將自行車靠在前院的樹幹上，很快的喝了幾口水，這才往大門走。

我按了按修道院式華麗大門旁的門鈴，聽到屋子裡響起一陣低沉的鈴聲。沒多久，門被打開了。

來應門的是亞契先生，他平常的愉悅態度不見了。「呃，哈囉，泰德，真是個大驚喜！不過我倒是希望你們來之前先打過電話。」

「嗯，我們一起出來騎車，剛好騎到附近，想起伊莎貝爾住在這裡，所以就想——」

「真是抱歉，男孩們，不過我現在不能讓你們進來。」

二樓傳來有人移動的聲音。「伊莎貝爾在家嗎？」迦勒問，「她一直沒有回我的電話和簡訊。」

「我們只是想確定她沒事。」我裝出輕鬆的語氣加上一句。

亞契先生很快的將目光移向二樓，然後又轉回我們臉上。

「伊莎貝爾在家，但她正忙著打包。」

「你的意思是她正忙著開箱吧？」我問，歪著頭望向亞契先生後方。他將門稍微往回拉，讓門只剩下小小的一條縫。

「不，我的意思確實是打包。」亞契先生語氣堅定的說，「伊莎貝爾後天就要搬回紐約了。」

第二十三章　囚俘

亞契先生總算稍微移動身體，我看到他身後的客廳放了一個好大的行李箱。是亮紅色的，顯然屬於伊莎貝爾所有。

剎那間，我完全失去了語言能力。我試著想搞清楚到底發生什麼事。這一切實在太不合理了。

「我們……沒有想到……」迦勒開口，「我的意思是，這不像她——」

亞契先生的臉色一沉。他似乎有什麼話就要脫口而出，但是在最後一刻改變了主意。

「你們一定要原諒我，男孩們。只是……伊莎貝爾和我的情況改變了，所以我們認為她回去紐約，繼續在那兒求學是目前最好的選擇。」

這句話的意思慢慢進入我的腦袋。「我們？」

「是的，伊莎貝爾也同意我的看法。她想念她在東岸的朋友。」

「呃……」迦勒低頭看著地面，眉頭深鎖。

「也許至少可以讓我們和她道別？」我問。

亞契先生整個人再度往玄關移動，擋住我們的視線。「我很抱歉，但我必須告訴你們，伊莎貝爾覺得她再也不想跟你們任何一位說話了。」

「什麼？」迦勒不由得叫出來，「我們什麼都沒做啊！」

「一定有什麼誤會。」我堅持，「如果我們可以和她談談——」

「不行！」亞契先生拒絕得有點太大聲了，但他很快的試著擠出我們熟悉的迷人笑容，「我不知道該怎麼告訴你們，不過伊莎貝爾一旦做了決定，要說服她改變是絕對不可能的事。如果你們像我這麼了解她，就會知道我是對的。」

我感覺得出來這是一場毫無勝算的戰役。亞契先生伸出雙手搭在我們肩膀上，緩緩將我們推離門口。

「我真不敢相信我的小女孩已經變成青春期少女了。」亞契先生說著，在我們兩個的手臂上捏了捏，「你們只能接受它，因為隨著你們年齡越大，這種戲劇化的狀況只會越來越嚴重。我希望我能解釋，但基本上……嗯，少女的心思就是如此神祕，即使是世界上最偉大的科學家也只能舉手投降。」

他再度微笑，這一次顯得比較放鬆了。

和他女兒的笑一模一樣。

「能不能請你至少告訴她我們來過？」迦勒問。

「當然，而且我相信等她回到紐約之後，很可能還會再和你們聯絡。」亞契先生搖搖頭表示不解，「你們知道嗎？如果讓我決定，我會讓你們見她，但是現在我只能轉達她的意思。」

我伸出右手，「謝謝，亞契先生，請讓她知道，如果我們做了或說了什麼讓她覺得受到冒犯，我們真的很抱歉。」

亞契先生看起來很誠懇的樣子，堅定的和我握手，表現得和平時沒什麼兩樣。「我當然會，泰德。你們騎車回家時請小心安全，這段路還滿遠的。」

「我們不會有事的。」我向他保證。

一陣令人不自在的短暫沉默之後，亞契先生轉身快步走回屋裡。

他在門口轉過來看著我們，「謝謝你們來，請代我向你們的爸媽問好。」他說著，從門口往後退，然後關上大門。

我和迦勒呆站了好一會兒。

「剛才發生了什麼事？」迦勒問。他看著我，滿臉的不敢置信。

「我也不知道。一部分的我認為他在說謊，但是另一部分的我得承認，我對女孩子確實完全不了解，所以也許他說的是實話。」我說。

我們轉身朝著自行車的方向走。

「咚！」

聲音從我們的上方傳來。

我們一起抬頭，卻什麼都沒看到。

「是鳥嗎？」迦勒問，但似乎連他自己也不相信。

「還是松鼠？」我說，雖然我們兩個同樣不這麼認為。

「咚！」

我聽得出來聲音是從房子側邊傳來的。「回去看看亞契先生是不是在盯著我們。」我告訴迦勒。

迦勒走向大門，走到一半時，他突然回頭，「要是他就站在那兒，從窗戶盯著我看的話該怎麼辦？」

「那就告訴他你要上廁所。」我不耐煩的回答。

迦勒繼續走過去，從大門旁的窗戶看進去，轉頭對我豎起兩根大拇指。

「危機解除。」他朝著我喊。

「你在那邊等，如果他走過來就趕緊讓我知道。」

「咚！咚！」

現在可以明顯聽出有人在敲二樓的窗戶。

我小心繞到房子側邊，抬頭往上看。

伊莎貝爾站在窗戶後，沮喪的望著下方。她的肢體語言顯然在說「你們怎麼這麼久才來」。

「我們——」我往上喊，但伊莎貝爾立刻舉起食指壓在脣上，搖搖頭，做了個「等一下」的手勢後就消失不見了。

我環顧四周，心裡很緊張，亞契先生可能馬上會從後門走出來，或者出現在伊莎貝爾剛才站著的窗戶後面。我看到伊莎貝爾將窗戶打開一條縫，然後聽到她的聲音。

「我只是想呼吸一點新鮮空氣。天啊，隨便你！好，我馬上就關！」

在關上窗戶之前，伊莎貝爾往外丟出一個小而圓的東西。它很快掉到我腳邊，我撿起來塞入口袋，跑回我的自行車那邊，示意迦勒趕快走。

迦勒大步跑向我。我回頭看到亞契先生高大的身影出現在伊莎貝爾的窗戶後，瞪著我們兩個。我發了瘋似的向迦勒揮手，要他加快速度。迦勒全力衝刺，我扶著他的自行車好讓他跳上來。

騎了兩個街區後，我將自行車靠到路邊停下。

「天啊，我差點扭傷腳踝。我們這麼趕是為了什麼？」迦勒問。

「剛剛亞契先生就站在窗戶後。一定是出什麼事了。」我說，然後我們開始踏上遙遠的歸途。

我和迦勒耗盡最後一絲力氣騎上我家車道時，已是午餐時分。我們艱難的從自行車上爬下來，將安全帽往車庫的方向隨便一丟，便先後倒在草地上喘氣。

我躺著，手碰到凸起的口袋，這才想起伊莎貝爾從二樓窗戶丟給我的那個東西。

我把那個東西掏出來。迦勒側轉身子，手肘撐地。我們一起檢視躺在我張開的手掌上的物品。

那是一個綠色大理石花紋的塑膠小圓盒，上蓋是透明的，可以打開。看得出來之前裡頭裝的不是眼影就是粉底，而現在躺在透明盒蓋下的卻是一張被摺了好幾次、硬塞進去的紙。

我們以不敢置信的眼神看著彼此。

「老兄，你正在想我心裡想的事嗎？」迦勒問，以充滿懷疑的眼神看著小圓盒。

「對。」我回答，搖搖頭表示驚訝。

「伊莎貝爾會化妝？」我們異口同聲的說。

我撬開蓋子，那張紙彈了出來。迦勒抓住那張紙，開始將它攤平。

「小心點，你的手上全是汗。」我提醒他，「如果她寫了什麼，汗水說不定會讓上面的字變得模糊不清。」

「我們先進屋裡洗手吧！」迦勒提議。

我點頭同意。除此之外，因為我們不曉得裡頭寫了什麼，所以到只有我們兩個人的地方再看比較好。

幾分鐘後，我們總算把自己清洗乾淨，準備好要打開伊莎貝爾的紙條。

我小心的將紙條放在床上。

「說不定只是要和我們說再見。」迦勒皺著眉頭說。

「或許吧。我們很快就會知道了。」我回答，從角落處拉開整張紙攤平，上面寫著：

嗨，兩位。我猜你們現在應該已經知道我父親精神有點不大正常。自從我媽過世後，他變得非常過度的保護我，不過當他讓我和你們一起玩時，我還以為他已經走過那個階段了。但是昨晚有個我從沒見過的男人來家裡，他說有重要的事要和我父親私下討論。他們談了大約十五分鐘，然後我父親就像瘋了似的。他開始一直講、一直講，說他不應該帶我來這裡，而我必須儘快離開。我告訴他，他的行為十分不合理，他卻說我不知道我讓自己捲入了什麼，還要我承諾再也不會跟你們兩個見面或交談。我告訴他這太荒謬了，因為一開始是他要我出去交朋友的，然後他就更生氣了。他拿走我的手機和筆記型電腦，說他再也無法信任我。這已經讓我有點緊張了，不過事情的發展卻越來越糟。他到我的房間拿走所有的紙、筆和鉛筆，簡直像是害怕我會寄信給你們。不過他忘了我還藏著我的日誌——就是類似日記的東西，迦勒，以防你不知道——

「我知道日誌是什麼，你這個白——」迦勒喃喃自語。

「如果我們還有機會見到她，你再親口告訴她吧！」我說，然後繼續往下看。

所以我才能從日誌撕下一頁來用。而我還保留著八歲生日時得到的禮物——打字機。哈哈！

總而言之，他把《馬爾他之鷹》也拿走了，真是糟糕，理由之一是我還沒有看完，理由之二則是那個故事真的太棒了！

所以言歸正傳，你們兩個能不能想辦法救我出去？我父親明天早上會出門，到晚餐時才會回來。他得去參加學術研討會。問題是他離開之前會把保全系統打開，所以我不能從大門或任何窗戶出去，因為只要阻隔了紅外線，警報器就會響。而且顯然他已經改掉了密碼。無論如何，我現在不想回紐約。我想見你們兩個，即使只有一天也好。也許你們誰的爸媽可以出面和他談一談？

伊莎貝爾

「我簡直愛死她居然還記得簽名，好像不簽名我們就不知道是誰寫的一樣。」迦勒低聲抱怨。

「閉嘴。這件事很嚴重。」我說。

迦勒直視我的眼睛，「是，我曉得。我真希望能夠知道去找伊莎貝爾爸爸的那傢伙是誰，還有他到底說了什麼，居然可以把她爸嚇成這個樣子？」

我在床邊坐下，「會不會是和古蹟捍衛者有關的事？」

迦勒坐在我身邊，「是啊，或許是史坦提到過的『別人』？」

「我不知道，但我們必須解決的第一件事，就是想出明天怎麼把伊莎貝爾救出來。」

迦勒站起來，伸了個懶腰，走向房門，「那就是你的守備範圍了，泰德。說到要怎麼逃出密閉房間，你可是專家啊！也許你可以再夢到另一個『遊戲』來幫你，不然也可以去問問湯姆和芭芭拉的意見。」

他俐落的閃過我扔向他的枕頭，打了個大呵欠。「老天，騎最後那幾公里真的把我給累垮了，我覺得我需要回家睡一下。」

我大笑，揮揮手送迦勒離開，順手關上房門。

我走回書桌前，打開筆記型電腦，不耐煩的等待開機。

螢幕終於亮起，我打開瀏覽器，按下那個熟悉的連結。

這次我知道自己會看到什麼，如果它沒有出現，我反而會大吃一驚，更何況現在它還有了自己的名字。

果然出現了！

「今晚上線！《泰德遊戲》第三版：逃出大宅！」

第二十四章／電影老爸來救援

莉拉似乎在今早從哈佛打了電話回家，所以晚飯時的話題全圍繞在她顯然是哈佛大學有史以來最聰明、最有天分的學生之類的廢話。我偶爾發言，拿著叉子撥弄食物，腦袋裡一直想著我必須要解決的問題。

「假設我們真的從伊莎貝爾她爸的房子裡把她救出來，下一步又該怎麼做？」我在下樓吃飯前打電話給迦勒，跟他說我相當確定明天早上有辦法救出伊莎貝爾時，他這樣質問我。

他的問題令我當場啞口無言。

「我的意思是，」迦勒繼續說，「她沒有自行車，我們也不可能牽著你媽的自行車一路騎上斜坡到她家。」

「對，」我同意，「而且我無法想像她坐在我們自行車橫桿上的樣子。」

不知道為什麼，光是想像伊莎貝爾像許多老電影的女主角一樣坐在自行車橫桿上的畫面，就讓我倆狂笑不已。那顯然是絕對不會發生的事。

「我可以想像她坐在橫桿上，然後你騎車下坡，壓過什麼凸起的東西，結果──」

「別說了。」我笑到肚子痛，拜託他停下來，「我們需要找到一個真正可行的方法。我真慶幸在我們到她家之前，你就先想到了這個問題。」

我們決定一起動腦，試著在明早之前想出辦法。

我將注意力轉回晚餐的對話，發現關於莉拉的話題已進入尾聲。

我拿著盤子站起來，爸爸突然向我發問，讓我停下腳步。

「你們真的沒有在叔公的公寓裡找到任何『寶藏』嗎？」

我仍然背對著爸爸，努力保持聲音平穩，「對。就像我之前告訴過你們的，除了打火機之外，我們只找到一些平裝書，被伊莎貝爾拿走了。」

爸爸將我轉過去，眼睛直視著我，顯然話還沒有說完。媽媽也看著我。「我的意思是，如果你們找到任何值錢的東西，你會告訴我們，對吧？」

我沒有說謊，我告訴自己。我們並沒找到任何東西，還沒有。「當然了，爸爸，根本沒有什麼可以找的。我們不是已經談過這件事了嗎？」

爸爸擁抱我。從他緊緊抱住我的姿勢，我可以感覺到他的擔心。「泰德，我們信任你。你真的是一個很聰明的好孩子。」

「請你務必小心。」媽媽加上一句。

「當然，媽。」我說，「爸爸，可以放開我了嗎？我開始覺得有點呼吸困難。」

爸爸笑了，鬆開原本抱得超緊的雙手。「真是抱歉，我猜我不知道自己的力氣有多大，是吧？」

爸爸聽起來像鬆了一口氣。當我聽到他的老笑話時，就知道情況已經恢復正常。

我開始往樓梯走，突然間腦袋裡跳出一個點子。雖然有風險，但不失為一個好計畫，而且有可能成功。我轉頭看過去，發現媽媽已經進了廚房，現在只剩下我和爸爸單獨相處。這是我的機會。我停了一會兒，心想我是否真的有……嗯，說白了就是我有沒有膽子這麼做。

我知道這是唯一的辦法，而且必須讓它聽起來充滿說服力。我轉向爸爸。

「我需要請你幫忙。」我說，努力裝出適合的絕望表情。

「哪……一種忙？」爸爸問，看起來有點擔心的樣子。

「事情……」我轉開臉，想像如果我是在說實話的話會怎麼做，「和伊莎貝爾有關。」

爸爸舔了舔嘴脣，顯然他對這個話題和我一樣不知所措。

「我們並沒有做什麼……你知道的……什麼都沒有做。」我支支吾吾的說，「我們只是普通朋友，一起消磨時間，你知道吧？」

「當然，我也是這麼想的。」爸爸吐出一大口氣，彷彿放下心頭重擔似的。即使我們現在開始進入從未探索過的領域（就像他們在古老地圖上說的，這裡可能有龍），但是事情進行得比我預期的順利。

然後，不騙你，他把手伸進口袋攪動裡頭的零錢，弄得叮噹作響，就像電影裡的老派爸爸。只要再給他一根菸斗、一件毛衣就一模一樣了。電影老爸睿智的點點頭。

「泰德，我只是不想看到你受傷。伊莎貝爾和這裡的其他女孩都不一樣，我知道她真的很漂亮，所以也難怪你——」

「那不是我喜歡和她在一起的原因。說實話，我最喜歡她的地方是她非常聰明……就像我們家媽媽一樣。」

這時我將頭轉回來，和爸爸四目相對。我知道這步棋走得有風險，但是我衡量過覺得應該可行。不過有好一會兒，我很擔心他會爆出笑聲，或是大翻白眼。

幸好聽到我這麼說之後，他的眼神閃閃發亮。

哇喔，老天，我真的是打了支全壘打。

爸爸靠向我，一副神祕兮兮的樣子。「所以你到底要我幫什麼忙？」

「亞契先生似乎覺得伊莎貝爾應該回紐約，繼續在她以前的學校念書。」

「那太糟了。」爸爸開始說。

「還有更糟的，她後天就要離開了。你也知道明天一整天新任教授都得參加學術研討會，所以我在想明天早上你能不能載我過去她家，不然我們就連說再見的機會都沒有了。」

爸爸站起來，「不能請伊莎貝爾的爸爸載她過來嗎？明天早上我有些事情需要處理。」

「她還在打包。」我很快的回答，「迦勒也要一起去。我們會在她家和她碰面，你可以在一個小時之後接我們回來。」

「最多一個小時。」爸爸說，「我記得那附近有間咖啡店，我可以在那裡看點書。不過沒辦法再更久，我約了幾個學生中午過來我的辦公室。」

「沒問題。我們會在特里蒙道和阿拉米達的交叉口等你，你可以和我們在那裡碰面。」

「嗯……我會好好考慮。」通常爸爸這麼說就是表示沒問題了。

「太棒了！」我高興的大喊，給他一個大大的擁抱，然後在他還來不及回抱之前就轉身跑開。

我走進臥室，渴望的看著床鋪。我真的很想爬上床好好睡一覺，但是不知道這個新遊戲需要多長的時間才會結束。嗯，我只能告訴自己，早一點完成，就可以早一點上床。

我走到書桌前，覺得自信滿滿。現在我已經知道流程了。遊戲會跳出來，接著我開始玩，它會告訴我該怎麼救伊莎貝爾出來，然後我就能上床睡覺了。我等待電腦開機，看到熟悉的遊戲標誌出現。來吧！

我望向螢幕，看到一間臥室，地板堆滿了紙箱。我移動游標在房間裡到處點擊。書架上放了幾本書，而書桌上堆了更多書，書背上印著珍．奧斯汀、史考特．費茲傑羅……我的游標到處亂點，試著找到些什麼。什麼都好，讓它跳進我的「財產清單」裡。我依照以前玩遊戲的程序進行著。

突然間，我意識到這是伊莎貝爾的房間。這並不是我玩的密室逃脫遊戲裡的普通房間，在螢幕上的就是她現實生活中的房間。

而我正看著它。

我感覺很不自在，彷彿正在做一件不對的事情，我不應該在這裡的。

糟糕，我得在伊莎貝爾回來之前趕快離開。

我靠在椅背上，心裡很惶恐，接著突然發現自己的擔心根本就是多餘的，這才大大鬆了一口氣。

這只是個遊戲。我不過是在遊戲裡進入伊莎貝爾的房間。

然後我發現另一件事——我不是我。在遊戲裡我是伊莎貝爾。我必須是伊莎貝爾，因為要逃脫密室的人是她。

如此一來，整件事情變得加倍困難了。我不只要找出逃脫的方法，還得讓伊莎貝爾完全遵照我的指示來逃出她父親的房子。

我嘆了一口氣。今天騎這麼久的車真的讓我累得不得了，實在很難集中注意力。我揉了揉眼睛，讓自己清醒。上工了！

我在書桌上看到一個皮夾。我點擊一下，皮夾打了開來，裡頭有許多卡片。我點擊卡片，一張圖書館借書證滑出來，跳進我的「財產清單」裡。我繼續在房間裡到處點擊，沒找到其他有用的東西。感謝上天讓我平安過關，沒有出現什麼會讓我尷尬的事。

伊莎貝爾的房間很乾淨，她不像我是個懶惰鬼。

下一個點擊將我帶到伊莎貝爾的浴室門前。

我皺起眉頭。真的有這個必要嗎？我知道在這個世界上伊莎貝爾最不想讓我進去的地方就是這裡了，但我別無選擇。我坐直身子，眼皮又往下滑了一點，螢幕看起來也更加模糊了。我做了兩個深呼吸，讓頭腦稍微清醒，然後開始點擊。

浴室門打開，我進到裡頭。當然，和臥室一樣，一切都非常完美，化妝品和洗髮精的瓶子整齊的排在一起。我一一點擊，沒找到任何可用的東西。

我心不在焉的到處亂點，突然間，我看到伊莎貝爾的臉出現在洗手臺上方的鏡子裡瞪著我。我必須承認，我差點就關掉遊戲，還好下一秒我就想起來鏡子裡的人影是「我」的反射。現在的情況就像是我進到伊莎貝爾的身體裡，去做她必須做的事，這種感覺簡直怪得不得了。我點了一下洗手臺，然後點了點護唇膏，結果它跳進我的「財產清單」裡，和圖書館借書證並列。

我點了一下伊莎貝爾臥室的門，畫面切換成樓梯間，接著我站在鎖上的雙扇門前，我想裡面應該是亞契先生的書房。

我將游標移向圖書館借書證，點擊一下，將它拉到螢幕中央。接著又將護唇膏拉到借書證前，微笑的看著護唇膏摩擦卡片的邊緣。這是為了讓卡片變滑順，果然和我想的一樣。我拿起卡片，舉到雙扇門之間。卡片滑了進去，在遇到彈簧鎖時停了下來，然後再往下滑進鎖舌和門鎖扣盒之間。門開了，我——或者該說是伊莎貝爾——就能進書房了。

只是需要一點時間……時間……我想只休息兩分鐘應該沒什麼關係吧……

第二十五章／伊莎貝爾遊戲

「泰德！泰德！」

我睜開眼睛，驚慌的看著灑進臥室窗戶的明亮陽光。爸爸用力搖著我的肩膀。我很快的看了電腦一眼，幸好是在休眠狀態。

我居然睡著了！天啊，我到底睡了多久？

「抱歉，泰德，可是我們得趕快出門了。快去刷牙，把自己打扮好再出門見人。我們要在五分鐘之內離開。」爸爸回頭繼續說，「還有，我們晚一點再找時間談談你對於電子遊戲的沉迷。我不能接受你居然玩到在電腦前睡著。」

「是。」我睡眼惺忪的說，用袖子抹掉臉上的口水。五分鐘？根本不可能！我沒辦法在五分鐘內玩完那個遊戲。我在等電腦重新運作的同時跑向浴室，腦袋裡開始想有沒有什麼辦法可以挽救眼前這個亂七八糟的局面。我可以把昨晚從遊戲中學到的逃脫步驟告訴伊莎貝爾，然後憑自己想出後面的部分。往好處想，至少我好好睡了一覺。

我抓緊時間回想昨晚從遊戲裡學到的步驟，快速潦草的寫在紙上好交代伊莎貝爾。

爸爸的叫聲從樓下傳上來。

「泰德，你到底想不想去和你朋友道別？」

「我馬上下去，爸爸。」

我抓起那張紙，飛奔下樓。

我們打開大門走向車子時，迦勒正好跳下他的自行車。他一坐上爸爸的車，我們就出發了。

我不得不說，坐車可比騎自行車快多了。

爸爸在特里蒙道的交叉口停下，轉身看我。

「十二點，對吧？」

「事實上是十一點。」我提醒他，「你約了學生十二點到你的辦公室談話，記得嗎？」媽媽也許不是每件事都是對的，但她說爸爸都不聽人家說話這一點倒是沒說錯。

我和迦勒下了車。

「也許我乾脆直接去學校好了。」爸爸咕噥一句，將車開走。

就在我們快到亞契家時，迦勒停下腳步。

「聽著，我知道你已經想出辦法了，但我還是不知道你要怎麼將寫著步驟的紙條拿給伊莎貝爾。

如果有東西遮住保全系統的紅外線，警報器就會響，不是嗎？」

「你忘了一個地方。」我微笑著回答，和他一起走上大門前的石階。

我指給他看。

「就是這個！」迦勒驚呼，「大門上的投信口，讓郵差可以將信投進去。」

我將投信口的蓋子往上拉，往屋裡窺探，沒看到伊莎貝爾。整棟房子看起來安靜而冰冷。

「伊莎貝爾！」我大叫。沒有回應。

「也許她在自己的房間裡。」迦勒說。

我們走到房子側面。

我望向二樓的窗戶，沒看到人影，但我可以想像她躺在床上瞪著天花板的樣子。對一個從沒進去過的房間瞭若指掌的感覺實在是太奇怪了。

「伊莎貝爾！」迦勒大喊。

熟悉的臉孔出現在窗戶後面，露出大大的笑容。我對她揮手，示意她下樓，然後我們又跑回大門的投信口前。

很快的，我們聽到跑動的腳步聲，接著聲音停下，顯然伊莎貝爾已經站在大門的另一邊。

我再次將投信口的蓋子往上拉。

「我真不敢相信你們來了！看到你們真是太讓人高興了！」伊莎貝爾的聲音聽起來非常開心。

「我們也很高興看到你。」我說，再次證明了我讚美女士的天分。

「我真希望可以逃出這裡。」伊莎貝爾嘆了一口氣，「不過至少你們來看我了。」

「你這小信的人啊！」迦勒說，然後指向我。

「你的意思不會是——」伊莎貝爾張大眼睛瞪著我。

「這句話是引用自《聖經》，我有先查過。」迦勒驕傲的加上一句。

「我知道那是出自《聖經》，〈馬太福音〉第八章第二十六節。」伊莎貝爾不耐煩的回答。

我從口袋掏出摺好的紙條，開始背出我小心編排的講稿，好說服伊莎貝爾乖乖聽話，依照我寫下的步驟行事。

「我坐下來仔細想過了，如果你的情況是在逃脫遊戲裡，我會怎麼做。綜合我對你們家的觀察加上合理的推測，我想到你該怎麼做才能離開屋子，並且將書拿回來的辦法。我對一開始怎麼做有點概念，但是，嗯……後面可能就需要你的幫忙了。」

「我想到保全系統只有安裝在門和窗戶上，投信口並沒有安裝，很聰明吧？」迦勒補上一句。

伊莎貝爾沒理他，只是充滿期待的看著我，「所以我第一步該怎麼做？」

「去拿你的圖書館借書證。」

伊莎貝爾看著我，彷彿我是個瘋子。「我的圖書館借書證？」

我還來不及阻止自己，就已經脫口而出，「你的圖書館借書證！就放在你書桌上的皮夾裡。然後去你的浴室拿護脣膏，再回到一樓來。」

伊莎貝爾聽了之後，呆呆的站在原地好久。

「聽著，你到底想不想出來？」我語氣堅定的問。

她的眼睛透過投信口和我四目相對。我有一點被她銳利的眼神嚇到。

最後她終於說：「是的，我想出去。我現在就上去拿圖書館借書證和護唇膏。」

我們聽到她的腳步聲在玄關的大理石地板響起，接著跑上通往二樓臥室的樓梯。

幾分鐘後，我們再度看到她出現，一手拿著借書證，一手拿著護唇膏。

「在卡片的一邊塗上護唇膏，從書房的雙扇門中間往下拉，直到你碰到鎖，然後用力抽回。」我透過投信口指導她。

「我懂了。」伊莎貝爾低喊，「以前學校的圖書館沒開放時，我們為了進去裡頭念書也常常這麼做，不過我從沒想過可以把這招用在我爸的書房。」

「喀啦！」一聲傳來，伊莎貝爾大叫，「打開了！」

她走回來，透過投信口看著我，「我檢查了我爸的書桌。我相信那本書應該就在裡頭，因為平常他不會鎖的抽屜現在上鎖了，而且那本書也沒有在書架上。現在該怎麼辦呢？」

我都忘了伊莎貝爾如今對這類挑戰也越來越厲害了。很好，因為我真的很需要任何能得到的幫助，光是她爸將那本書藏起來上鎖就代表它很重要。我猜那本書應該和他新設的保全系統密碼脫不了關係。

「好，首先我們必須先找到抽屜的鑰匙……」

我開始推論。這比玩遊戲時難多了，因為在遊戲裡，我只需要在螢幕上到處點擊，直到找到可以用的物品就行了。我提醒自己，格林漢．亞契是一個正常人，而不是電腦遊戲設計師。「他一定把東西藏在屋裡的某處。他會不會寫在紙條上，免得之後忘記東西藏在哪兒？」

「我不想指出這一點，」迦勒說，「不過說真的，泰德，你玩太多電子遊戲了，他很有可能直接把鑰匙給帶走。」

我瞪了迦勒一眼。真討厭，他可能說對了。難道我們只是在浪費時間嗎？鑰匙會不會根本就在亞契先生身上呢？

「事實上，我不這麼認為。」伊莎貝爾語帶興奮的說，「我父親最痛恨口袋裡有很多鑰匙，他說那會毀了褲子的線條。他出門時通常只會帶車鑰匙，回來時則從車庫進來。」

「嗯，很有用的資訊。」

伊莎貝爾想了一下，「我們是不是應該從最明顯的地方開始找？你們等我一下。」

她匆匆忙忙走開，接著我們聽到她在屋子裡各個地方翻找的聲音，最後她走回書房，又在裡頭找了好一陣子。當她終於回來時，臉上的表情就像是一個打了敗仗的士兵。

「所有我想得到的地方都找過了，沒找到書桌的鑰匙。至少我覺得可能的地方都沒有。他一定把它藏得很隱密。」

「那麼我們還能從哪兒找起？」迦勒插嘴，「他沒有月曆吧？像泰德叔公那樣？」

「沒有……」伊莎貝爾回道，「不過他有一本行事曆。他說他不相信電腦，所以都把預定時程和重要事項記錄在裡頭。我應該去找出來看嗎？」

「看看也無妨。」我回答。

伊莎貝爾拿著一本小小的真皮封面筆記本回來。她很快的往後翻，然後停下來，舉高行事曆好透過投信口給我們看。九月二十一日那天被紅筆圈了起來。

「父親在下面寫了一些字。」伊莎貝爾說，「將論文送到莎士比亞研討會，LASS。什麼是LASS？」

「洛杉磯……」我開始猜。

「莎士比亞學會（Shakespeare Society）！」伊莎貝爾接著說，「父親說過他秋天必須送交一篇論文。我想草稿就放在他桌上。」我還來不及說話，她已經跑回書房拿來一疊紙，上頭黏著一張寫了「九月二十一日」的便利貼。

論文的標題是《凡人都是傻瓜——莎士比亞作品中的偉大小丑》（*What Fools These Mortals Be—The Great Clowns of Shakespeare*）。

伊莎貝爾很快的翻閱那疊紙，「裡頭沒提到鑰匙。現在怎麼辦？」

「沒關係，此路不通是很常見的情況，我們再試試其他的線索。」我努力在腦海裡回想《泰德遊戲》。我記得在昏睡過去之前，好像注意到書桌上放了什麼東西。

「你父親的書桌上是不是放著電腦？」

「對。」伊莎貝爾回答。

「你能登入他的電腦嗎？通常那會是個好的開始。」我提議。

伊莎貝爾跑進書房，接著傳來她的叫聲，「要密碼才能登入！他以前從沒設過任何密碼的！」

如果他以前沒設過任何密碼，那麼密碼一定和最近發生的事有關。我想起她爸的論文題目，也許那並不是真的此路不通？「試試看論文題目的首字母，輸入『WFTMB』！」我大喊。

「好！」伊莎貝爾回答。

沒過多久，她垂頭喪氣的走回玄關。

「不行，還有其他點子嗎？」

如果現在是在玩遊戲，通常到了此時，我會上網查維基百科，不過我發現這裡剛好有個完美的替代品——

伊莎貝爾百科。

莎士比亞作品中的偉大小丑。「你認為莎士比亞作品中最有名的小丑是誰？」我問她。

「當然是維爾．肯普（Will Kempe）。」伊莎貝爾立刻回答，「我的意思是，他可以說是莎士比亞作品裡所有喜劇角色的創作原型。」

「那麼在『WFTMB』後面加上『Kempe』再試一次。」我建議。

她又跑回書房。

然後她又回來了，看起來心情很糟。「還是不行。我們一定是錯過了什麼。」接著她的臉亮了起來，「等一下！在肯普離開莎士比亞劇團之後，羅伯特．亞明（Robert Armin）取代了他的位置，演出不少非常有名的丑角！我應該試試他的名字嗎？」

「當然。」我說，「先試『WFTMBArmin』，如果不行，再試試『WFTMBKempeArmin』或『GreatClownsKempeArmin』。你必須將所有的組合都試——」

「成功了！我登入了！」伊莎貝爾大聲的說。我注意到她的聲音裡透露出勝利的愉悅感。

「現在你知道泰德在解出逃脫遊戲的謎題時，心裡是什麼感覺了吧！」迦勒喊道。

「我們還沒解出來呢！」我提醒他。

一陣興奮的尖叫從書房傳來，「我在電腦桌面上找到一個名為『九月二十一日』的檔案夾。」然後就沒聲音了。我和迦勒跑到房子的書房那側，穿過玫瑰花叢，好看清楚裡頭發生了什麼事。

透過窗戶，我們看到伊莎貝爾走向掛了三幅裱框作品的書房後牆。

左邊是一張照片，裡面是一個美麗的女人穿著厚毛衣站在沙灘上。我一看就知道那一定是伊莎貝爾的媽媽。

右邊則是三個人穿著滑雪裝的家庭合照。格林漢和他太太分立兩旁，中間站著十歲左右的伊莎貝爾。照片裡的兩個成人正在大笑，伊莎貝爾則仰頭看著他們。

而夾在這兩幅照片之間的卻是一張很怪異的油畫。

畫中有個驢頭人身的男子，彷彿才剛從沉睡中甦醒似的正在伸懶腰，旁邊有個美麗的女子以愛慕的眼神看著他，伸出雙手愛憐的撫摸著他口鼻處的毛髮。

伊莎貝爾大步走到掛在中央的油畫前，伸手在畫作後方摸索。當她將手伸出來時，手中握著鑰匙興奮的揮舞。

我們看著她走向書桌，用鑰匙打開抽屜，接著她右手豎起大拇指，左手高舉那本《馬爾他之鷹》。她離開書房，我們跑回大門前和她碰面。她笑得很開心。

「我怎麼會沒想到呢？我父親當然會將鑰匙藏在他的『波頓[1]』後面。」

現在換成我滿臉疑惑了。她到底在說什麼？還好遇到這種情況，我總是有迦勒可以依靠。

迦勒一臉問號，「什麼？他把鑰匙藏在他的屁股後面？」

伊莎貝爾大笑。不是成人的那種笑，而是像「我真蠢」的那種笑。我比較喜歡她這種笑聲。

「抱歉，這是我們家常講的笑話。那幅油畫是我三歲時有人送給我父親的，我們一直都說它是『他的波頓』。」

我們兩個從投信口瞪著她。伊莎貝爾嘆了一口氣。

「你們兩個，波頓是莎士比亞的《仲夏夜之夢》裡被精靈王變成驢子的喜劇角色的名字。」

「喔……」迦勒回應，一知半解的樣子。

然後我明白了。

「就是油畫裡那個驢頭人身的傢伙！」我說。

「沒錯！」伊莎貝爾說，「而仙后蒂塔尼亞則被下咒愛上了他。」

「一個叫屁股的男人有顆驢子頭，」迦勒很懷疑的說，「聽起來確實非常有笑點。」

「至少不像有人打扮成蝙蝠的樣子，還以為那樣就可以嚇跑壞人。」伊莎貝爾反駁。

「我認為我們離題了。」我開口，「我們必須找出密碼。你爸把那本書鎖起來顯然是有原因的，一定和密碼有什麼關係。」

「當然！」伊莎貝爾皺著眉頭說，「我們只需要在裡頭找出四個數字就好。」

「嗯，書上有沒有提到什麼年分？」迦勒提議。

我張大眼睛。他說對了。我知道他說對了。

「伊莎貝爾，」我指示她，「檢查出版日期，通常會印在——」

「泰德，我知道出版日期會印在哪裡！」伊莎貝爾說，對我翻了個大白眼。她打開書，大聲唸了出來，「首刷平裝版，一九四八年。你真的認為會是這個？」

我們四眼相對，「是，我很確定。要知道答案只有一個辦法。」

我們站在大門前的石階上，聽到她緩慢而小心的將四個數字輸入保全系統的控制面板。「嗶！嗶！嗶！嗶！嗶！」

我屏住呼吸。

接下來我們聽到兩聲更長的「嗶——嗶——」。她成功解除了警報系統。

大門慢慢的被推開，伊莎貝爾拿著《馬爾他之鷹》站在門後，雙眼因為興奮而閃閃發光。

她小心翼翼的跨過門檻，站到屋外。

我們動也不動的站在原地，等著警報器大響，或者出現任何計畫失敗的徵兆。

---

1 Bottom，人名，小寫時為底部之意，俚語中亦可指屁股。

過了安靜的十秒鐘後，伊莎貝爾的嘴角開始上揚，露出微笑，而我和迦勒則大聲歡呼。伊莎貝爾本來跨步就要離開，卻又突然轉身。

「你做什麼？」迦勒緊張的壓低聲音問。

「重新打開保全系統。」伊莎貝爾已經回復了平常冷靜的模樣，「只是當個負責任的女兒。」

我們三個沿著石板道慢慢的往下走，沒人說一句話，彷彿格林漢・亞契隨時會跳出來，破壞我們精密的脫逃計畫。

我們繼續走，逐漸接受計畫真的成功的事實，身體也開始慢慢放鬆。

「我們真的做到了！」伊莎貝爾開心的大叫。她轉身，出乎意料的給迦勒一個大大的擁抱。

「呃……泰德的功勞比較大。」迦勒結結巴巴的說。

我臉上掛著大大的笑容，等著她來擁抱我。我無法止住笑意，事情真是進行得太順利了。我拯救了伊莎貝爾，接下來我們會解出鑰匙應該要開哪個鎖的謎題，然後——

就在此時，伊莎貝爾一拳打向我的臉。

第二十六章／瓦解與整合

在那一瞬間，兩個想法同時閃過我的腦海。

第一，身為一個亞洲、猶太混血的中產階級小孩，在我十二年的人生中從來沒有打過任何人的臉。

第二，伊莎貝爾．亞契這一拳打得真是又狠又準。

她的拳頭不偏不倚的——當然還是維持她一貫的完美——落在我臉頰上，打得我頭昏腦脹。

「你為什麼打我？」我尖聲喊出來。

「我來自紐約，讓我告訴你，我見過的討厭鬼可不少，」伊莎貝爾咬牙切齒的說，「不過毫無疑問的，你是其中最討厭、最噁心的。」

「你在生他的氣？可是他才剛把你救——」迦勒試著擋在伊莎貝爾和她的獵物之間，可是她握緊拳頭用力一揮，這次打在我的肚子上。

她從上方俯視著倒在地上的我，臉色漲紅，表情混合了憤怒和無法置信。

「你怎麼知道我的浴室裡有什麼東西，還有我的皮夾就放在書桌上？天哪！光是想像就讓人覺得齷齪！你是不是晚上爬到那棵大樹上偷窺我？你……你……」

「我從沒想過真的能親眼目睹，」迦勒說，「伊莎貝爾．亞契居然也有說不出話來的時候。」

伊莎貝爾轉身面對迦勒，雙手仍緊緊的握成拳頭。

「嘿，別生我的氣，偷窺你的人可不是我！」迦勒很快的加上一句。

「迦勒！」我躺在地上呻吟，「你這是在幫倒忙吧……」

「我的意思是，泰德也沒有偷窺你，他不會那麼做，應該是……」

迦勒還在繼續說，很好。我在疼痛中一邊思考，一邊用手撐在地上坐起來。趁著他講話的時候，我可以好好整理思緒。

「變態！他是個變態！」伊莎貝爾尖喊。

迦勒別再說了，我暗自叫苦。趁著他講話的時候，伊莎貝爾也在整理思緒。

「我是說，我很高興你把我救出來，但是一想到你——」

伊莎貝爾用腳踢我，我才剛坐起來，又倒回地上。

我痛苦的在地上扭動，突然想到也許我沒有先將事情從頭到尾想清楚。顯然我不該提到她的皮夾和書桌。我怎麼沒有早點想到？難怪她會——喔！

伊莎貝爾又用手肘猛力撞向我的肋骨。

此刻她毆打我的這個部分，對我來說是前所未有的體驗。

我畏畏縮縮的舉起雙手，「讓我解釋……」

伊莎貝爾雙手環胸俯視著我，「好，我等著。還有請不要再說是電腦上的遊戲告訴你怎麼做的，那是在侮辱我的智商。」

「等我一下。」我皺著眉，試著要爭取一點時間，卻想不出任何說詞。

我必須捏造一個好理由。伊莎貝爾太聰明了。

她露出鄙視的神情，「我本來認為你還滿酷的，現在發現你根本是個……是個……」

「是個什麼？」我問，連我都開始覺得自己有點討厭。

「你要我說出來？好，色狼！天哪，居然那樣偷窺我！難怪我爸不想讓我跟你扯上任何關係！」

「你吸毒了嗎？想一想你剛說的話合理嗎？」

伊莎貝爾來回踱步，「一定是這樣。那個來找我父親談話、讓他那麼不高興的人可能是我們的鄰居，而他看到你爬到我臥室外的樹上，便來家裡告訴我父親。而你自導自演了整件事，好讓自己看起來像個英雄。」

她越說越生氣，轉身向我衝過來。

看到她氣沖沖的向我跑來，我急忙拉著迦勒讓他擋在我前面，免得她又揍我的臉。

伊莎貝爾猛然停下，站在原地喘氣，「你很聰明，是嗎？看你這次要往哪裡逃！」就在她伸手要推開迦勒時，我的手機傳來震動聲。

「記住我們進行到哪裡。」我說，「我看一下手機，應該是我爸。」
真的是爸爸傳來的簡訊。喔，太好了。
「你們還好嗎？我們是約中午，對吧？」
一次就好，我真希望媽媽說爸爸不聽人家說話的指控是錯的。簡直太完美了。
伊莎貝爾瞪著我，眼裡仍燃燒著熊熊怒火，「怎樣？」
「我們的司機傳來的簡訊，」我簡單的回答，「我爸要再過一個小時才會來。」
「什麼？但那表示——」伊莎貝爾開口。
一陣令人神經緊繃的熟悉聲響從街頭傳來，我們三個呆立當場，無法動彈。
那絕對不會認錯的低沉引擎聲回來了。
我轉身指責伊莎貝爾，「你說你父親會出門一整天的！」
「應該是啊！」她說，抬手遮住嘴巴，「會不會是學術研討會取消了？」
很快的，一輛昂貴的大車停在我們前方，但不是凌志，而是捷豹XJ6房車。開車的人露出我們熟悉的笑容。
史坦打開車門，示意我們過去。我們難以置信的跑了過去。
「你怎麼會在這裡？」我問。
「今天早上我去你家想再找你談談，剛好看見你們兩個出門。我猜我是希望你們或許正要去拿你叔公留下來的寶藏。」

「所以你以為泰德會將它埋在樹林裡之類的嗎？」伊莎貝爾問。

「這種事之前確實發生過。」史坦說，「不過後來我看見你們似乎起了一點爭執，所以在想到底出了什麼事，因此——」

「那和他叔公一點關係也沒有。」伊莎貝爾說著，拍掉身上的灰塵，「只是個……小誤會。」

太棒了！我本來以為已經沒事了，但是看到她向我射過來的目光，才明白事情還沒了結。

「嗯，你們需要搭便車嗎？」史坦問。

我們三個互看一眼，鬆了一口氣。

「能不能麻煩你載我們回我家？」我開口。

「當然沒問題。上車吧！」史坦看起來很高興。

伊莎貝爾往回走，撿起她揍我之前丟在地上的那本《馬爾他之鷹》，拍掉書上的灰塵。然後她走向車子，連看都沒看我和迦勒一眼。

我注意到伊莎貝爾立刻選擇史坦旁邊的副駕駛座，將我和迦勒放逐到後座。

史坦問她在這一區住了多久、喜不喜歡加州之類的問題。既然他倆似乎都不想要我們加入談話，我便傳簡訊給我爸，告訴他我們搭了史坦的便車，然後轉身看著迦勒。

「你要怎麼向她解釋？」他問我，「我的意思是，我知道你是這類遊戲的天才，但是你得承認，知道她的皮夾放在書桌上之類的事還是有點說不過去——」

「不過是簡單的消去法，」我嘆了一口氣，「我對天發誓。」

「嘿，我相信你，但伊莎貝爾才是你必須要說服的人。」

接下來的路程，我們兩個都沒說話，但是前座的兩個人聊得像相交許久的老朋友。這對我來說是件好事。當車子快開到我家時，我已經準備好說詞為自己辯解了。我只需要祈禱一切能順利進行。

就在史坦的車快轉進我家車道時，我聽到伊莎貝爾說：「非常謝謝你。剛剛聽到你車子的引擎聲時，我們全嚇壞了，還以為是我父親回來了。」

「出了什麼事？」史坦開玩笑的說，「你爸不想讓你和這兩個小丑來往？」

「差不多。」伊莎貝爾回答，「昨天晚上有個男人來找我父親，把他給嚇壞了，之後他就試著把我鎖在屋子裡。」

史坦突然用力踩下煞車，輪胎發出刺耳的尖銳聲音，我們的身體無法控制的全往前傾。

「昨天晚……晚上有個男人去找你父親？」即使我坐在後座，都能看到他緊緊握著方向盤，用力到指關節都變白了。「是大學裡的人嗎？」他語帶希望的問。

伊莎貝爾皺眉，「我不認為。是他不認識的人。他們對話時，兩人的情緒似乎都很緊繃。」

「媽——馬不停蹄！」史坦驚呼。

「什麼？」我問，想搞清楚到底發生了什麼事。

「我本來要說其他的句子，可是突然想起我載了一車的孩子。」史坦解釋。

「沒關係的，我上的是私立學校，我們老師一天到晚都在罵髒話。」伊莎貝爾說。

史坦面無血色，彷彿腦部的血液一下子全流乾了。

「你覺得這件事和我叔公有關係嗎？」我問。

「呃，沒有，當然沒有。」史坦回答，但從那口氣聽來，就知道他心裡想的其實是「百分之百一定有」。

他將車子開上我家的車道，我們三個一一下車。

「那我們現在該怎麼辦呢？」迦勒問。

「我們？」史坦反問，像是迫不及待要離開這裡，「嗯，我還有很多事情要處理……就像我之前說過的，我今天就要離開洛杉磯了。很高興認識你們……」

「你要逃走了嗎？」伊莎貝爾問，刻意用那種「讓我們面對現實」的穩重成人語氣。

史坦很明顯在流汗，「重點是……這種事不是我的業務範圍。我只是被派來找東西，然後向我爸和其他的古蹟捍衛者報告。我答應你們，等我回去就會請我爸打電話，他們可以派人來——」

他甚至沒把話說完就用力關上車門，倒車駛出車道。他將車開得飛快，差點就撞上人行道旁的兩個大垃圾桶。

我們目送他離開。

「我們的英雄。」迦勒喃喃自語。

我們走進廚房，在伊莎貝爾開口之前，我便高舉右手做出「停止」的手勢。

「你說你想要我把話說清楚，我猜我確實欠你一個解釋。」我宣布。

伊莎貝爾看著我，本來要說些什麼，但後來改變主意，擺出挑釁的神情在中島旁的高腳凳坐下。

「我在等。」她最後說。

我清了清喉嚨，「好，一件一件來。你必須了解我的許多猜測全來自玩線上遊戲的經驗，我花了好幾百個小時在玩，所以才學會了屋裡的東西通常會怎麼擺放、人們怎麼設定密碼之類的。」

伊莎貝爾打斷我，「但是那無法解釋──」

「讓我說完。我知道你有圖書館借書證很奇怪嗎？你已經告訴我們你會去圖書館借書，記得吧？我的意思是，除了皮夾，你還會把借書證放在哪兒？我之所以猜皮夾應該放在你的書桌上，是因為你似乎是那種『每樣東西都有固定位置』的女生。而且我知道你們社區的房子都是七〇年代建造的，所以每個房間門鎖都一樣，全是只要用老掉牙的信用卡手法就能開得了的按鈕鎖。」

「他說得沒錯！」迦勒插嘴，「我們家也是同一時期蓋的，只要有人不小心被鎖在浴室裡，我們都是用那個方法開門。」

「完全正確。」我繼續說，「關於護唇膏嚇到你的事，我很抱歉，但你真的是妄下結論了。我有個姊姊，在她還沒上大學前，我們共用一個浴室，她總是把護唇膏放在那裡，大概有一百多支吧。所以那是我根據經驗所做的推論。」

伊莎貝爾的臉垮了下來。她皺起眉頭，伸手遮住嘴，彷彿希望自己能將已經說過或做過的事全收回去。

「所以你沒有……」她掙扎的說，「我的意思是，不是因為──」

「第一，我絕對不會做那種事。第二，如果事情真如你所想的，你不認為你父親就算不報警，也會打電話給我父母嗎？第三，我並不擅長爬樹。」

伊莎貝爾站起來走向我。我看著她，不大確定她接下來會做什麼。她傾身細看我的臉，近到我可以聞到她頭髮上潤絲精的香味。

「我想你這裡會有一塊瘀青。」伊莎貝爾皺著臉，站直身體，走向冰箱，「我可以喝點柳橙汁或其他什麼嗎？我好渴。」

我望向迦勒，他咧開嘴露出一個大大的笑容。成功化解危機了！

「我想大家應該都來杯飲料。」我說，伸手打開冰箱，倒了三杯果汁。接著我們三個各自拿著玻璃杯走進客廳。

差不多該開工了。

「聽著，伊莎貝爾，那傢伙——把你爸給嚇到的那個人，你能描述他的長相嗎？」

伊莎貝爾做了個鬼臉，「當然，我想應該可以。你覺得你可能認識他嗎？」

「我很懷疑。」我說，「但你們看看，光是提到他就把史坦嚇成什麼樣子。他長得如何？」

迦勒將他的素描簿翻到新的一頁，在伊莎貝爾開始描述的同時，迅速的在紙上勾勒出那個人的輪廓。

「他有點矮胖，雙下巴，鼻子又大又寬，還有……那個叫什麼？啊！一字眉。而且他是禿頭，只有耳朵旁還剩一點點黑髮。」

「他的眼睛呢？又大又凸，還是額頭很高，所以感覺像陷下去那樣？」迦勒努力追趕伊莎貝爾描述的速度，同時丟出一個又一個的問題。

「我猜算大吧？很難判定。他戴著一副黑色的粗框眼鏡。」

「是時下流行的那種眼鏡嗎？他戴眼鏡是為了好玩嗎？」我問。

「不，那個人一點都不像是愛玩的人。我想他戴眼鏡應該是出於實用目的，不戴就看不清楚。」

迦勒將素描簿拿遠，審視自己的作品。他在上面又加了一些細節，然後轉過來給我們看。伊莎貝爾倒吸一口氣。

「喔，我的天啊，就是他！你實在是太厲害了！」

我瞪著畫上的男人。他看起來很危險。他到底對亞契先生說了什麼，讓一個父親害怕到要將女兒鎖在屋子裡？

「所以現在我們擁有的是一把不知道要開哪個鎖的鑰匙，以及一本似乎不具任何意義的書。」我歸納出結論。

迦勒和伊莎貝爾對看一眼。迦勒笑得像個白痴，連伊莎貝爾嘴角都帶著一絲笑意。她轉過頭來看著我。

「事實上，我相信那本書是有意義的。畢竟我有很多時間，所以在你們兩個去——」

「找樂子？」迦勒滿懷希望的插嘴。

「嘿，有人學會了一個新的單字唷！」伊莎貝爾驚呼，「而且還用得很正確呢！」

突然間，後門被推開、關上，然後傳來媽媽歡迎的語調，「我聽到的是伊莎貝爾和迦勒的聲音嗎？」

媽媽快步走進客廳，快速的給我們每人一個擁抱。

我注意到伊莎貝爾在媽媽抱她之前就將那本《馬爾他之鷹》藏在身後，這點非常值得讚許。

「請不要介意我們家很亂，伊莎貝爾。我整個星期都在值班，但家裡其他人似乎完全沒注意到這點。」

伊莎貝爾給了我媽一個「我能理解」的微笑。

「我得開始準備晚餐了，很抱歉不能留下來和你們聊天。我今晚要幫朋友代班，所以沒什麼時間。」媽媽向伊莎貝爾解釋，然後匆匆忙忙的離開客廳。

媽媽哼著歌，在廚房裡開開關關各個櫥櫃的門和抽屜。我傾身向前，壓低聲音，「所以……關於那本書如何？」

「對！」伊莎貝爾興奮的說，「它是在寫一個偵探——」

「和你同姓的那個。」迦勒插話。

「事實上，麥爾斯．亞契在第二章就被人殺死了。可以讓我說完嗎？還是你要一直要小聰明打斷我的話？」伊莎貝爾不客氣的問。

她接著說：「後來劇情急轉直下，演變成一大堆人在尋找同一個寶藏，也就是出現在十字軍東征之後的一座獵鷹雕像。這些十字軍的騎士——你們知道他們是誰吧？」

迦勒翻了個大白眼，「是，我們知道十字軍騎士是誰。就是去和穆斯林摩爾人打仗、想搶回聖地的人。」

「根據這本書的描述，其中一些人在離開時帶走了大批財富。」伊莎貝爾繼續說，「為了向西班牙國王表示感謝，他們每年都會送上一座獵鷹的雕像。第一年的雕像上鑲滿了各式無價的珠寶，而鳥身據說是整塊黃金做的。」

我拿起那本舊平裝書，翻開書頁，「所以這是一本歷史小說？」

伊莎貝爾嘆了一口氣，「不是，那是虛構的，全是假的！馬爾他之鷹其實並不存在。但我認為這裡頭有你叔公要留給你的訊息。」

「比如說什麼？」我問。

「所以結局是什麼？」迦勒問。

「嗯，這些人都在尋找這個無價之寶，而且為了得到它不惜殺人。」

「所以，」伊莎貝爾說，「它最後落在壞人手裡。嗯，至少他們是這麼認為。但他們拿到的其實是假的。不過，我不認為這是你叔公想要告訴你的部分。我覺得尋找這件無價之寶的過程才是重點。他想告訴你，當你認為已經找到它時，其實並沒有。」

迦勒用雙手撐住下巴，「我完全聽不懂你在說什麼。」

一陣沉默。

伊莎貝爾抿緊雙脣，「好吧，也許我說的也不是完全正確。」

我突然覺得很疲倦，「總而言之，你的意思是我們又回到了原點。我很高興那本書很精采，但你還是不知道它和那把鑰匙之間有什麼關係。」

「嗯……」伊莎貝爾慢慢的說，「我們是回到原點了，但那是一件好事。因為就在我這兩天閒得發慌時，又想到了其他的事。」

「我們又回到原點怎麼會是一件好事呢？」迦勒發牢騷。

「想想看，」伊莎貝爾繼續說，「在你叔公被送到醫院之前，並不知道自己會被安排到哪間病房，對吧？那他要怎麼把病房號碼刻在公寓裡的木頭盒子上？他在死前可是從沒回過公寓啊！」

第二十七章／最後一次拜訪

我們唯一聽得見的只有我媽在廚房關上冰箱門的聲音。我和迦勒以既欣賞又震驚的眼神一起瞪著伊莎貝爾。

「我怎麼完全沒有想到？」我說，幾乎是在自言自語。

「你有點太忙了，你知道的……」伊莎貝爾回答，同時心不在焉的翻著《馬爾他之鷹》。

「但是就擺在我眼前啊！」我反駁。

「那到底是誰？」迦勒問，靠向伊莎貝爾拿著的書，牢牢盯著，就好像線索會寫在裡頭似的。

「只有一個人能讓泰德叔公信任到足以進入他的公寓，並且設計好一切。」

「你媽！」迦勒驚呼，「我就一直覺得她有事瞞著我們！」

「不，你這個呆子！」我生氣的說，「是——」

「山田先生！」伊莎貝爾彷彿再也無法多忍耐一秒鐘似的大叫。

「山田先生，對！所以他一直都是知道的！」迦勒大笑，「他很可能什麼都知道。」

「他知道的一定比他告訴我們的多更多。」我合理推測。

「我想我們得儘快再去拜訪他。」伊莎貝爾說，「因為如果我父親今晚回家發現我不見了，一定會氣到完全失去理智，而我明天就絕對會在飛往東岸的飛機上了。」

我望向廚房，「如果我們要去拜訪山田先生，現在就得出發。」

伊莎貝爾推開廚房的門。我媽正坐在餐桌前寫字，她抬起頭對我們微笑。

「我正在給你爸寫紙條。我在冰箱裡留了些千層麵，只要放進微波爐加熱兩分鐘就可以吃了。」

「聽起來棒極了。」我用我能裝出最愉快的語氣開口說，「聽著，媽，我需要請你幫個忙。一個大忙。」

媽媽臉上出現擔心的神情，「喔，泰德，我希望你不是想要我載你們去什麼地方吧？」

我在她身旁的椅子坐下。伊莎貝爾立刻跟著坐在她另一邊的椅子上。

做得好，伊莎貝爾，我心裡想。包圍敵人，讓她無路可逃。

「若是平時，我絕不會這樣拜託你，但是——」

媽媽立刻軟化了。她溫柔的看著伊莎貝爾，那種眼神通常只有在網路上看到小貓趴在茶杯裡的照片或YouTube影片上有小孩說了什麼可愛的話時才會出現。

「伊莎貝爾，如果這件事真的這麼重要……」

伊莎貝爾將目光移開，彷彿不知道要怎麼開口似的。我對她操控情緒的能力佩服得五體投地，簡直就像是《星際大戰》裡的絕地武士或西斯戰士。

「是關於山田先生的事。我們剛才整理了一些泰德從公寓拿回來的雜誌，結果從裡頭掉出了這個。」伊莎貝爾將《馬爾他之鷹》遞給媽媽。

「我的天啊！」媽媽驚呼，翻閱那本書，「這是我叔叔最喜歡的小說之一。他也很愛那部電影，一天到晚引用裡頭的臺詞。」

「我們認為這會是送給山田先生用來紀念你叔叔的最佳禮物。」甜蜜的陽光小姐繼續說。媽媽輪流望向我們的臉，「所以你們到底想要我做什麼？現在開車跨越整個勞雷爾峽谷好將書送給他嗎？」

我聽出她聲音裡的疲憊。看來這件事需要伊莎貝爾火力全開才做得到。

「山田先生曾對我們提起這本書。他告訴我們，當他去醫院探訪時會讀給你叔叔聽，然後你叔叔的眼睛是如何發亮……」伊莎貝爾嘆了一口氣。

足以登上奧運殿堂的專業表演！穩定不移動的完美落地，可望獲得滿分十分。

「好吧！可是我們現在就必須出發，否則待會兒嚴重塞車，我上班肯定會遲到。」

媽媽打電話給唐娜·山田，唐娜說她爸會很高興能再看到我們。

迦勒開心的從客廳跑過來，手裡還抱著素描簿。

我們走向媽媽的車時，我轉頭對伊莎貝爾說：「你太厲害了。我想我可以代表整個文明世界發言，對於你決定使用你的力量來幫助正義的這邊，而非邪惡的那邊，實在太令人欣慰了。」

「這還很難說喔！」伊莎貝爾說，淘氣的露出一個邪惡笑容。

這次伊莎貝爾選擇和我、迦勒一起坐在後座。

而這一次塞車的情況嚴重許多，車程顯然遠比我們第一次造訪山田先生時更長。我們三個都沒有說話，各自在心裡盤算要如何跟山田先生應對。

「我覺得我們乾脆正面出擊。」迦勒說，漫不經心的畫了一個披著大大披風的超級英雄，站在一個瑟縮的亞洲老人面前。超級英雄右手拿著剪刀，左手拿著小樹盆景，旁邊拉出一個對話框：「你要是輕舉妄動，我就把它給剪了！」伊莎貝爾看了忍不住咯咯笑。

「我喜歡這個以他的小樹為人質的點子。」她說，「不過我覺得應該不需要做到這樣。」她轉向我，以不可能錯認的欣賞表情繼續說：「我敢打賭，你叔公一定告訴過他，只要你通過考驗找到鑰匙，就可以將一切都告訴你。」

「我們很快就會知道了。」我在車子轉入山田家所在的街道時說。

我花了好幾秒才回過神來，首先注意到的是對講機的沙沙聲響充斥周遭，還有閃個不停的警示燈和救護車。

唐娜．山田站在敞開的大門旁，一副天塌下來的慌亂神情。

「喔，我的天啊！」媽媽大喊，將車停在路邊。她匆匆解開安全帶，在我們打開車門前，她已經下車往前衝。我們三個趕緊跟上。

「該不會是……」迦勒倒抽一口氣。我們有禮貌的停在一段距離之外，看著兩個女人低聲交談。媽媽用手環住唐娜的肩膀。

「應該不是暴力事件。」我說，「如果你剛才想問的是這個的話。」

「你怎麼知道呢？」伊莎貝爾問。

我的手往街道上下揮動示意，「沒有警車，所以一定是其他狀況。」

伊莎貝爾望向大門，「裡頭有張輪床，如果不是他不能走了，就是──」

媽媽慢慢走向我們，「山田先生似乎中風了。急救人員正在裡頭處理，待會兒就會將他送醫。」

「我們可以和你一起過去跟唐娜說幾句話嗎？」我問。

媽媽看了我兩秒鐘，「我希望你們只是要告訴她，你們會為山田先生祈禱，不會說其他多餘的話。」

「當然，媽媽。」我同意，然後我們一起走到焦急的唐娜身邊。她看起來心事重重，彷彿只剩一個軀殼站在那裡。

「聽到你父親的事，我們感到十分遺憾。」我開口。

「一切發生得這麼快，就在客人走後……」唐娜的目光移向別處。

「客人？是指我們嗎？」伊莎貝爾驚訝的問。

唐娜似乎這才注意到我們站在她身邊，她抬起眼來，露出一個淺淺的微笑。

「喔，不，不是你們。你們上次離開之後，他似乎開心了好一陣子。他很喜歡你叔公，你知道的。」她對我說。

「他是一個很特別的人。」伊莎貝爾說。我知道我們之中有能力可以安慰唐娜的，只有伊莎貝爾了。「他現在情況如何？」

唐娜聲音顫抖的回答，「現在說什麼都還太早。希望我們的念力和祈禱能幫助——」她突然停下，倒吸一口氣，露出驚訝又恐懼的神色，「就……就是他！你從哪裡拿到那個的？」

她指著迦勒的素描簿，它就翻開在迦勒為拜訪伊莎貝爾爸爸的男人所畫的那一頁速寫。

「你說『就是他』是什麼意思？」伊莎貝爾輕聲問。

「就是那張臉！他就是今天早上來拜訪我父親的客人！」

「你確定嗎？」我追問。

「再確定不過了。他說有很重要的事必須和我父親討論，我帶他進去讓他們私下談。然後我聽到爭吵聲，等我過去時，那個男人已經準備要離開了。我父親變得非常激動，不久他就倒下，我立刻打電話叫救護車。」

整潔的小屋大門前出現一陣混亂的騷動，兩個魁梧的急救人員小心的將輪床推下門前的臺階。

「他戴著氧氣面罩。」伊莎貝爾小聲的說，「這是個好現象，對吧？」

其中一個急救人員高舉點滴袋，另一端連接在山田先生的手臂上。

另一個急救人員跳上救護車，準備將山田先生抬上車。

輪床在我們面前停了好一會兒。我可以看見山田先生蒼白的臉孔和緊閉的雙眼，他汗溼的頭髮全黏在前額上。他女兒伸出手握住他的手。

我轉向唐娜，「我衷心希望他會很快痊癒。」

聽到我的聲音，山田先生的眼睛突然睜得好大。

他捕捉到我的眼睛，和我四目相對。接著他伸出手，抓住我的手腕。

「呃……呃欸……」山田先生掙扎著想對我說些什麼，彷彿對現在的他來說那就是全世界最重要的事，「M……M……」他絕望的想找到對應的字好將訊息傳達給我。

「嗯？M……」

山田先生搖了搖頭，「M……M……」然後以最後的力氣喊出聽起來像「Shee guy mass」的句子。

老人閉上了眼睛，再次陷入昏迷。我媽伸出手攬住他可憐的女兒。

「唐娜，『Shee guy mass』是什麼意思？」我問，但是媽媽生氣的瞪我一眼。

「別煩她，泰德，她現在不需要你在那邊問東問西的。」媽媽以沒有起伏的語調對我說，我知道那代表絕對不能回嘴。

等到輪床上了救護車並加以固定之後，媽媽扶著唐娜走向後車廂，然後轉向急救人員。

「你們要將他送到哪裡？西達斯？」

「西達斯」是西達斯西奈醫學中心的簡稱，也是洛杉磯最好的醫院。

「是的，女士。」

媽媽轉向唐娜，「他會受到最好的照顧。待會兒我值完班就過去看看你們需不需要幫忙。」

唐娜點點頭，說不出話來。急救人員協助她爬上後車廂。她坐在她父親的輪床邊看著，直到他們用力將車門關上。救護車開始鳴笛，以極快的速度消失在馬路的另一頭。

第二十八章 不一樣

回家的路上幾乎沒有人多說什麼。當媽媽讓我們在我家下車時，我們三個都有點精神不濟。

迦勒低頭望著他放在玄關高桌上的素描簿，裡頭那個壯碩的男人惡狠狠的回瞪他。

「不管你是誰，顯然你處理人際關係的技巧相當差。」他說。

我們三個疲倦的爬上樓梯，走進我的臥室。

我的臥室。

我這才想到伊莎貝爾從來沒有看過我的房間。

或者聞過它。

真是太糟糕了。

我趕緊打開窗戶。

伊莎貝爾環顧四周，看著房間裡隨意放置的各種物品，擠出一個虛弱的微笑，「嗯，很舒適愜意嘛……」

「是的，這兒就是魔法的誕生地。」迦勒說著，跳上床躺下。

我打開筆記型電腦，同時盡可能動作流暢的將兩件舊內褲和T恤踢進床底下。

我請伊莎貝爾坐在書桌前的椅子上。她小心翼翼的跨過一張扔在地上的漢堡包裝紙，然後坐下。

我傾身靠向電腦，打開Google。

「首先，」伊莎貝爾終於開口，「他說的很顯然是字母『M』，而且還不只一次。」

「對，那一定和我們在找的東西有關。」我同意。

「什麼東西是『M』開頭？」伊莎貝爾問，語氣似乎帶點沾沾自喜。

「這是什麼修辭題嗎？」迦勒躺在床上問。

「會不會是……《馬爾他之鷹》？」伊莎貝爾根本已經是在大叫了，「他想告訴你藏在那本書裡的訊息。」

「也許是吧。」我說，「如果我能想出『Shee guy mass』代表什麼的話，應該會覺得好過點。」

「你很以自己為傲，是吧？」迦勒問。

「總比你完全不動腦筋好吧？」伊莎貝爾嗤之以鼻。

「是啊，不過當線索就在眼前時，我也不會視而不見。」迦勒回應，很快的翻動他手裡的書。

伊莎貝爾和我同時回頭，「什麼意思？」

我們跳上床，從迦勒的肩後看著他翻開的平裝版小說。他停在第二頁，有人用紫色鉛筆將頁碼圈了起來。

「只有兩頁的頁碼被圈了起來。」他告訴我們。

伊莎貝爾的視線掃過內頁。

「但這兩頁沒什麼重要的，不是嗎？我沒看到上面有數字或寫到任何和鑰匙有關的事啊！」她說，「雖然那個偵探確實將獵鷹雕像藏在置物櫃裡，再將鑰匙寄給他自己。」

「而你卻沒告訴我們？」我難以置信的問。

「我們已經找到鑰匙，而且並不是用寄的，所以我不認為那有什麼重要。」伊莎貝爾反駁。

「你們兩個都沒看到重點。」迦勒愉快的用嘲笑的語氣對我們說。

我生氣的瞪著他，「好，大天才，告訴我們吧！」

「真是抱歉，只不過我很少有機會可以搶在偉大的泰德．格森之前想出答案，所以我想好好享受這難得的一刻。」迦勒說。

「好，你已經享受過了，現在立刻告訴我們，否則我會拿泰德試圖藏在床下、已經穿過的舊內褲套在你頭上。」伊莎貝爾語氣平靜的威脅他。

我不確定哪一件事比較糟，是伊莎貝爾看到我藏內褲呢？還是聽見她說「泰德穿過的舊內褲」？

「兩個號碼被圈起來，二和五十四。用什麼顏色圈的呢？」

「紫色？」我說。然後我突然間想通了。

「記得泰德叔公的公寓裡那張空白的紙嗎？」

「紫色，」伊莎貝爾露出笑容，「紫外線。」

我用電腦搜尋，轉頭對他們說：「紫色……嗯，254奈米在光譜上是紫外線，是吧？」

「可是我們沒有那盞燈了，」伊莎貝爾鬱悶的說，「那我們要怎麼才能——」

迦勒坐起來，「泰德，我猜你一定還留著那支紫外線筆。」

我點點頭，「在我的書桌裡。」

伊莎貝爾以奇怪的眼神看著我，「你有紫外線筆？」

「當然，」迦勒解釋，「間諜大師遊戲的裝備，你要用只能在紫外線下閱讀的隱形墨水寫信給對方。我們兩個在耶誕節都得到一套。」

「我明白了，」伊莎貝爾點點頭說，「應該是你們八歲左右收到的耶誕禮物之類。」

「事實上，」迦勒驕傲的回答，「是去年。」

我不用從書桌這邊轉頭，也知道伊莎貝爾很努力在憋笑。她清了清喉嚨。

「嗯，那是當個書呆——呃，我的意思是，那是喜歡這類東西的額外好處吧。」她說。

我打開書桌抽屜，移開散亂的寶可夢卡片、樂高玩具積木、麥當勞兒童餐送的變形金剛玩具，還有一個我在三年級時參加的生日派對得到的塑膠螺旋彈簧。

在我將自己所擁有的每個令人尷尬的東西拿出來展示之後，終於找到那支筆。奇蹟似的，電池居然還能用。

我將筆遞給迦勒。

「我們只要將筆尖的紫外線燈泡對著書頁，然後看看上面有沒有出現什麼東西。」

我轉向電腦，在Google搜尋輸入「shee guy mass」，沒找到什麼有用的資料。

嗯，只出現了一個名為「Shi Gai」的中國人。

「正中紅心！」迦勒大叫，「贏家誕生了！」他雙臂交抱，擺出勝利者的姿態。

「我什麼都沒看到，」伊莎貝爾輕蔑的說，「根本什麼都沒寫。」

「我們在找的不只是文字，看到了嗎？這個字母底下被畫了線。」他提醒她，然後抓起素描簿，

「這得要花點時間。我們必須仔細一點，不能錯過任何一個。」他寫下字母「M」。

「是巧合嗎？」伊莎貝爾問，傾身看著迦勒拿紫外線筆從書頁的最上方緩緩移動。他們翻頁，然後她興奮的指著書。

「又有一個！」迦勒在「M」旁邊寫下「O」。

「你們沒有漏掉頁碼吧？」我問，同時將拼法改成「shi gai mas」，再輸入Google搜尋。

迦勒看起來有點不好意思，「像這類的問題，就是每次我在密室逃脫遊戲卡關時他會問的。」

果然，其中一頁的頁碼在紫外線的照射下被圈了起來。

我的搜尋就沒這麼幸運了。

沒有找到任何可能的線索。我將「shi gai mas」放進線上日英翻譯軟體，還是什麼都沒有。

伊莎貝爾決定休息一下，她站起來走到我身後，看看我在做什麼。

「也許日語裡『sh』發音的拼法和英文不一樣？」她建議。

「有可能。」我說，於是在伊莎貝爾再度轉身回去幫迦勒時，我改成了「chi gai mass」。我所能找到最接近的是「chi gai 按摩中心」。我點入他們的網頁，看到一個微笑的性感女人。雖然不能百分之百保證，但是我合理的判斷山田先生想告訴我的不是這個。

「你們那邊情況如何？」我喊道。

「我們已經看完半本了。」伊莎貝爾報告，「我們找到一大堆字母和數字，可是不確定它們是否有任何意義。」

我再次看向螢幕，很快的輸入「chigai mass」，在我還來不及改正錯誤之前，Google 搜尋建議我尋找「chigaimasu」。

我的心裡充滿了如同以前破解困難遊戲時的狂喜。

「我找到了！」我說，興奮的朝空中揮拳。

迦勒和伊莎貝爾湊過來看著電腦，我按下輸入鍵，那個日本字的意義立刻出現在螢幕上。

「chigaimasu：不一樣、錯誤、不對，或不正確。」我大聲唸出來。

「所以他是在告訴我們『M』是不正確或錯誤的？」迦勒問。

「好極了，現在我們只需要搞清楚這個『M』是誰或是什麼東西就好了。」伊莎貝爾酸溜溜的說，坐回床上繼續用紫外線筆在書頁上找尋線索。

「好，讓我們來想一想，」我提議，「『M』可能就是指《馬爾他之鷹》。他會不會是在告訴我們

《馬爾他之鷹》不是正確的書？」

「聽起來不大合理。」迦勒提出想法。

「嗯……『M』會不會是人名？」我望向迦勒素描本上那個讓唐娜．山田很不安的壯碩男人的畫像。

我看著那張畫像問：「你是『M』先生嗎？你是錯誤的？不正確的？」

迦勒闔上那本舊書，「我們已經抄下所有的數字和字母了。」

「讓我們來看看最後的結果。」我說，拿出一張全新的白紙將它們整齊的抄過來，「數字是23、44、57，字母是M、O、R、P、O、A、R、K、S、R、T、E、T、E。」

「這絕對是重組字謎。但是這些數字又有什麼作用呢？」

「如果是電話號碼，數字又不夠多。」我說，「除非你們有漏掉。」

伊莎貝爾拿起書扔向我，「那麼你自己來找。我檢查迦勒找到的，迦勒檢查我找到的，我們兩個找到的都一樣，全在上面了。」

「說不定是個地址。」迦勒推論。

我點點頭，「沒錯。你們看這些字母，如果重新排列就可以拼出『Moorpark Street』（穆爾帕克街）。」

「就在附近嗎？」伊莎貝爾問。

「不算遠。所以是穆爾帕克街二三四四五七號。」

我轉身將地址輸入電腦。

「等一下，」伊莎貝爾說，「你重複按了兩次『M』，變成『MMoorpark』了。」

「對。」我回答，「嘿，打字錯誤也不見得一無是處。如果不是這樣，我還找不到『chigaimasu』的意義呢！」

我正要重新輸入正確的地址，突然間想到什麼，當場愣住。

「怎麼了，兄弟？」迦勒問，「來吧，讓我們看一下穆爾帕克街二三四四五七號在哪裡。」

「山田先生說的不是『M……chigaimasu』，」我一邊說，腦袋一邊處理這個新發現，所以說得很慢，「他說的是『M……M……chigaimasu』。」

我抬頭看著他們，「『M. M. chigaimasu』是什麼意思？」

「那又怎樣？」迦勒不耐煩的說，「就算是M. M.好了，可是我們並不認識任何M. M.，不是嗎？」

「也許我們認識。」我開始在搜尋列上打字，「M. M.？Monuments Men？古蹟捍衛者？」

古蹟捍衛者的網站出現在螢幕上，不過看起來似乎有些不一樣。

「伊莎貝爾，你知道詐騙集團是怎麼騙人填寫個資回傳的嗎？」

「我知道，」伊莎貝爾回答，「在我可以開始網路購物之前，我爸就已經警告過我了。他們會架設網頁，看起來和真的網頁一模一樣，只不過那是仿冒的。而且網址看起來也幾乎一樣，只有一點點不同。」

「完全正確。像是真的網頁用的是『.org』，而假的則是用『.com』。」我將滑鼠頁面往上捲動，螢幕上出現史坦曾經在他的電腦上給我們看過的那個網頁。

但其實它並不是那個網頁。這次我沒有直接輸入史坦名片上印的網址，而是透過Google搜尋找到這個網站。

這個是www.monumentsmen.org，而不是www.monumentsmen.com。

只差一點點，卻完全不同。

「我們在看的是什麼啊？」迦勒小聲的問，彷彿他知道那是什麼一樣。

「這是古蹟捍衛者真正的網站。」我說。我們一起看著網頁上的照片，它和史坦給我們看的那張照片一模一樣，只不過他並沒有在照片裡。

站在那個拿著相關紀錄的老人身後的是另一個微笑的男人。

他有著寬廣的禿頭和一字眉，戴著塑膠黑框眼鏡，只有耳朵旁還剩一點點黑髮。

「而這個人，」我說，指著那張我們已經太熟悉的臉，「才是真正的史坦・卡勒門。」

「做得好！」一個聲音在我們的背後響起。

第二十九章　折疊刀

這輩子我的胃經歷過許多不同的感受——大考前的緊張想吐、在學校上臺報告前的不安，甚至是坐雲霄飛車時的上下狂甩。

但是這一次不同。

這是我人生中第一次感覺到真正的恐懼。

從心底竄起的恐懼。

我和迦勒、伊莎貝爾一起轉身，看到我們一直以為是史坦·卡勒門的那個人站在那兒，原本只是有如小種子般的冰冷恐懼頓時慢慢的越長越大。

「你是怎麼進來的？」我問，試圖爭取時間，同時努力在腦中思考發生了什麼事。

「喔，我自己開門進來的。」卡勒門輕鬆的說，「如果你知道該怎麼做，其實一點都不難。」

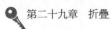

伊莎貝爾張開嘴似乎打算大聲叫嚷，但卡勒門卻以我想像不到的速度、如閃電般越過房間，大手一張便抓住她雙手手腕，用力握緊。

「喔，很痛耶！」伊莎貝爾倒吸一口氣。

「嗯，應該要痛的，不是嗎？」他的語氣很溫和，簡直像學校的體育老師在解釋新的球賽規則一樣。

「你站在那裡多久了？」我再度提問。

「夠久了。我已經在你房門外站了好一會兒，看你們這麼順利的破解你叔公設計的小遊戲，所以我不想打擾你們。」

我試著裝出沒事的樣子，將一隻手臂壓在紙上。

卡勒門大笑，「喔，泰德，這麼做太傻了，你不覺得嗎？你就繼續把事情做完，找出那個在穆爾帕克街的建築物到底在哪裡，知道嗎？」

伊莎貝爾兩隻手的手腕仍被他牢牢的扣著。

迦勒呼吸急促，以過度換氣症發作似的聲音說：「你……會殺了我們嗎？」

卡勒門上下打量迦勒，然後轉頭看著我，「殺了你們？你怎麼會這麼想？我不過是想要泰德的叔公所找到的東西罷了。」

「所以你答應不會殺我們嗎？」迦勒語帶懇求。

「是的，我保證，」卡勒門以安慰的語氣說，「只要泰德乖乖合作的話。就像你知道的，他對這類遊戲非常拿手，而他叔公相信他能解開那些機關。嗯，果然沒看錯人。」他拉著伊莎貝爾走向房門，然後靠在門板上，姿態輕鬆，彷彿他不過是來串門子的。「那麼，先來處理重要的事，鑰匙在哪裡？」

「什麼鑰匙？」我問，試著拖延時間。我絕望的想，不知道電腦上是不是有「《泰德遊戲》第四版：逃離假卡勒門」的遊戲攻略。

「好吧，泰德，我們就照你的方法玩。」卡勒門嘆了一口氣，「我想應該是讓你見見Douk-Douk的時候了。」

「Douk-Douk？」蜷縮在床上的迦勒問。

「一個叫加斯帕爾．康尼特的法國人，在一九二九年做出第一把Douk-Douk。」卡勒門說，「原本只是設計給殖民地工人用的，你們知道的，就是做一些日常工作。」

「喀啦！」一聲，卡勒門空著的那隻手出現一把小折疊刀，刀柄是藍色的，刀刃上有花紋刻字。「但是到了五〇年代，想要脫離法國統治的阿爾及利亞人發現了Douk-Douk的全新使用方法。它們非常鋒利，你們看，像剃刀一樣利。」

房間裡一片死寂，沒人敢動一下。迦勒的喘氣聲是唯一的聲音。

「請現在就把鑰匙交出來。」卡勒門以同樣愉快的聲調又重複一次。

一個小紅點出現在伊莎貝爾的手臂上，一開始我還沒意識到那是什麼。

接著我滿懷恐懼的看著那個紅點越來越大，這才恍然明白。

伊莎貝爾在流血。

那把折疊刀刺傷了她的手臂。伊莎貝爾試著掙扎，想脫離他的掌控，她的眼裡滿是驚惶。

「唉唷，看來我的朋友Douk-Douk不小心滑了一下。意外總是難免，對吧？」卡勒門還是用那種令人惱火的愉悅語氣說話，「我猜你現在應該已經發現了，泰德，就像你『親愛的叔叔』的律師發現的一樣，這不是一個遊戲。」

卡勒門用他拿著刀子的手探進口袋，拿出一樣東西丟向已經嚇得無法動彈的迦勒。

「那是ＯＫ繃。當個好孩子，幫我打開好嗎，迦勒？」

迦勒瞪著ＯＫ繃的包裝袋，慢慢的撕開。

「去浴室，泰德，拿張衛生紙。如果你五秒之內沒回來，折疊刀可能又會再滑一次。你懂的，是吧？」

我點點頭，跑進浴室，拿了衛生紙又跑出來。

我走向卡勒門，他更用力的握住伊莎貝爾的手腕。

「不要再靠近了，泰德，將衛生紙放在書桌邊緣。迦勒，現在去拿那張衛生紙，壓在伊莎貝爾的手臂上。很好。」

迦勒依照指示做，然後小心的把ＯＫ繃貼在伊莎貝爾的傷口上。他的兩隻手都在抖。

「你不會還在害怕吧？」卡勒門問，「沒有必要發生任何事的，不過這全都看泰德怎麼做了。對吧，泰德？現在把鑰匙給我。」

我望向迦勒和伊莎貝爾，他們兩人的眼中都是前所未見的恐懼。

我慢慢的走到房間另一頭。

「所以孩子們，你們覺得他會藏在哪兒呢？」卡勒門輕快的問，「在海報後？用膠帶貼在書桌抽屜下？我真是等不及想知道了！」

我走向書桌前的椅子，將它翻過來。

「我希望泰德不是想拿那個來扔我，如果他這麼做就太蠢了對吧，伊莎貝爾？」

伊莎貝爾瞪著前方，沒有應聲。

「我說對吧，伊莎貝爾？」卡勒門重複，愉快的音調下聽得出威脅的味道。

「對，沒錯。」伊莎貝爾機械式的回答。

我以鄙夷的眼神瞪著卡勒門，接著小心的將其中一支椅腳的輪子螺絲轉下來，再將椅子扶正。鑰匙從空心的金屬管內掉到我手上。

「太棒了！」卡勒門說，「我還是第一次看到有人藏在這種地方。泰德，慢慢的將鑰匙放在桌上，然後退後。」

我依照他的指示去做。一切是如此的不真實，像做夢一樣，彷彿是發生在別人身上的事。

「現在我們要一起來個小旅行。不過，首先我需要你們把手機交出來。」

「我的手機被我父親沒收了。」伊莎貝爾說，音量比耳語大不了多少。

「那麼我猜就只剩男孩們了。快點，請把手機交出來。」

我和迦勒一起將手伸進口袋。

「把手機放進書桌抽屜裡，然後關上。」

我的心往下沉。沒有手機，其他人就無法追蹤我們。我們只能照他說的做，抽屜關上的同時，我們被拯救的機會也就此消失。

「還有一個謎題待解，對吧？」卡勒門繼續說，態度悠閒的改變姿勢，好讓他可以一邊緊緊抓住伊莎貝爾的手腕，一邊看著電腦螢幕。「我記得在我走進來之前，你正要查看一個地址。」

我走到電腦前坐下，將手放上鍵盤。

卡勒門在這時出聲喊道：「泰德，請不要做任何蠢事，像是故意在搜尋列輸入錯誤的地址之類。我站在這兒看得見。你只要按下輸入鍵，我們全都能看到待會兒要去的地方。」

「我們？」伊莎貝爾輕聲問。

「我總不能把你們留在這裡吧？」卡勒門分析，「而且誰知道呢，我可能會需要泰德的天才來幫我破解其他關卡。看起來泰德的叔公是個非常聰明的人，不是嗎？」

「那只要帶我去就可以了。」聽到自己說出口的話，我有一點驚訝，「只要我還在你手上，他們什麼都不會多說的對吧，兩位？」

「你在解開線索方面也許是個天才，但是對於人性，你還有很多事要學。」卡勒門嗤之以鼻，「如果我只帶你走，誰知道你會耍什麼小把戲？連你的朋友一起帶走的話，你絕不會不顧他們的安危。而他們的安危完全取決於你合作的程度。舉例來說，請你現在就按下輸入鍵吧！」

我依照指示行事。

穆爾帕克街二三四四五七號是讓人寄放東西的倉庫。

卡勒門整張臉亮了起來，以幾乎是在自言自語的音量說：「這就是答案！你成功了。接下來只是時間問題……」

就在他短暫失神的空檔，伊莎貝爾用力掙脫他的掌控，衝向臥室的房門想逃出去。

我和迦勒立刻奔上前，伸手去搶卡勒門手中的刀子。

卡勒門一把推開我們，迅速將門壓上，也不管會不會夾到伊莎貝爾的手臂。她痛苦的大叫，收回自己的手臂。

卡勒門抓住她，這次的動作非常粗暴。

「好吧，我們本來可以簡簡單單的完成這件事，但我看得出來你們有不同的想法。如果你們有誰再做這種事，我會讓他和那個律師一樣人間蒸發。不要認為那不可能發生，這種事我以前不是沒做過，但只有在必要的時候。我說得夠清楚了嗎？」

我們三個不知所措的呆立在原地，內心充滿恐懼。

我們全都點了點頭。

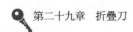

卡勒門神態一轉，愉快的聲調再次出現。他居然能夠在這麼短的時間內改變態度，更讓我們不寒而慄。

「現在我們一起下樓去坐我的車，請大家不要節外生枝，乖乖照做。很抱歉剛才發了脾氣，但顯然你們不知道自己面對的是什麼樣的人。一旦事情結束之後，只要每個人都乖乖聽話，你們就會有個精采的故事可以告訴朋友，而我則會拿到想要的東西。成交了嗎？」

我們又一起點了點頭。卡勒門伸手向後，以拿著刀子的那隻手打開房門。

他倒退著踏上走廊，手裡還拉著伊莎貝爾。

一行人以怪異的姿態走到樓梯間，卡勒門面向我和迦勒，拉著伊莎貝爾倒著走。走到樓梯口時，卡勒門用頭朝樓下點了點，示意我和迦勒先下去。

「我相信我們都不希望我在樓梯上跌倒，是吧？當我手上還拿著刀子時，那實在太不安全了。」伊莎貝爾的眼睛直視前方，彷彿正在武裝自己好堅持下去。

我們小心的走下樓梯，卡勒門和伊莎貝爾緊緊跟隨在後。

就在他們踏下最後一階樓梯時，我們全僵住了。

毫無疑問的，大門傳來了有人開鎖的聲音。

第三十章／危險的小旅行

大門被推開，爸爸站在外面低頭翻閱一疊報紙。他抬起頭，一臉困惑。

「呃，哈囉！我不知道家裡有客人。」

卡勒門轉向我，眼裡有著明顯的警告意味，「泰德，麻煩你向你爸說明一下吧。」

「爸，你記得卡勒門先生吧？」我語氣平板的說，「他是那個追查納粹在第二次世界大戰侵占的藝術品的組織成員。」

「喔，對。很高興再見到你。」爸爸說，一副心不在焉的樣子。

卡勒門微笑，「如果我沒感冒的話，現在就會和你握手，但是我不想傳染給你。」

「媽媽說你到吃晚飯的時間才會回來。」我說，拚命對爸爸使眼色。

「會議結束得比預期的早。」爸爸聳了聳肩，轉向卡勒門，「所以你就是那個認為泰德叔叔是江洋大盜的傢伙。」

「呃，關於這件事，我猜我並沒有解釋得很好。」卡勒門擠出笑容，「我們從來沒有指控他任何事，只是認為他可能知道某件價值連城的藝術品的下落。泰德剛拿了他最後寫下的文字給我看，我本來希望他會向泰德提起相關的事。」

「結果有幫助嗎？」爸爸問。

「沒有，很不幸的又陷入了死胡同。」卡勒門回答，「不過泰德和他的朋友非常合作，幫了很多忙，所以我想在離開加州前請他們出去吃披薩。」

「你真慷慨。」爸爸說，對我們之間的緊張氣氛完全視而不見，之後轉向一臉焦慮的伊莎貝爾，「泰德告訴我，你就要離開我們了，聽到這個消息讓我覺得很遺憾。」

「我也是。」伊莎貝爾回答，臉色白得像鬼一樣。

「你應該很快就會計劃再回來，對吧？」爸爸問。

「我希望如此，」在卡勒門的挾持下，伊莎貝爾以幾乎是耳語的音量回應，「可惜決定權不在我身上。」她轉頭看了卡勒門一眼，然後又轉回去看著我爸。

「嗯，我的飛機五點就要起飛了，所以我們最好趕快去吃披薩吧！」卡勒門說著，還俏皮的眨了眨眼，「不過能再見到你真好。」

我們走出大門。

「等一下！」爸爸叫住我們。

卡勒門停下腳步，慢慢的轉向爸爸。

很好，爸爸的腦細胞終於開始活動了。

「你知道什麼事很可惜嗎，伊莎貝爾？我還沒有機會和你討論你對《仕女圖》的看法呢。」

這就是他關心的事？太棒了！做得真好，老爸。

「我知道。」伊莎貝爾說，和我爸四目相對，「我想我最喜歡的是伊莎貝爾決定留在倫敦，而不回去那個白痴奧斯蒙身邊的那一段。」

爸爸一臉疑惑。

「可是——」他開口，但卡勒門卻打斷他的話。

「我不想當個沒禮貌的人，但是我們真的得趕快走了。」卡勒門轉頭說著，雖然動作不大，但穩穩的推著走在他前面的我們。「不用擔心，我會在吃晚餐前就載泰德回家。」

爸爸站在門口目送我們往人行道的方向走。

街上沒有其他的人，當我看到那輛黑色捷豹房車停在馬路上時，一顆心更往下沉了。卡勒門將折疊刀換手，拿出車子的遙控鑰匙開鎖。他朝我比了個手勢。

「打開後座的門，然後上車。記住，只要你們乖乖聽話，一切都會沒事的，這只會成為日後聊天的一個好話題罷了。」

我和迦勒坐進那輛豪華房車寬敞的真皮後座。

他需要兩隻手才能開車，而且駕駛時沒辦法分心，到時我們就可以伺機而動了。

卡勒門將手伸進口袋，掏出兩小條薄而細的塑膠線。

「你們不覺得束線帶很棒嗎？」他問，將東西扔到後座，「你可以用它們來做很多事情，比如說將你的電腦線綁得整整齊齊的。現在，迦勒，請你先將束線帶尖的那端穿過平的那端的穿孔，然後泰德，請你把雙手手腕放在背後。迦勒，把那個塑膠環套在泰德的手上，用力拉緊。很好！」

我聽到束線帶在手腕上縮緊的聲音。它固定之後就不會再動了。我試著掙扎，但很快就發現不管怎麼做都無法解開。

卡勒門要求伊莎貝爾探身到後座，用束線帶將迦勒的手腕綁起來，但他顯然對她的動作很不滿。

「再拉得更緊一點！」他警告，拉住迦勒的束線帶用力一扯，迦勒痛得大叫。

伊莎貝爾憤怒的瞪著卡勒門，「你沒必要那麼做。」

「而你則沒必要試圖讓束線帶鬆鬆的套在他手上，」卡勒門不客氣的回應，將第三個塑膠環套在伊莎貝爾的手腕上，然後將她推回前座坐好。「所以我們算扯平了。」

卡勒門將安全帶繞過伊莎貝爾的身體扣好，然後跳下車，幫我和迦勒也扣上安全帶。

「現在我們全都扣好安全帶了。」他說，再次變回之前好好先生的樣子，「我們可不想因為沒扣安全帶而被警車攔下來，對吧？」

他坐回駕駛座，發動引擎。看得出來他現在放鬆許多。

「大家都還好吧？」他問，「沒人要上廁所吧？我可是提醒過你們要在出發前先上廁所！」他笑出聲，彷彿對自己說的俏皮話很滿意，然後拿出手機。

「誰記得地址是什麼？」他一邊問，一邊查看從我房間裡帶出來的紙，「穆爾帕克街二三四四五七號。我們來找找這裡靠近哪個交叉口吧？」

他拿起手機對我們示意。

「手機還不錯吧？全新的。如果你們想知道的話，我把另一支手機的號碼給過太多人，只要有心，很輕易就能追蹤到它的位置。迦勒，就像你素描本上畫的那位紳士，他輕而易舉就能做到。你畫得還真是像啊！」

我望向車窗外。

卡勒門繼續說：「原來那支手機現在放在飯店房間裡。如果有人追蹤我的手機，會以為我正待在飯店房間裡。而這支手機，嗯……沒人知道它的存在，不可能被追蹤。聽起來像是你會事先想到的事，對吧，泰德？」

我怒瞪著他。

卡勒門搖搖頭，低頭看著手機螢幕，「好，所以我們要去穆爾帕克和瓦倫西亞的交叉口。」

「我可以問你一個問題嗎？」我終於對坐在駕駛座的男人說。

卡勒門從後視鏡看著我。他的車在住宅區裡開得很慢。「當然，泰德，問吧！」

「你真正的名字是什麼？我們不能再叫你史坦，因為現在我們已經知道——」

「嗯，我不認為我的真名有什麼重要的。」卡勒門輕快的回答，在一個「停」的標誌前完全停下後才又踩下油門，「注意到我在開始移動車子前，四輪是靜止的嗎？我知道你們還要好幾年才能考駕照，但是聽我的，你們一定要儘早養成這些好習慣。」

「我以為你遵守規則是因為不想被警察攔下來。」我說。

讓他繼續講話，我心裡想。也許我會想到什麼好點子。

我在腦中拚命回想所有玩過的遊戲中能夠派上用場的情節，試著找出辦法弄鬆或弄斷陷在皮膚裡的塑膠束線帶。我轉頭望向迦勒。

迦勒低頭看著束線帶，以幾乎無法察覺的動作點了點頭，示意我倆應該要移動身體。

我故意大動作的聳肩，很快的，我們變成背靠著背的姿勢。

「你們在找讓自己舒服的姿勢，是吧？」卡勒門問。

「沒錯，被這個綁住很難靠著椅背坐太久。」迦勒說。

我感覺到有東西輕輕觸碰我的雙手。迦勒努力伸長手指想碰到我手腕上的束線帶。我屏住呼吸。

我抬頭望向前座。伊莎貝爾動也不動的緊貼車門坐著，盡可能離卡勒門越遠越好。同時，卡勒門的注意力似乎全放在路況上。前方發生車禍，我可以看到警車車頂上的警示燈閃個不停。

迦勒的手指摸到我的束線帶，使勁抓緊拉了拉，沒起作用，於是他拉得更用力，我差點從座位上摔下去。

卡勒門俐落的遵照警察指揮繞過車禍現場之後，態度輕鬆的轉頭對我們說：「你們知道束線帶的另一個大優點是什麼嗎？就是解不開。不像繩子或手銬，你既無法自行掙脫，也沒辦法幫助別人掙脫。除了把它們剪斷，沒有第二個辦法。」他微笑。

我和迦勒垂頭喪氣的癱坐著，十分挫敗。

「我很高興剛才車子經過警察旁邊時，沒有人笨到想跳車。不過我當然已經用中控鎖將四個車門都鎖上了。」

前座的伊莎貝爾終於又開始有動靜，她恨恨的瞪著卡勒門。

「有件事我不明白。即使你在倉庫找到想找的東西，又能怎麼處置它呢？」

「這是個好問題，伊莎貝爾。」卡勒門說，「你們這幾個孩子真聰明，知道我沒辦法在公開市場上賣掉它。不過，其實也只有在那是一幅畫或一座雕像時才會有這個麻煩。即使如此，還是有像來自亞洲的匿名買家願意收購。我和那種人做了不少生意，他們付了很多錢來買我找到的那些東西，而且也不會問東問西的。」

「你怎能如此確定東西一定在那兒？」伊莎貝爾追問，「說不定只是另一個線索。」

「讓我們祈禱那不是真的。」卡勒門說，笑容僵在臉上，「嘿，瓦倫西亞到了！穆爾帕克街應該就在附近……」

車子轉彎，離開滿是樹蔭的住宅區。

街道兩旁的景觀越來越像工業區。在大太陽底下，低矮的倉庫、小型工廠躲在柵門和鐵絲網後冒著熱氣。放眼望去，沒有任何商店、賣場或住家。

卡勒門沿路找尋那個地址，然後車子突然在一個不起眼的柵門前停下，生鏽的招牌上寫著「峽觀長期租賃倉庫，入內請事先預約」，下方寫了電話號碼，緊閉的柵門上掛著一條粗鐵鍊及碩大的鎖頭，顯然現在裡頭沒人。

卡勒門下了車，雙手插腰看著柵門。他從口袋裡拿出一副太陽眼鏡。有好一段時間，他都背對著我們。

伊莎貝爾立刻從前座轉身，對我耳語，「所以計畫是什麼？」

我呆呆的望著她，「計畫？」

「是啊，我們該怎麼辦？」

我發現迦勒也以同樣熱切的眼神看著我，同時每隔幾秒就瞄車窗外一眼，好確認卡勒門的行動。

「我……我不知道。」我直截了當的回答。

「可是你一定要知道啊！」伊莎貝爾仍是惱人的堅持著，「你坐在後座那麼久，我還以為——」

「聽好，事情沒那麼容易！」我生氣了。

「顯然如此。」伊莎貝爾咬牙切齒的說，「不過我已經暗示你爸了，現在你只需要讓我們逃離卡勒門的掌控就好。」

「你是怎麼暗示我爸的？」我驚訝的問。

「記得我怎麼評論《仕女圖》的結局嗎？那完全是錯誤的！他一定會發現不對勁，然後——」

「你到底在說什麼？」我呻吟。

「我告訴他，伊莎貝爾決定待在倫敦實在太好了，但事實上她卻選擇回到她的爛老公身邊。這是大家都知道的。」伊莎貝爾很自傲的說。

「讓我搞清楚這整件事。你認為我那個把每個人的話都當成耳邊風的老爸，會聽出你說的小說結尾是錯的，進而發現我們被這傢伙綁架，然後說服你們的父母或警察來找我們？」我心裡十分鬱悶。

伊莎貝爾臉紅了，「我是故意說錯的，他會知道我是故意的。我知道你不這麼認為，但是他好像真的有注意到──」

「你說錯那本小說的結局……啦啦啦，啦啦啦，啦啦啦，我知道。」我咬牙回答。

「好，算了。那麼你負責把我們弄出去，出口遊戲大師。你不是對要怎麼逃出去瞭若指掌嗎？證明給我看啊！」

「首先，那是逃脫遊戲，不是出口遊戲。」我說。

「你們兩個！他走回來了！」迦勒壓低聲音警告我們。

卡勒門走到車子旁。我驚訝的看著他走過駕駛座的車門，繞到後車廂。我聽到後車廂蓋彈開的聲音。卡勒門取出一些東西，然後用力關上後車廂蓋。

突然間，我旁邊的車門被打開，正午的猛烈熱氣立刻灌進車裡。

卡勒門將我拉出車外，接著把迦勒也拉出來。他手上握著一根套著橡膠的大鎚子。他繞過車子前面，打開伊莎貝爾那側的車門，臉上掛著大大的笑容，拉著她跟我們站在一起。

「現在，泰德，讓我們假裝你在玩遊戲，」卡勒門說，「你要怎麼破解這個鎖？」

「我還以為你說過這不是遊戲呢！」我酸溜溜的說。

「沒錯，你說得對，我只是想讓事情進行起來有趣一點。」卡勒門大笑，從口袋拿出一個皮製的小盒子，拉開拉鍊，「你們知道嗎？大多數的人會認為應該用電鋸來處理那條鐵鍊，可是那樣做反而很困難又費時。或者你也可以在鐵絲網上剪出一個洞，可是那會留下銳利的邊緣，而我不想讓你們在鑽過去時衣服被撕裂。」

卡勒門從小盒子裡拿出一把鑰匙。

「你看過這個嗎？」他問。

「鑰匙？是的，我想我看過不少。」我冷笑。

卡勒門的臉色一沉，「我對你很失望，泰德，這可是一種特殊鑰匙。你聽說過『撞匙』嗎？」

我搖頭。

「撞匙非常好用。如果你仔細觀察，會發現它的切割方式和其他鑰匙不同。每一種撞匙只能用在特定種類的鎖，而我相信這把應該可以打開那個鎖。好，現在困難的部分來了。」

卡勒門走到鎖住的柵門前，小心的將鑰匙插入鎖頭。

「你們看，如果你做對了，就能讓鎖頭誤以為鎖齒百分之百相符，只要有足夠的時間——」

卡勒門舉起鎚子用力敲向鑰匙邊緣，同時將鑰匙向右轉。鎖頭「啪！」的應聲開啟。

「嘿！第一次試就打開了，還不賴吧？」卡勒門十分得意，「我們趕快避開這毒辣的太陽吧！」

我感覺嘴巴乾澀，忍不住咳了兩聲。

卡勒門推著我們三個走向寂靜無聲且幽暗的大型倉庫。

走到入口處，卡勒門又從他的小盒子取出另一把撞匙。他再次以專家的技巧打開了大門。

「你們知道我這是從哪裡學來的嗎？YouTube！」卡勒門大笑，「在上面什麼都找得到，對吧？」

卡勒門將我們推進建築物裡，隨手關上了門。

他拿出在我家時搶走的那把鑰匙，舉高仔細看著寫在上頭的字和號碼，接著示意我們去坐在門邊的一張長椅上。

我望著黑漆漆的倉庫，裡頭有好幾百個租給人家放東西的小隔間。也許這就是答案。

如果我們三個跑往不同的方向，然後找到某個銳利的東西割開束線帶，那麼他永遠也找不到我們。

卡勒門看著牆上標示隔間號碼的地圖，想找出泰德叔公的那間倉庫。現在就是我們最好的機會。

也許是我們最後的機會。

「跑！快跑！」我大叫，然後我們三個分頭衝入黑暗。

我往前狂奔，發現自己跑進一間很大的倉庫，眼前是一條又一條的走道，而每條走道上都是一間間裝有鐵捲門的儲藏隔間。我一直跑、一直跑，不敢回頭看，祈禱我的朋友能儘快跑往庇護他們安全的黑暗陰影裡。

我聽到卡勒門一邊罵著髒話，一邊在遠處跑著。我轉彎，然後坐下，感覺自己的肺快炸開了。

我需要時間。

我需要好好想一想。

我需要逃出這裡。

第三十一章／黑鳥

我坐在陰涼空曠的倉庫裡，眼睛逐漸適應了黑暗。我可以感覺到自己慢慢的冷靜下來。

只要迦勒和伊莎貝爾還躲著，我總會想出其他辦法。我看著最靠近的倉庫隔間，滿意的發現將鐵捲門往上拉的把手邊緣很銳利，通常那應該是我們要避開的物品（每個媽媽都會這樣說：「很危險耶！他們在想什麼？」），但現在卻成了割斷束線帶的好工具。

我調整姿勢，伸手探向那個把手。

「泰德？」

我的心往下沉。我聽見迦勒顫抖的聲音從幾個走道外傳來。

「他抓到我了，泰德。」

我想到卡勒門的折疊刀，還有他威脅我們會用刀子做哪些事。

「好！好！」我大喊，「你在哪裡？」

卡勒門以冷得像冰的聲音回答：「我們在Ｃ４。伊莎貝爾，你最好也趕快出聲，除非你想要發生什麼非常不幸的事。」

「住手！」伊莎貝爾充滿挫折的聲音在倉庫裡迴盪。

我腳步不穩的穿過兩個走道，看到手電筒的光束正來回掃射，最後停在我臉上，亮得我睜不開眼。

「轉過身去，讓我看看你的束線帶是不是還在。」卡勒門下令。

我照他的指示做。光束從我身上移開，找到了伊莎貝爾。她的長髮沾滿灰塵，但還是倔強的瞪著卡勒門。

我們又重回卡勒門的掌控。他的手臂緊緊扣住迦勒的脖子，折疊刀已經打開準備好。他看起來非常不高興。

「泰德，你們剛才的舉動非常莽撞，蠢得不得了。你還有幸福而漫長的一生要過，不過，如果你敢再試一次就很難說了。」

他的聲音又冷又硬，不帶一絲幽默感或「史坦叔叔」的親切感。

不知道為什麼，我反而比較喜歡這樣。至少我可以知道面前這個人真正的情緒。

卡勒門押著我們走向建築物的另一側。我們沿著牆邊走，來到一個很大的金屬箱前，他打開箱蓋，將一個大開關往上推。

倉庫上方的燈一下子全亮了起來。卡勒門關掉他的手電筒，冷酷的看著我，「好了，我們走。P排第十四號。」

「對不起。」迦勒用嘴型無聲的對我說。

「不是你的錯。」我也用嘴型回應，順便用肩膀撞他一下。只要他沒事就好。

卡勒門繼續押著我們往前走，在數到第十四個鐵捲門時停下。他將鑰匙插入鐵捲門底部的鎖，然後用力將門往上拉，隨著鐵捲門發出震耳欲聾的抗議聲，一個不大的空間出現在我們眼前。顯然這裡已經很久沒人來過了。

和其他隔間一樣，這裡其實只是一個水泥倉庫，一個由煤渣水泥磚砌成、再塗上薄薄一層油漆的無窗庫房。

裡面到處堆滿了紙箱，上面印著已經沒人記得的零食品牌和七〇年代的啤酒，一箱箱靠牆堆放。比我們頭頂還高的置物架放了好幾箱舊玻璃杯，以及看起來像是用來修水管的一些工具，還有好幾個標示著「促銷零食包」的硬紙板。

「他一定是將酒行結束營業後的雜物放在這兒。」我一邊說，一邊睜大眼睛觀察，希望能搶在卡勒門之前看到什麼派得上用場的東西。

卡勒門粗魯的將我們推進這個隔間倉庫，打開電燈開關，拉下鐵捲門。

「雖然不大可能，但萬一真的有人在我們還在這裡時來拿他們的東西，這樣我們才能有點……隱私。」他說。

他轉身面對我們，指了指地板。

「坐下，你們三個，一個字都不准交談，聽懂了沒有？」

我們全都順從的點頭。我的心臟狂跳不已。

「泰德，我之前禮貌的問過你，但是現在我不會再管什麼禮不禮貌了。」卡勒門說，「最後再問你一次，你叔公死前到底對你說了什麼？」

「真的沒什麼，」我為自己辯解，「我發誓！我記得他只說了一些什麼絕對不要放棄、絕對不要停止學習、一定會有答案……還有……全力以赴之類的話。」

「『全力以赴』，那是第四四二步兵團的座右銘。」卡勒門沉思，掃視倉庫裡的物品，「他的部隊先到奧地利，然後移往柏林。他就是在柏林拿到我們現在要找的東西。」

「到底是什麼東西？」迦勒問。

「問你的朋友泰德啊！」卡勒門不耐煩的回答。

他走到紙箱前，打開箱蓋。

「只是一些舊酒瓶。」他說，「東西一定藏在其中一個箱子裡。」

伊莎貝爾轉向我，「他在說什麼啊？你叔公在柏林找到什麼？」

我沮喪的沉下臉，生氣的說：「聽好，如果我知道的話就告訴他了！可是我知道的就和你們一樣多！他只說要我去找寶藏，可是從來沒告訴我到底是什麼！」

卡勒門凝視我的臉，「你再說一次，看著我的眼睛說。」

我瞪著卡勒門，重複剛剛說過的話。

卡勒門看著我好久好久，然後嘴角微微上揚，「你……你真的不曉得，是吧？」

伊莎貝爾仔細研究我的臉好一會兒，自顧自的笑了起來，「你很清楚他不曉得。我認識泰德沒多久，可是我知道他很不擅長撒謊，和某些人不同。」

「你沒說錯，伊莎貝爾，我確實很擅長說謊。對於幹我這行的人來說，這項本事還滿實用的。」

「我猜應該是件藝術品，」我推測，「一件泰德叔公很容易就可以搬運的東西。那就不會是畫了。」

「不一定，」伊莎貝爾反駁，「你可以把畫捲起來。專偷藝術品的賊時常這麼做，是吧，卡勒門先生？或者隨便你姓什麼的先生？」

「就像你迷人的朋友指出的，畫作其實很容易搬運，泰德。」卡勒門回答，「不過我們在找的不是畫。」

他速度飛快的在倉庫裡查看，不時停下來敲打牆壁，或是檢視架上的箱子。

然後他轉身面對我，彎下腰來。當他開口時，聲音完全不一樣了。他的英文突然間帶著英國腔，低沉而粗啞，還帶點竊笑的意味，「格森先生，關於你叔公找到的東西可以賣多少錢，你有任何概念嗎？」如果卡勒門不是在模仿什麼我不認識的演員，就是他已經完全進入瘋狂狀態了。

「沒有。」我想我能做的最好選擇是順著他的話回答。

卡勒門靠向我，更加縮短我們之間的距離，我可以感覺到他呼出的熱氣噴在我的臉上。

「嗯，先生，如果我告訴你——看在老天的份上，如果我真的必須告訴你——你一定不會相信，還會說我是個騙子！」卡勒門輪流看著我們三個人的臉，彷彿在等待我們的反應。他想要我們附和他嗎？「沒有人認出來？我猜你們都不喜歡看電影吧？伊莎貝爾，我還以為你——」

伊莎貝爾從喉嚨深處倒吸一口氣。她以不敢置信的目光瞪著綁架我們的匪徒，「可是……那是《馬爾他之鷹》裡的句子。我的意思是，我在書裡看過。你不會是在說……」

「有證據、有目擊者，還有人親眼看見。即使是像你叔公那麼小心的人，還是有人看見他得到的那個東西。」

「可是那個獵鷹，那不過……只是虛構的故事……」伊莎貝爾結結巴巴的說。

我的怒氣凌駕於恐懼之上，「你在胡說什麼？」

卡勒門向伊莎貝爾鞠躬，「不如由你來解釋吧，亞契小姐。」

「我在泰德的房間裡告訴過你們的，記得嗎？在小說裡，每個人都在尋找一座鑲滿各式無價珠寶、鳥身由整塊黃金製成的獵鷹雕像。但那全是作者杜撰的啊！」

「沒錯，全是他杜撰的。」卡勒門同意，「你說得完全正確，獵鷹雕像並不存在——」

「既然沒有雕像，我叔公又怎麼能得到它呢？」我提問。

「在一九四一年之前，確實沒有獵鷹雕像。當時希特勒指派一名得力助手在德軍占領區搜刮寶藏，他叫赫爾曼．戈林，非常喜歡懸疑小說，而《馬爾他之鷹》則是他的最愛。在某些圈子裡流傳著謠言，說他想出一個大膽的計畫，好讓他在為第三帝國蒐集藝術品的同時也能中飽私囊。他鑄造了自己的馬爾他之鷹，在上頭鑲滿各式鑽石、紅寶石、藍寶石等原本應該要上繳給納粹的稀世珍寶。」

卡勒門停了一會兒讓我們消化這些訊息，然後他繼續打開紙箱往裡頭查看，接著說：「就算有人注意到一、兩顆寶石不見了，倒也不難解釋，畢竟東西在運送過程中短少也是難免的。一段時間之後，他累積了不少珠寶，而他知道要是被發現自己手中有那些珠寶，那可就大大的不妙。於是他用純金鑄了一隻獵鷹，就像書裡寫的那樣，再叫珠寶匠將寶石鑲嵌上去。最後為了保險起見，他將獵鷹上了一層黑漆，再和其他納粹搜刮來的藝術品一起放入奧地利的奧爾陶斯鹽礦。」

「你怎麼會知道這件事？」伊莎貝爾問，看著卡勒門依序將兩個箱子移開，好讓後方的東西露出來。

就在這時，我們看到一個玻璃還很完整的展示櫃。我猜那應該是之前放在櫃臺旁擺放糖果、鹹餅乾和香菸的，現在上面蓋著厚厚的一層灰。卡勒門撿起一塊抹布，開始擦玻璃。

「好問題。他找的那幾個珠寶匠是全歐洲技術最好的工匠。」

「所以是其中一個珠寶匠說出去的嗎？」伊莎貝爾又問。

「不完全正確。當時戈林和他們交換條件，如果他們好好完成工作，就將他們偷偷送到美國。然而在工作完成後，戈林將他們全殺了。在戰爭時期的德國做這種事一點都不難。」

我開始對滔滔不絕的歷史課感到厭倦，但是當我望向伊莎貝爾時，突然明白她在做什麼。她知道只要讓卡勒門多講一分鐘的話，就是為我們三個多爭取一分鐘的時間。

也許我爸真的會發現事情不對勁。或者只要我們拖得夠久，說不定會有人進來倉庫，注意到燈光全被打開而通知警察。只要我們繼續發問，任何事都有可能發生。

「所以我叔公什麼時候開始出現在這個故事裡？」我問。

卡勒門已經將大半個玻璃櫃擦乾淨，我們可以清楚看到櫃子後方的牆面上貼了許多瓷磚。卡勒門好奇的瞇起眼睛打量著。

「你必須明白，泰德，」卡勒門說，開始推櫃子，「納粹有一套非常詳盡的記錄系統，那是他們留給古蹟捍衛者最好的禮物之一。龐大的資料庫裡詳細登記了每一個物品、每一幅畫、每一座雕像、每一張掛毯、每一條項鍊，並加以分類。除了一個東西之外——那座獵鷹雕像，沒有人知道它的存在。」

展示櫃文風不動。卡勒門更用力的推，但櫃子還是連半吋都沒有移動。他的前額開始冒汗，雙膝跪地，胸膛劇烈起伏。

最後，他的呼吸總算平穩下來，轉身對我微笑。

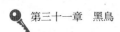

「戈林很聰明，不過他沒想到珠寶匠有老婆，還有小孩，而打造這個非比尋常的雕像，正是晚餐閒聊和床邊故事的最佳題材。即使他想到了，也會以為這些人全都死在集中營裡。雖然戈林在戰後不久就死了，但是他的受害者當中卻有些人活了下來，於是謠言開始流傳。」

卡勒門拿手帕擦了擦額頭。我們三個像小學生似的以熱切的眼光仰頭看著他。他顯然很高興，便繼續往下說。

「當時有個德國士兵從鹽礦將黑鳥雕像帶出來，前往柏林。後來他在戰役中身亡，一名年輕的美國大兵看到他的背包裡掉出一座黑鳥雕像，便撿起來當紀念品。說到動機，其實和其他幾千個士兵帶德國魯格手槍、打火機或裝飾品回家沒什麼兩樣。」

「而那個大兵就是我叔公。」我下了結論。

卡勒門拿出手電筒，檢視展示櫃下方，並伸手在櫃底摸索。

「事實上，那名大兵叫哈維德．布瑞南。他在一次擲骰子遊戲中把黑鳥輸給了你叔公。」

「什麼遊戲？」迦勒抬頭。這是我們被關進倉庫後他第一次開口，顯然「craps」挑動了他的神經。

「一種用兩個骰子比數目的遊戲，迦勒。它也叫『craps』，別問我為什麼。」卡勒門的語調裡帶著一點開心的味道。勝利的果實就在眼前，顯然讓他心情很好。

「這件事當然有人看到——那些也在場賭骰子的其他人。對他們來說，這並沒有什麼，可一旦黑鳥雕像轉手的消息傳開，所有已經在找它的人全想找出新主人的下落。老實說，要找到你叔公可真是不容易，光是確認他的名字就花了我們好幾年的時間。因為在軍隊裡所有的人都叫他『泰德』，可他的軍籍資料登記的卻是他的本名『隆輝』。」

卡勒門停了好一會兒，從口袋拿出一個小水瓶喝了一口，「接著不知道過了多久，你叔公開始懷疑自己手上的東西可能非常值錢，也許那就是他決定辭掉科學家工作、改開酒行的原因。他希望可以躲開那些虎視眈眈的眼睛。這一點他做得非常成功。嗯，太成功了一點。」

卡勒門又喝了一口水，完全沒有要和我們分享的意思。

「直到我的一位同事看到你叔公的訃聞，上面詳細寫了他的名字和經歷，我們才恍然大悟。在和山田先生交談之後，我更加肯定你叔公就是我在找的那個人。」

卡勒門將手伸進展示櫃的平臺下方。

他用力將它拉出來。上面不但布滿灰塵，甚至還有一些潤滑油。他小心的用手帕擦乾淨。

「那則訃聞將我們帶到了這一步，」他的聲音透露出內心的滿意，「所以我們才會在這裡。」

此時我的雙腿已經完全麻掉。我知道即使現在有機會逃走，我也跑不動了。

「同時也帶我們找到了你，泰德．格森。」

卡勒門再度掏出折疊刀打開，鋒利刀片彈開時的喀啦聲在小小的房間裡發出了刺耳回音。

1 迦勒的英文名字為 Caleb，與 craps 發音相似。

第三十二章／死亡是唯一無解之事

出乎意料之外，我感覺到那把刀俐落的割斷我手腕上的塑膠束線帶，將我釋放。我瞪著卡勒門，想搞清楚剛才發生了什麼事。

「自由的感覺真好，是不是？」卡勒門看著我摩挲手腕、伸展手指，裝出真誠的語氣問，「想不想讓你的朋友也恢復自由？」

「當然。」我回答。卡勒門扶我站起來。

「站高高！」他以令人抓狂的愉快語氣說，「現在，走一走就不麻了。」

血液衝回我的雙腿，我可以感覺到發麻的刺痛感。我在小倉庫裡來回踱步，眼睛仍然盯著卡勒門。

「所以你打算對我做什麼？」我終於問。

「我想真正的問題是，你能為我做什麼？」卡勒門靠在展示櫃上回答，「看起來我似乎需要你的幫忙。顯然我們必須用到這個展示櫃後面的瓷磚，但是它卻動也不動。一定有辦法可以讓它移動，而我有種感覺，你叔公認為你就是能解決這個問題的年輕人。」

「除非你放迦勒和伊莎貝爾走，否則我不會幫你。」我想過，這是唯一的辦法了。

卡勒門發出一陣短促又討人厭的笑聲，「那是不可能的。講這種話可能聽起來情操很高貴，或許會讓亞契小姐對你另眼相看，是吧？」他問，還故作羞怯的望向伊莎貝爾。

「我不認為他有任何要放我們走的意思。」伊莎貝爾小小聲的說，平板的語氣顯得挫敗。

「你也說得太戲劇化了一點，不過青春期的孩子就是這樣。」卡勒門嘆了一口氣，「不，我只是需要一點小小的，嗯，這樣說好了——保險。這件事可以圓滿落幕，真的。我得到我想要的，而你們也安全的回家。我覺得這聽起來是個很划算的交易啊，你們覺得呢？」

我嚥了嚥口水，仔細考慮目前的選擇。卡勒門這麼說，讓事情聽起來似乎很合理。如果我可以分散他的注意力，是不是能想辦法奪走他的折疊刀？可是會不會在我想盡辦法奪走他的折疊刀之後，才發現他其實還帶著槍？

情況複雜到我無法思考。最後我做出決定。

「好，我答應你。我不保證能找到你想要的東西，但是我會試著幫忙，想出解決的辦法。」

卡勒門露出一個大大的笑容，「我就知道你無法拒絕挑戰。」

我彎腰觀察展示櫃，然後雙手用力一撐，整個人爬到櫃子上。個子小的好處之一就是體重輕，即使我整個人爬上來，也不會壓壞不算厚的木頭櫃面。展示櫃是以某個角度靠在牆上，所以我從上往下俯視可以看到櫃子和牆面之間還有個不大的空間。

「下面有個我可以鑽進去的空間，」我對卡勒門說，「要我下去嗎？」

「就像你叔公說的，『全力以赴』吧！」卡勒門語氣熱切的回答。

在三雙眼睛的注視下，我小心的爬向下方小小的三角地帶。現在我的身體卡在牆和展示櫃之間，不過可以把手再往下伸過去摸到櫃子下方。

就在那裡，在櫃子的下方，有個被隱藏起來的架子，從正面是看不見的。

「你有找到什麼東西嗎？」卡勒門一邊問，一邊伸長脖子看。

「我不確定。」我說謊，繼續摸索，在摸到一個冰冷的金屬物品時倒吸了一口氣。在那一瞬間，我心裡閃過一絲希望，想起山田先生說過的話：「我記得他在戰爭中留下的唯一東西是一把柯爾特點四五自動手槍。他總是把它放在櫃臺後面。」

可是那東西的形狀完全不像一把槍。

那是一個有按鍵的箱狀物。我單手抓住它慢慢的往上拉，直到移至比較大的空間才用兩隻手將它提上來。

卡勒門傾身向前，看著我手上的東西，臉上的表情既好奇又失望，「只是一個舊收銀機。」他顯然不太滿意。

我將它放在展示櫃上。就像卡勒門說的，一看就知道這是七〇年代的老式插電收銀機。我將上面的油汙擦乾淨，檢查插頭。

「這個放在這裡一定有什麼作用。」我冷靜的說，看著展示櫃的臺面，兩隻手沿著邊緣摸索。

「我已經檢查過了。」卡勒門不耐煩的說。

「是，不過你剛剛在找的是開關，而我不是。」我回答，手指繼續一吋一吋的摸索臺面下方。

我停下來，露出微笑。

「這裡有個插座。」我說著，伸手去拉收銀機的插頭。我將插頭拉到展示櫃下，尋找插孔的位置，然後插入。

收銀機發出「嗶！」一聲，重新活了過來，老舊的電子螢幕顯示出「0.00」。我壓下「無買賣」的按鍵，抽屜立刻彈了出來。

卡勒門難以壓抑興奮之情，衝過來看。

「空的。」他咬牙切齒的說，「還有更聰明的點子嗎？」

「就是這個了。」我直截了當的回答，「我們只需要知道該怎麼利用它。」

我在收銀機上打了一個數字，壓下「輸入」鍵。抽屜又彈了出來，可是沒有發生什麼不同的事。

「你在做什麼？」

「我試了叔公住院時的病房號碼『１４０５』，不過機會本來就不大。我很確定，我們必須在這裡輸入一個數字。」

「可是什麼數字都有可能。」卡勒門說，他的態度已經不像之前那麼從容自在了。

「如果是七位數或十位數，就有可能是電話號碼，」我說，「不過我認為一定沒那麼長。應該是對叔公有什麼特殊意義的數字，比如日期之類的。」

「試試『12741』。」卡勒門興奮的提議。

我點點頭，將數字輸入。抽屜又彈了出來，但裡頭還是什麼都沒有。

「為什麼要試『12741』？」迦勒問。

「一九四一年十二月七日，」卡勒門不敢置信的搖搖頭，「珍珠港事件發生的日子。學校到底教了你們什麼啊？」

突然間，伊莎貝爾脫口而出，「試試『9066』。」

這個數字又是哪兒來的？

卡勒門摸著他的下巴，「為什麼這個數字聽起來這麼耳熟？」

「那是羅斯福總統簽署將日裔美國人送到拘留營的行政命令編號。」伊莎貝爾解釋。

「你怎麼會知道這種事？」迦勒問。

「記得我告訴過你們，我在學校讀過《永別了，曼贊納》嗎？當時我做了一份以日裔美國人拘留營為題的完整報告。」

「讓我猜猜，老師給了你一個『A』，對吧？」

「我們學校不相信評分制度，認為那會讓孩子們變得太過競爭。」

迦勒嗤之以鼻。

「你們兩個，」我大叫，「要吵待會兒再吵！伊莎貝爾，你剛剛說的數字可以再說一次嗎？」

接著我輸入「9066」。收銀機發出低沉的「喀鏘！」聲，彷彿有什麼槓桿被放開了，接著螢幕的部分突然往外滑開。收銀機後面的牆壁出現一個小鑲板，旁邊則有三個可轉動的旋鈕，每個旋鈕周圍都刻著數字。

旋鈕的數字刻痕標明著一到十，小鑲板上則有個我們現在都很熟悉的圖像，就跟泰德叔叔打火機上的標誌一模一樣。盾牌中央有一隻高舉火把的手——是美國陸軍第四四二步兵團的徽章。

卡勒門衝過來將我推開。他信心滿滿的轉動旋鈕，直到上頭的數字呈現「442」。

什麼事都沒發生。他又重複一次。

鑲板仍然動也不動。

卡勒門自言自語，「不是『442』？等一下，也可能是第一〇〇步兵營！」他想起那些日裔美國大兵一開始在夏威夷時是隸屬於第一〇〇步兵營。

「100。」但鑲板彷彿在嘲笑他似的，仍然堅持不肯移動。

我在腦子裡想著各種可能的數字。我知道卡勒門不會乖乖的在那裡一個一個嘗試所有他知道的三位數。

「一定和步兵團有關，絕對是。」卡勒門開始在小倉庫裡踱步。

然後他衝向鑲板，用折疊刀又戳又刺，想將它撬開。

但是鑲板動也不動。

我知道接下來會發生什麼事，便先吸一大口氣做好心理準備。卡勒門轉身，整張臉湊到我面前。我可以感覺到他已經失去理智，變成一個無法講道理的人了。

「他是你的叔公！」卡勒門尖聲大叫，「一定是某個他認為你會知道的數字！」

我腦袋裡轉著各種不同的數字組合，一邊絕望的思考著，一邊心不在焉的抓著膝蓋。剛才在地板上坐太久，雙腿刺刺麻麻的感覺還沒完全退去。想必伊莎貝爾和迦勒的腿現在一定更慘吧？

卡勒門站在我面前，胸膛劇烈起伏，可是我幾乎沒注意到他。

我又抓了抓膝蓋，感覺彷彿回到自己的房間裡，正在解一個沒有人解得開的遊戲。

「她那時是怎麼說的……」其他人聽到我喃喃唸著。

然後就這樣，我突然放聲大笑。

我知道了！我知道了！

我以前也有過這種感覺，和那次我解開密室逃脫遊戲最困難的第四級、也就是最高等級時的感覺一模一樣。

只不過這次更開心一點。

「好了，我想出來了。」我宣布。

卡勒門警戒的看著我，「這樣就想出來了？」

「沒錯，這樣就想出來了。」我露出笑容，「540。」

「540……」卡勒門走向鑲板，嘴裡輕聲唸著，彷彿正在祈禱。

他轉動旋鈕，停了一會兒後，鑲板慢慢的往右滑動。

我回到迦勒和伊莎貝爾身邊蹲下。卡勒門雙手顫抖，從剛剛出現在水泥牆上的小洞中取出一個天鵝絨束口袋。

卡勒門往袋子裡看了看，允許自己露出一個小小的微笑，然後將袋子放在展示櫃的臺面上。

他轉向我們，手裡握著折疊刀。

可在他還來不及做任何事之前，地板毫無預警的開始震動。

我愣住了，看著我們周圍的紙箱搖晃跳動，發出越來越響亮的撞擊聲。

卡勒門不停的轉身張望，想找出震動的源頭，然而四面八方似乎沒有一個地方沒在晃動。一根水管從儲物架上滾下來，掉到展示櫃上，將玻璃敲個粉碎。地板凸起、彎曲，牆壁彷彿變成紙糊似的搖來搖去。

我看到好幾個紙箱直接落在卡勒門的頭上，下一秒，燈光熄滅，我們全陷入黑暗之中。

第三十三章／地震

第一次遇到地震的記憶，至今仍令我印象深刻。當時我五歲，爸媽從床上抱起我逃難。我只覺得整件事像是一個荒謬的遊戲，全家人抱在一起擠在玄關。

不過從那之後，即使是規模很小的地震都會讓我感到害怕。你再怎麼樣都無法習慣地面在腳下移動的感覺，會讓人嚇得雙腳發軟，幾秒鐘變得像幾分鐘那麼長。

在黑暗中，我感覺搖晃逐漸停止，倉庫裡異常的安靜。

「該死的發生了什麼事？」當我聽到一個嘶啞的聲音慌張的提問時，大大的鬆了一口氣。

「伊莎貝爾，我想你剛剛平安度過了你的第一個加州地震。」回答的是比較鎮定的迦勒。

我大喊，「你們兩個都沒事吧？」

「應該是。」伊莎貝爾總算恢復了平常的冷靜，但聲音中仍帶著一絲可以理解的驚慌。

「沒事，不過……」迦勒用不著把話說完。我們全都看見一大堆箱子掉在我們認為是卡勒門的那個人身上，他發出一聲彷彿被勒住脖子的哀叫，然後就沒再發出任何聲音。

我想站起來，卻又差點跌坐回去，因為我發現地板以遊樂園怪趣屋般不可思議的角度傾斜著。我伸手撐住地板，卻摸到一個小小的圓柱體在腳邊滾動。是卡勒門的手電筒。

我撿起來，將手電筒打開，讓光束在房間裡游移。我很高興先看見兩張蒼白但沒有受傷的臉，然後才看到從架子上掉落到傾斜的倉庫中央的各種雜物。接著我將光束射向鐵捲門。

太棒了！門口完全被堵死了。展示櫃撞上鐵捲門，在中間造成一個好大的凹洞。我們不可能搬動展示櫃，即使將它周圍的東西都清理乾淨也沒辦法。

最後我咬著牙將光束移向壓在卡勒門身上的箱子。我可以看到他呈靜止狀態，但感謝上天，他握著刀子的那隻手並沒有被埋在雜物堆裡。

我小心翼翼的走向他，膽怯的伸出手，拿起被他握在手中的折疊刀。

我忍住想吐的感覺，走回伊莎貝爾和迦勒身邊，俐落的割斷他們手腕上的塑膠束線帶。

迦勒以厭惡的表情望向角落的箱子，「他是不是……」

「我不知道。」我承認。

伊莎貝爾一邊揉著手腕，一邊跺腳以擺脫雙腿麻木的感覺，「我們必須檢查一下。」

「好。」迦勒說，「泰德，手電筒在你手上，你去。」

「嘿，你想要手電筒的話儘管拿去。」我說。

「我的腳還很麻，動不了。」迦勒抱怨。

「聽著，我已經走過去搶了那把刀子，現在應該換你了。」

我們在手電筒的光束中瞪著彼此。

「剪刀、石頭、布？」迦勒提議。

「好。」我同意。

伊莎貝爾一把抓過手電筒，「你們兩個實在太悲哀了。」她走過去，將卡勒門身上的箱子搬開，「其實不重呢，真奇怪。」

嗯，她不愧是從紐約來的，膽子超大。

伊莎貝爾跪下來，觀察趴在地板上的那個人。

「還有呼吸。」她宣布，「你們兩個大嬰兒可以過來幫忙了嗎？」

我和迦勒腳步踉蹌的走過去。伊莎貝爾將手伸進卡勒門的外套口袋，拉出一把令人厭惡的塑膠束線帶。她興高采烈的高舉著。

我們很快完成這件愉快的工作。我把卡勒門的兩隻手拉到背後，伊莎貝爾用兩條塑膠束線帶綁住他的手腕，而迦勒則綁住他的腳踝。

「好了，」迦勒說著，雙手在自己的褲子上擦了擦，「現在他哪裡也去不了。」

伊莎貝爾左右張望，「看起來我們也是。」她轉身看著我，一臉擔心，「你覺得情況有多糟？」

我在小倉庫裡走來走去，他們兩個緊跟在後。「嗯，我們絕對不在震央附近，否則這棟建築早就垮了，所以我們應該感到慶幸。可是誰知道外頭的災害有多嚴重？至少就我們知道的，這區域可能相當慘。」

角落傳來低沉的呻吟聲。

我滿意的微笑，冷眼旁觀卡勒門扭動手腳掙扎，最後逐漸明白自己現在的處境。接著他口出穢言，沒漏掉任何低級的髒話。他詛咒我、伊莎貝爾、迦勒、泰德叔公和自己的壞運氣，以及整個大洛杉磯地區。

沒錯，再也沒有什麼「馬不停蹄」，教養已經被拋諸腦後。他現在使用的字彙全繞著人體部位和人體動作打轉——全是那種如果我說出口絕對會被禁足至少一整週的髒話。

伊莎貝爾冷靜的走過去，在他面前跪下，和他四目相對。

她用盡力氣朝他臉上揍了一拳。

「喔喔喔喔喔！」卡勒門慘叫。

迦勒做了個鬼臉，「對一個十二歲的小孩來說，她真是強壯得不可思議。」

「還需要你來告訴我嗎？」我說。

伊莎貝爾以鄙視的眼神看著卡勒門，「用不著和這種人講禮貌。」

「叮叮鏘鏘！」破掉的玻璃和酒瓶在地板上震動作響。伊莎貝爾睜大眼睛。

「餘震。」卡勒門獰笑著說，「餘震的程度很有可能和主震差不多大。」

「剛才的還好啊。」我在震動停止後說。

「聽著，你們幾個需要我。」卡勒門繼續說，「你們離開這裡的唯一機會是將那些箱子搬開，再想辦法把鐵捲門拉起來。你們已經拿走了我的刀子，沒什麼好擔心的。更何況你們的力氣不夠大，沒有我的幫忙根本做不到。承認吧！」

我環顧小倉庫，展示櫃傾覆，到處都是箱子，情況很糟。就算沒有卡勒門的幫忙，我們其實也能移開擋在鐵捲門前的所有東西，只不過要花上好幾個小時。

卡勒門看出我的猶豫，更是努力勸說，「泰德，你是一個聰明的孩子。我們無法知道這裡的建築物到底穩不穩固，再來一次餘震，即使不大，都有可能讓天花板垮下來壓死我們。」

迦勒沿著牆摸索，轉向我，一臉擔心的模樣，「他說得對，泰德。我們必須要想辦法離開這裡，而且——」

「而且什麼？」伊莎貝爾打斷他的話，「我們難道要再信任他嗎？現在你讓他站起來，等一下他就會想盡辦法撇下我們，自己逃出去。」

地板又開始微微震動。卡勒門的眼神從平靜變成了驚慌。

「泰德，你有選擇權。你可以讓我幫助你們，或者讓大家都死在這裡。」

「閉嘴！」我閉上雙眼，試著思考。

叔公寫在板夾上的字在呼喚我——要繼續尋找答案！

我轉向卡勒門，「你不是一直很想知道我叔公臨終前到底說了什麼？沒錯，他確實留下了遺言。他用最後一口氣對我說的最後一句話就是『答應我』，他要我承諾絕對不會放棄。我答應他了，而我不能違背誓言。」

我轉身背對那個被捆在角落的男人，「伊莎貝爾，請將手電筒給我。」

伊莎貝爾將手電筒扔過來。我再次以光束掃過整個房間。

也許我之前錯過了什麼線索。我抬頭，然後感覺臉上不由自主的泛起微笑。

「怎樣？你會放開我，對吧？」卡勒門放低姿態，試著引起我的注意。

「你閉嘴保持安靜，不要妨礙我做事。」我命令，把手電筒遞給迦勒，「幫忙將光束照在我身上好嗎？」

在房間正中央有一塊地板仍然是平的，不像其他部分一樣傾斜。我慢慢的將兩個掉落的紙箱搬到那兒並排，然後用腳踢開酒瓶碎片，再拿另外兩個紙箱疊在原本的那兩個上面。

迦勒和伊莎貝爾專注的看著我。

「迦勒，每次你卡住時，我總是要你先做什麼？」

「你是指玩線上遊戲的時候嗎？」迦勒問。

「不，我是指你褲襠拉鍊拉不上的時候。當然是在玩遊戲的時候啊！」我嘆了一口氣，又將三個紙箱放到剛才疊的第一堆紙箱旁。「每次你想不到還能做什麼，打電話給我時，我總是……」

「喔……對。」迦勒一邊思考，一邊將手上的光束往上照。他望著光，發出一聲聽起來像是「哇喔」的驚呼。

「你覺得會是……」他一臉不敢置信。

「要知道答案只有一個辦法。」我說，又搬了兩個箱子放在地板上。現在地上有三排箱子，分別為三個、兩個、一個。

迦勒將手電筒遞給伊莎貝爾，走過來和我一起搬箱子。

「你們是在浪費時間！」卡勒門低吼。

我們繼續搬箱子，同時迦勒轉過去向伊莎貝爾解釋。

「當你在玩密室逃脫遊戲時，必須找到所有的線索，而大家最常忘記查看的地方就是天花板。泰德每次總會提醒我去檢查天花板。」

伊莎貝爾移動手電筒的光束，看到天花板上有人用粉筆畫了一個清楚的箱子排列圖示。不知情的人，即使看到了也只會以為那是裝飾圖畫，或者是無聊的工作人員的隨手塗鴉。

我和迦勒堆完所有的箱子，兩人互看一眼。

「你們是不是少放了兩個箱子？」伊莎貝爾焦急的問。

我接過手電筒，將光束射向天花板。如果上面的圖案是對的，那麼伊莎貝爾沒有說錯，我們確實少了兩個箱子。

卡勒門掙扎著想擺脫綁住手腳的束線帶，「你們以為這麼做會發生什麼事？你們不會真的以為堆幾個箱子就能改變什麼吧？」

我不理會卡勒門的鬼吼鬼叫，反而集中注意力回想所有玩過的遊戲的每一個策略，那些看起來不可能的解決方法，只要你知道去哪兒找工具，到最後都能順利完成。我再次在心裡列出這個房間的

「財產清單」。

接著，我的目光移向靠在牆上的硬紙板。

「伊莎貝爾，將手電筒往那邊照。」我說。

我小心的走向那些硬紙板，滿意的發現它們其實是被折疊起來的。那根本不是硬紙板，而是壓平的紙箱。一共有兩個。

我將一個遞給迦勒，自己拿了一個。我們很快的將箱子展開，重新組裝，然後把組好的兩個箱子依照天花板上的圖案放在適當的位置。

沒有任何動靜。

「我早說過了吧！」卡勒門大笑，「現在你不如當個聰明的孩子，過來把我身上的束線帶都剪掉吧！」

我將手探過去檢查，發現有好幾支酒瓶從箱子裡滾出來，於是一一撿起來放入空箱內，然後再把從架子上掉下來的一段水管也放進去。地板下傳來輕微的金屬摩擦聲。

「我們還需要一點額外的重量。」我告訴迦勒。

迦勒四處張望，隨即消失在光線照射的範圍之外。我聽到他突然開心的高喊一聲，然後又出現在光線之內。「這些怎麼樣？」他指著懷裡的一疊東西問。

「彼得舅舅的漫畫書！」我笑了，「所以泰德叔公並沒有將它們都扔了。」

接下來發生的事更是匪夷所思。

我謹慎的將一半的漫畫書放進一個箱子裡，再將另外一半放入其他的箱子。刺耳的金屬摩擦聲立刻響起，地板再度移動，宛如變魔術般回到水平狀態，連展示櫃都從鐵捲門前縮回原來的位置。

我們呆呆的看著鐵捲門以緩慢的速度升起，展現出——

外頭的世界。美麗的、真實的世界。絲毫無損、完全沒受到地震影響的世界。

第三十四章／遊戲的終章

卡勒門仍然被綁著、躺在小倉庫的地板上。他疑惑的目光在我們三個臉上游移，看起來飽受驚嚇。

「我不懂。」他一次又一次的重複說著。

伊莎貝爾看著我，搖了搖頭。

「我也不懂。」她承認，「剛才的事到底是怎麼發生的？」

「可以讓我解釋嗎？」迦勒問，語氣中帶著一點驕傲。

「當然。」我回答。

「任何人在取走獵鷹雕像之前，都必須先通過泰德叔公設下的最後考驗。你得將倉庫裡的箱子排列成天花板圖示的樣子。如果你沒那麼做就將祕密鑲板打開，取出那隻鳥的話，嗯……你知道出什麼事了吧？」

「但怎麼可能呢？」伊莎貝爾問。

「小倉庫的地板下有一些活塞或彈簧組成的機關。」我解釋，「如果沒有依照設定將地板上的重量平均分布就打開鑲板的話，便會觸動機關——」

「造成整個房間傾斜，將闖入的人困在裡頭！」迦勒以勝利者的姿態一口氣將我原本要說的話講完。

「所以要逃出去的唯一辦法……」伊莎貝爾推論，「是將紙箱排成對的陣列，希望機關會因此重置？」

「我剛才就在想，設計時應該會留有重置的機會，」我說，「以防有人意外觸動機關，或者讓我們第一次放錯箱子時，有機會再嘗試一次。」

伊莎貝爾突然一僵，睜大眼睛看著我，「你們聽到了嗎？」

遠處傳來許多人的大叫聲和跑動的腳步聲。

「沒有人知道我們在這裡，」迦勒焦慮的說，「但是聽起來這些人似乎很著急的樣子。」

我蹲在卡勒門身邊，「你有朋友？這些人要來這裡和你碰面？」現在的我可不是在開玩笑。

卡勒門看著我，露出微笑，「不如我們等著瞧吧？」

我轉身，聽見喧鬧聲越來越近。有人在大喊，但聽不清楚。

伊莎貝爾抓住我的手，「我們必須將獵鷹雕像藏起來。」

我低頭看著，揚起眉毛。伊莎貝爾放開我的手。

「我想不用了。」我說，聽著越來越接近的聲音。

那些人在喊著，「泰德！伊莎貝爾！迦勒！」

「這是陷阱！」迦勒大叫。

「不，不是，你白痴啊！那是你媽的聲音。」

「我知道。」迦勒露齒一笑，「只是我一直很想試著說一次看看。」

我們也跟著喊了回去。救難人員興奮的叫喊聲，讓我們發現他們其實就在相隔不遠的走道上。

「P排！P排！」我大叫。迦勒和伊莎貝爾也加入我，彷彿我們是學校啦啦隊在即興呼喊口號，「P排！P排！」

他們總算到了。

穿著刷手衣的媽媽跑第一，格林漢．亞契緊跟在後，還有迦勒的爸媽，然後是我們現在已經很熟悉的、只有耳朵旁還剩一點點黑髮、戴著黑色粗框眼鏡、一字眉的矮胖禿頭男子。

我的好爸爸則落在大隊人馬之後，慢吞吞的走著。

「哇，你媽跑得可真快！」迦勒驚嘆。

「她念書時可是田徑隊的短跑選手呢！」我驕傲的告訴他。

接著我們三個輪流接受大量的擁抱和親吻攻擊，一個接著一個，沒人躲得過。

格林漢．亞契緊緊抱住伊莎貝爾，撫摸她的長髮，眼淚流個不停。

伊莎貝爾一開始顯得很不自在，略顯彆扭的輕拍她真情流露的父親肩膀，幾秒之後，她突然張開雙手，使盡吃奶的力氣抱住他。

「我沒事，爹地，真的……我現在沒事了……」

我望向他們，可以看到她的眼睛裡也閃爍著淚光。

而且這次她叫他「爹地」。

要望向亞契父女並不容易，畢竟我媽似乎打算當隻巨型章魚永遠黏在我身上，以她的擁抱吸走我的生命活力，開始大聲且毫不遮掩的哭了起來。

我滿意的發現至少爸爸沒讓自己情緒崩潰，他藉由和那個矮胖男人交談來轉移注意力。兩個男人直盯著小倉庫瞧。

朵瑞絲和吉恩．格蘭特試著將注意力放在他們的兒子身上。

「對了，朵瑞絲，我之前沒提過，但是你看起來氣色好極了。你最近在健身嗎？」迦勒的爸爸問。

「我的確開始上健身房，謝謝你注意到了。」朵瑞絲驕傲的說，展示她的二頭肌。

迦勒從他爸媽的擁抱中抽身，過來和我跟伊莎貝爾站在一起，我們也是好不容易才從自己爸媽的懷抱中脫身。

爸爸走過來，臉上掛著大大的笑容。

「我知道……別人的話我總是當耳邊風……但是當你說伊莎貝爾沒回到奧斯蒙身邊時，我就知道一定有什麼事出了差錯。」爸爸告訴伊莎貝爾，「我只是不知道到底是哪裡出了問題。」

「我就知道你一定會注意到我的暗示，」伊莎貝爾回答，用力的點點頭，「雖然泰德覺得我那麼做很蠢。」

「嗯，泰德應該信任他親愛的爸爸。當我告訴你媽的時候，她簡直嚇死了——」

「為什麼媽媽會那麼害怕？」我問。

爸爸還來不及回答，媽媽已經轉向那個正對著躺在地上的卡勒門說個不停的矮胖男人。被綁著的卡勒門並沒有回話，只是怒瞪著那個矮胖男人。

「卡勒門！」媽媽大叫。

「什麼事？」兩個男人一起回答。

媽媽大步走過去，眼裡冒出怒火。假的卡勒門露出害怕的表情。

她手肘往後拉，擊出漂亮的右勾拳……

真正的卡勒門往後倒，咳個不停。

「阿曼達！」爸爸衝了過去，但一發現媽媽轉頭怒瞪著自己時，他僵在原地，動也不敢動。

真正的卡勒門翻身爬起，臉色蒼白。

然後媽媽咬牙切齒的冒出一連串的髒話，「你答應過我們的！你這個#$%#的騙子！」

哇！這可大大的出乎我意料之外。

等一等，這是我媽？那個一向用「我的老天爺」代替所有髒話的媽媽？

真正的卡勒門一定闖了很大的禍，才讓媽媽這麼生氣。

「我們收到的資料確實顯示他不會使用暴力，也不太可能做出他今天所做的事。」真正的卡勒門帶著濃濃的紐約口音。要是告訴大家他是克勞茲太太的兒子，一定沒有人會懷疑。

媽媽又用力的給他一拳，「我們的孩子很有可能因此喪命。是你向我們保證，說他不過是個無害的古董商。我們信任你，才會答應你先不要告訴孩子們。你說當他出現時，你會負責處理的。」

真正的卡勒門高舉雙手，「你想要我怎麼做？看在老天的份上，我又不是聯邦調查局探員，我們只不過是尋找藝術品的非營利組織。」

「我無法接受你的說法，」媽媽氣極了，「我要寫信向你們組織的執行長投訴！」

「好啊，要寫就去寫！」真正的卡勒門回嘴，「去找律師告他們啊，看我會不會在乎！我甚至根本就不想做這份工作！我只想當個牙科整型大夫，可是不行，我必須在世界各地奔走，找尋失蹤的藝術品，因為那是卡勒門家的人的任務。說真的，你想做什麼就去做吧，不用客氣！」

他的話讓媽媽的動作停頓了兩秒鐘。

「他綁架了我們的孩子！」然後她再度扯開嗓子對他大聲尖叫。

我走到爸爸身邊，「等等，所以你早就知道那個卡勒門是冒牌貨，而你卻讓他帶走我們？」

「那傢伙去找你媽談時，我不在家。而當她告訴我時，我猜我並沒有注意聽。」爸爸回答。

「可是當伊莎貝爾說錯小說情節時，你又能立刻知道事情不對勁？」我不敢置信的問。

「嗯，那不一樣啊！」爸爸說，和以往一樣讓人感到不可思議，「我的意思是，如果不是伊莎貝爾——」

「我知道，我知道。」我說。

就在媽媽繼續痛揍真正的卡勒門時，迦勒走到我們身邊。

「好吧，」他說，「你媽和伊莎貝爾一起參加職業摔角鐵籠賽的話，你覺得誰會贏？」

「嗯，」我以評論的口吻說，「伊莎貝爾在身高和手臂可觸及的範圍占有絕對的優勢……」

「對，但是你媽在年紀和經驗方面卻占了上風。」爸爸反駁。

「那倒是真的。」迦勒點點頭。

「沒錯。」我同意，「你們知道，大家都說『亞洲基因超強的』。」

現在其他人的爸媽全圍在真正的卡勒門身邊。他再次向任何肯聽他說話的人重申，他們想做什麼就去做，他一點都不在乎。

爸爸轉過頭看向伊莎貝爾，彷彿什麼事都沒發生似的。

「所以，就像我剛才說的，」爸爸用彷彿在閒聊學校發生的趣事的語氣繼續說，「泰德的媽媽有點反應過度。我猜這個卡勒門去你家，告訴你爸有另一個傢伙冒充他的身分時，你爸大概也是這樣吧。」

不過我還有一件事想不通，「你是怎麼找到我們的？」

「我知道你不這麼認為，但我其實沒你想的那麼笨。」爸爸微笑的說，「我去你的臥室看看能不能找到什麼線索，而你的電腦沒關。我點開瀏覽紀錄，找到Google網頁，上面有這裡的地址。」

我點點頭，「你真的沒有那麼笨，畢竟你還在大學教書、做研究。」

「等一下，如果你找到這裡的地址，為什麼你們花了這麼長的時間才抵達？」真正的卡勒門一直被我們的父母斥責，迦勒看得有點無聊，於是過來加入我們的談話。

「我們半個小時前就到這裡找你們了。」爸爸解釋，「你們知道這個地方有多大、有幾層嗎？一直到格林漢聽見鐵捲門打開的聲音，我們才稍微有點方向知道要往哪裡找。」

我轉身，眼角瞥見的景象讓我的心沉到了谷底。

就在大家忙著大喊大叫和更新近況時，沒人留意假卡勒門的動向。現在地板上只剩下四段被割斷的塑膠束線帶。看來他在一片混亂中找到了他的折疊刀，想辦法釋放了自己。

「卡勒門不見了！」我大叫。

「什麼意思？我不是就站在這裡嗎？」真正的卡勒門大叫。他左右張望，在了解狀況之後，只是簡單的應了一聲，「喔……」

他轉向我媽，「看吧？這就是你把怒氣發洩在錯誤對象的身上時會發生的事。他才是威脅你們孩子的人，我可沒看到你揍他。」

媽媽還來不及回答，遠處有個低沉的聲音大喊，「有人在找這個傢伙嗎？」

六個穿制服的洛杉磯警官繞過轉角走過來，其中一個手上拉著踉踉蹌蹌的假卡勒門，看到這一幕還真是讓人高興。

「嗯，你們還真是不慌不忙啊！」格林漢．亞契說。

「如果先讓我們知道你們會在這棟建築的哪個部分，我們會來得快一點。」警官很酷的回答。警方需要製作筆錄，所以我和迦勒、伊莎貝爾必須到警局走一趟。就在我們要離開時，我看到真正的卡勒門從小倉庫的灰塵和雜物之間鑽出來，手裡緊緊抓著那個紫色的天鵝絨束口袋。

我停下腳步。

「請讓我們看一眼好嗎？」

每一雙眼睛都集中在真正的卡勒門身上，他小心翼翼的解開束繩，拉開袋子。一座漆黑的獵鷹雕像出現在他手上，看起來就像伊莎貝爾．亞契讀過並說給我和迦勒聽的那本書封面上的畫。不過是今天早上發生的事，但感覺已經過了好久好久。

周遭一片寂靜。

「看起來不怎麼值錢吧？」真正的卡勒門輕聲說，「不過把它好好的清理乾淨之後……」他從口袋掏出一把袖珍折疊刀。和Douk-Douk不一樣，這把刀看起來很友善、很可愛，像是你會拿來削鉛筆的那種刀子。他打開折疊刀，用刀鋒抵住獵鷹雕像表面的黑漆。

在峽觀長期租賃倉庫明亮的光線中，我們看到絕對不會認錯的黃金光澤在黑漆下閃閃發光。

兩天之後，一切總算平靜下來，我們的生活也看似逐漸恢復正常。

結果那個假卡勒門是個名為法蘭西斯．張伯倫的古董流氓。（我爸特別喜歡「古董流氓」這個詞，他說：「你們不覺得就像『拼字遊戲殺手』一樣很有意思嗎？」）

「法蘭西斯？」迦勒驚呼，「我們居然怕一個叫『法蘭西斯』的傢伙？」

「喔，聽起來好像『史坦』是什麼嚇死人的名字似的。」伊莎貝爾反駁。

真正的史坦．卡勒門將我們三家人聚在一起，向我們解釋他們很可能要花上好幾年才能找到鑲在被媒體稱為「納粹獵鷹」上的珠寶的真正主人。不過，鑄成鳥身的黃金所有權歸我，我可以選擇將黃金賣掉，還是熔掉。

「黃金是從哪兒來的？」我問，然後很快的加上一句，「我不會真的想知道答案，對吧？」

「對，我不認為你會真的想知道答案。」卡勒門回答，但是他當然無法抗拒想要告訴我的欲望，「當猶太人死在集中營裡之後，屍體全被火化，而他們牙齒內的黃金填充物則被取出——」

我高舉起手，「我一點也不想要，太噁心，也太可怕了。」

卡勒門聳聳肩，「你有一半的猶太血統對吧？而我們是寫下《聖經》的民族，最重視教育，所以你或許可以將錢存起來當成上大學的教育基金，你覺得如何？」

我答應他會好好的想一想。

在和迦勒、伊莎貝爾（還有我爸媽）討論，另外做了一點研究後，我總算下定決心。

我決定將大部分的錢捐出來，一半給洛杉磯日裔美國人國家博物館，一半給致力於保留第四四二步兵戰鬥團榮耀和歷史的檀香山第四四二步兵團退伍軍人俱樂部。

順帶一提，有人很努力的遊說我拿錢出來買一張法式農莊餐桌，可是經過家庭會議投票之後，這個提議被否決了。雖然我必須承認他提出的說法非常有創意——身為一個融合猶太和日本血統的家庭，我們應該要紀念當年勇敢抵抗納粹侵略的法國反抗組織——卻也不由得深表同情，連這種藉口都扯得出來。

如今找到獵鷹的整個故事一再被提及，而關於誰做了什麼的爭論也總算都搞清楚，但大家心裡卻還是有同樣的疑問——我是怎麼想出打開放置獵鷹雕像的鑲板所需要的三位數密碼？

「我知道密碼一定和日本文化有關。」我終於告訴他們，「當我抓著膝蓋時，想起媽媽告訴我們，她唯一知道的日文是泰德叔公教她如何記住數字一到五的荒謬口訣。」

「如果你的膝蓋被蚊子咬了，那就會癢，然後你用沙子揉一揉就不癢了。所以就是『ichi ni san shi go』。在日語裡，數字五就是『go』。然後，當你說自己沒錢時，還有什麼其他的說法？」

「破產了（broke）。」迦勒回答。

「對，所以破產就是你沒有錢，也就是零元，對吧？」我繼續說。

伊莎貝爾崇拜的搖了搖頭，「我的天啊！這實在是太聰明了。」

「我叔公一再告訴我『全力以赴』（go for broke）。『go』是日語的五，『for』的發音和英語的四（four）相同，而『broke』就是零元，所以密碼就是540。」

尾聲

我將自行車停下時，他們就在迦勒家的外面，盤腿坐在夏末的棕色草坪上。

伊莎貝爾從迦勒的肩後看著他畫在素描簿上的漫畫。

「嘿，歡迎回來！」我大喊，跳下車跑向朋友。

「哈囉，陌生人。」伊莎貝爾微笑，點頭示意我看向迦勒的素描簿，「你看過了嗎？」

迦勒清了清喉嚨，「我，呃……嗯，泰德，我本來是打算拿給你看的，但不確定你會有什麼反應，可是伊莎貝爾堅持，所以——」

「沒關係啦，」我說，「現在我總算知道他整個暑假在做什麼。我還以為他不想理我咧。」

找到納粹獵鷹雕像的新聞上了媒體之後，我們的故事很快便在網路上迅速流傳。電視上的晨間談話節目也跟著做了專題報導。對於這些，莉拉只是很務實又明確的指出，「放在泰德的大學申請書上會非常有幫助！」

令人高興的消息還不只如此。

山田先生在得知和他談話的不是真正的史坦．卡勒門時，心情太過激動而導致中風，不過他的情況已經慢慢好轉。我們非常想去探望他，可是唐娜堅持在他狀況穩定之前不能見任何訪客，所以我們得等到秋天才能去看他。

至於伊莎貝爾，格林漢本來就計劃要趁暑假時帶她去歐洲，陪她造訪在書上讀過的所有城市。而在事情發生之後，更是讓格林漢下定決心，認為將伊莎貝爾帶離這裡對她最好。

而且這會是一個讓他們父女單獨相處、培養感情的好機會。

伊莎貝爾一直和我們保持聯絡。她寄來的電子郵件裡充滿了大量的照片和描述，引用了許多我連聽都沒聽過、更別提讀過的書中名言。

她唯一絕口不提的是開學之後，她要回紐約去讀原來的學校，還是待在這裡。

不過從她的電子郵件中可以明顯看出來，雖然格林漢很想把女兒留在身邊，但卻覺得她在拉普里西馬發生過太多不愉快的事。紐約市才是屬於她的世界，她應該回去和她的好朋友、老師們在一起。

如今只剩一週就要開學了，我突然接到迦勒的電話，問我能不能去他家。

我來了，看到伊莎貝爾也在，和迦勒坐在一起。

她是來向我們說再見的嗎？

就像我剛剛說的，暑假大部分的時間迦勒都躲得不見人影，也不告訴我他在做什麼。當我問他時，也只是含糊的以「有點事要做」之類的話來搪塞過去。

至於我，則成功的說服爸媽，因為發生了這麼多事，請他們取消原本要在八月送我去參加電腦夏令營的計畫，讓我剩下的暑假可以待在家裡休息。我將一切都安排好了，要把時間用來玩我最喜歡的密室逃脫線上遊戲，可惜事情沒有想像中那麼美好。

爸媽後來發現我「借用」媽媽的識別證，而且在半夜一個人騎自行車去醫院，他們很生氣，決定對我最好的處罰就是沒收我的筆記型電腦兩個月。

我相信全世界的人都會同意這一點都不公平。

既然我無事可做，便隨手拿起《馬爾他之鷹》來讀，結果從封面一直看到封底都捨不得放下。事實上，我實在太喜歡這本書了，所以還去圖書館借了同一位作者達許．漢密特的其他作品，而且全都讀完了。

就像爸爸說的，雖然不是亨利．詹姆斯，但也算是個好的開始。

我在伊莎貝爾的身旁坐下。迦勒將他的素描簿遞給我。

裡頭不是他常畫的超級英雄，而是一個名為《獵鷹和三個孩子》的故事。主角分別是一個高個的金髮男孩、一個漂亮的金髮女孩，以及一個頭髮亂翹、又矮又瘦的男孩，他的名字叫……嗯，泰德。

他的畫風煥然一新，和我去他房間第一次一起打電話給伊莎貝爾，以及在卡勒門、折疊刀和幾乎讓我們喪命的瘋狂事件發生前的畫風完全不一樣。

他以漫畫形態呈現了我們的冒險故事。在書名下方，他寫上《驚奇冒險》第一集。我猜他應該是找不到真正的原版，所以乾脆自己畫一本算了。

「很棒吧？」伊莎貝爾驚嘆，一臉讚許的看著迦勒。

「是，可是……我沒有真的那麼矮吧？」

伊莎貝爾和迦勒同時瞄我一眼。

「老兄，你真的那麼矮。」迦勒回答。

「是的，老兄，你就是。」伊莎貝爾說，完全聽不出諷刺的語氣。

我抓住胸口，「剛才……剛才……伊莎貝爾．亞契叫我『老兄』嗎？加州星球的外星人終於成功感染了她的腦袋嗎？」

「閉嘴，趕快告訴迦勒，他真的是個天才。」伊莎貝爾說，輕輕的打我一下。

「我無法同時完成你所要求的這兩件事。」我說。

「你知道我的意思，泰德，不要這麼『機車』。」伊莎貝爾回答，而迦勒則咬著他的大拇指邊緣。

我猜他確實很在乎我的想法。

「你筆下的我看起來很像漫畫人物，」我說，「擁有一雙大眼睛。」

我指著畫中的伊莎貝爾的身體線條做評論，「而且你還給了伊莎貝爾——」

伊莎貝爾瞇起眼睛，「他給了我什麼？」

我張開嘴，然後又閉上，「沒事。就像你說的，畫得非常棒！」

「是真的很棒！你來的時候，我正要告訴迦勒，等我回到聖安塞姆，要把它拿給那些我知道有在經營線上雜誌的人看，也許他們可以把它放到他們的網站上。誰知道呢？說不定其中有人的爸爸是圖像小說界的重量級人物——」

聖安塞姆。

我看到迦勒的臉垮了下來，我相當確定自己的臉色也好看不到哪裡去。

「所以……你要回聖安塞姆嗎？」我問。

「對啊！」伊莎貝爾直截了當的回答。

她看著迦勒家前方的蜿蜒車流，久久不發一語，臉上沒有任何表情。我們三個沉默的坐著，感覺像是過了好久好久。最後，伊莎貝爾轉向我們。

「我當然會回聖安塞姆。我在感恩節回紐約探望朋友和親人時就會順道回去。」

「這表示你會留在拉普里西馬上學嗎？」迦勒開心得像小狗似的大叫。

「對。」伊莎貝爾露齒微笑。

「哇！」我不知道要說什麼，「我的意思是……那很好。」

「我很高興你的反應這麼熱烈，泰德。」伊莎貝爾生氣了。

「老實說，我超開心的。」我說，「我只是沒想到你會願意放棄那麼好的學校，還有你所有的朋友，而且——」

「確實很困難，但你們知道更難的是什麼嗎？」伊莎貝爾問。

我和迦勒沒有回答，我們現在已經知道最好的回應就是不要回應，讓她繼續說。

「去年我還在聖安塞姆時，每個人都曉得我媽罹癌過世。那是大家看到我時想起的第一件事。不是他們的錯，不是任何人的錯。不過你們得了解一件事，我媽在學校裡深受愛戴。她在學校圖書館裡工作，有什麼事情需要幫忙她一定搶著做，而她……嗯，學校裡到處都是她留下的回憶。現在的我需要換個地方。」

伊莎貝爾用手背揉了揉眼睛。我不知道要怎麼安慰她，不過我相當確定，如果我試著擁抱她，一定又會被揍一拳。嗯，也許不會。我無法判斷，女生的想法實在太令人困惑了。

「而拉普里西馬和其他任何地方一樣好。」

伊莎貝爾表情哀傷的望向看著她的我和迦勒，搖了搖頭。

「我們來聊點別的吧。我想和泰德談談他的叔公。」

「好。」我立刻同意，「他似乎是個很神奇的傢伙。」

「是……」伊莎貝爾拉長尾音，彷彿正在腦子裡搜尋什麼資料似的，然後她加上一句，「聽起來是如此，可是有些事我想不通。」

「例如什麼？」我問。

「筆記本。他留給你的筆記本，裡頭並沒有任何關於獵鷹的線索，不是嗎？」

「有鑰匙啊！」迦勒提醒她，「他不是把鑰匙藏在其中一本筆記本的皮套裡嗎？」

「他大可把鑰匙藏在任何地方。」伊莎貝爾堅持，「就算直接黏在《馬爾他之鷹》裡也沒問題。」

「那倒是真的。」我承認，「也許他只是認為那兩本筆記很有趣。」

「我敢打賭裡頭一定有很多超酷的東西。」迦勒附和。

伊莎貝爾看起來就像快忍不住笑出來，「我是這麼想的，」她吸了一口氣繼續說，「你叔公知道即使找到了獵鷹雕像，那也不會屬於你。他一定知道這一點。所以他指的『寶藏』會不會根本就不是那個？說不定找到獵鷹只是一個測試，而真正的寶藏是指其他的東西？和那兩本筆記有關的東西？」

我盡力表現出彷彿有這種可能性的樣子，但迦勒就沒有我這麼善良了。

「我不想說得這麼白，不過你看太多小說了。」他說。

「這個想法不是從書上得來的！」伊莎貝爾氣炸了，「確實有這種可能性。」

「我猜……嗯……」我試著以正面積極的語氣說，「我也覺得寶藏有可能是指其他的東西，不過不一定和筆記本有關就是了。」

「好吧！那無所不知的大師請告訴我，那會是什麼？」伊莎貝爾問。

「因為暑假你不在，而迦勒又不陪我玩，所以我有很多時間可以把事情仔細想過。也許他的寶藏是指尋找的過程——探索的過程。我不知道……我猜是冒險的過程吧！學習不要放棄，學會全力以赴。」

伊莎貝爾和迦勒看著我，什麼都沒說。

「我猜聽起來很蠢，是吧？」最後我只能自我解嘲。

「是，有點蠢。」迦勒同意，低頭繼續畫畫。

伊莎貝爾踢他一腳。

「說不定兩者皆是。」伊莎貝爾說出她的看法，「也許你是對的，而我也是對的。」

「那不合理，」迦勒說，「只能有一個人是對的。叔公說的『寶藏』是單數，沒有加『s』，不是複數。」

伊莎貝爾搖搖頭，「你把它想得太膚淺、太表面了。難怪你的密室逃脫遊戲玩得那麼爛。」

「我的密室逃脫遊戲沒有玩得很爛好嗎？」迦勒抱怨，「我們現在討論的是一致性，懂嗎？」

「嗯，你知道愛默生是怎麼說的。」伊莎貝爾嗤之以鼻。

「我根本不知道愛默生說了什麼。」迦勒反駁。

「『愚蠢的一致性是頭腦簡單之人的妖怪。』」伊莎貝爾朗誦似的說。

「話說回來，愛默生是誰？是兒童節目《芝麻街》裡的玩偶嗎？」迦勒問。

「是大文學家拉爾夫．沃爾多．愛默生！天啊！」伊莎貝爾生氣的大叫。

就像這樣，我很高興的看到我的未來——充滿許多拌嘴、線索和探險的日子。我們三個一起研究神祕的泰德叔公留給我的筆記本，也許我們最後終將發現到底是誰創造了那些我發誓真的出現在我電腦裡的逃脫遊戲。

會有《驚奇冒險》第二集嗎？

我猜人生確實擁有無限可能。

望著我的兩個好朋友，我突然明白，世界上有些地方你永遠都不會想逃離。

而這個遊戲攻略，我會開開心心的親手完成。

（全文完）

少年天下系列 —— 060

遊戲現在開始

作者｜丹尼斯・馬基爾（Denis Markell）
譯者｜卓妙容

責任編輯｜李幼婷
特約編輯｜黃慧文
封面設計｜蕭旭芳
內頁排版｜極翔企業有限公司
行銷企劃｜葉怡伶

天下雜誌群創辦人｜殷允芃
董事長兼執行長｜何琦瑜
兒童產品事業群
副總經理｜林彥傑
總編輯｜林欣靜
主編｜李幼婷
版權主任｜何晨瑋、黃微真

出版者｜親子天下股份有限公司
地址｜台北市104建國北路一段96號4樓
電話｜（02）2509-2800　傳真｜（02）2509-2462
網址｜www.parenting.com.tw
讀者服務專線｜（02）2662-0332　週一～週五：09:00~17:30
傳真｜（02）2662-6048　客服信箱｜parenting@cw.com.tw
法律顧問｜台英國際商務法律事務所・羅明通律師
製版印刷｜中原造像股份有限公司
總經銷｜大和圖書有限公司　電話：（02）8990-2588

出版日期｜2020年11月第一版第一次印行
　　　　　2022年11月第一版第四次印行
定價｜380元
書號｜BKKNF060P
ISBN｜978-957-503-684-3

訂購服務
親子天下 Shopping｜shopping.parenting.com.tw
海外・大量訂購｜parenting@cw.com.tw
書香花園｜台北市建國北路二段6巷11號　電話（02）2506-1635
劃撥帳號｜50331356　親子天下股份有限公司

立即購買 >

國家圖書館出版品預行編目資料

遊戲現在開始 / 丹尼斯・馬基爾 (Denis Markell) 文 ; 卓妙容譯. -- 第一版. -- 臺北市 : 親子天下, 2020.12
344 面 ; 14.8X21 公分. -- (少年天下系列 ; 60)
譯自 : Click here to start
ISBN 978-957-503-684-3(平裝)

874.596　　109015317